U0509369

本书为国家社科基金艺术学重大项目
《戏曲剧本创作现状、问题及对策研究》（首席专家：陆军；项目编号：16ZD03）
子课题"戏曲剧本创作观念研究"成果

戏曲
剧本
创作论

孙惠柱　著

上海书店出版社
SHANGHAI BOOKSTORE PUBLISHING HOUSE

目　录

导　论

戏曲的价值与剧本的问题

当代人为何需要戏曲

都21世纪了，还需要戏曲吗？20世纪末我刚回国的时候，发现不少昔日的同行跳槽去了影视界，还在坚守的戏剧人大多难掩悲情，仿佛颓势已然无可挽回，连本来还算是新潮的话剧都已落伍，更不用说八十年前就被新文化先锋判为封建"遗形物"的戏曲了。最近看到北京人民艺术剧院业务部经理林芝提供的一组反映那时候情况的数字：

> 我国的文艺表演机构从1978年的3 143个下降到了2000年的2 619个，观众人数从7.9亿下降到了4.6亿。彼时，除了北上广的剧场还有一些零星演出，二三线城市的剧场正大面积空置，甚至在偏远一点的地方，没有观众的剧团靠把剧场出租给春节农贸会、床上用品促销会过日子。[1]

当时的感觉是，戏曲成了一个比古董还要古董的名词；稍后还真的来

---

[1] 林芝：《剧场经理人：冰火两重天的伪文艺职业》，《新剧本》2019年第6期。

了个"遗产"的说法，很多剧种就一心想争到那个资格，盼政府能多拨点钱好延长点寿命。其实联合国教科文组织用的那个英文heritage重点在"继承"，并不像中文的"遗"字那么"死"；中文"遗产"的本意是人死后留下的财产，把heritage译成"遗产"实在是莫大的遗憾。还看到名牌大学研究戏剧的学者在报上发表长篇文章郑重其事地声明：《告别戏剧世纪》。[1] 我很是吃了一惊，因为我一直是乐观派，坚信戏剧前景光明，绝不可能消亡；但那之前的十五年我在美国、加拿大的大学求学任教，十年里教授的基本上是西方戏剧，当时手头只有发达国家的例证，能用上的理论还只是普遍性的经济规律。我确信在产业发展的下一步，"体验业"必然兴盛，除了影视新媒体，一定还会有更多的戏剧——而中国戏剧的一大半都是戏曲。虽说近两年来上海的戏剧票房中话剧和戏曲有点平分秋色的样子，但在全国范围内，戏曲的剧团、演出和观众量都远远超过话剧。回国这二十年来，正如我当初预测的，戏剧的总量果然增长了很多，但这是普遍性的经济和艺术规律使然呢，还是因为政府给剧团的输血成倍增加了？如果主要原因是后者，数量的增长并不能让戏剧人真的乐观起来。我国人口很多很密，但长演的剧目极少——甚至比80年代更少，几百万上千万人的城市里，一个戏演一两场就拆台走人几乎是常态，这是什么原因？难道中国的老百姓不喜欢看戏吗？那为什么政府又不断在增加投入？难道更需要戏剧的竟是政府而不是老百姓？

---

[1]　朱寿桐：《告别戏剧世纪》，《文艺报》2002年4月18日。

一、"补药"调理心灵

这二十年来，我以专家和评委的身份看了无数台戏——主要在上海、北京等大城市；2019年初终于下决心实现了多年的愿望——去农村亲眼看看没有政府输血的乡间戏台上的演出。元宵节前我和同事及博士生一起去福建南部看了十天戏，全是戏曲。好些人问我是不是去看著名的梨园戏，其实只有一场是，在那个比百老汇剧场更宽敞舒适得多的国营泉州梨园古典剧院看戏，是个意外收获。此行主要看的十几出戏都在露天半露天的乡村戏台上，高甲戏、莆仙戏、歌仔戏、木偶戏，大多是全无政府资助的"草台班子"演的。演员似乎很"不专业"，孩子们挤在后台的衣箱周围做作业，妈妈一下场就会来督促一下。演的都是古装大戏，还每天换戏，演员一晚上常要串演几个角色，却一点也不担心忘词——给观众看的字幕的背面就是给演员看的提词屏，不用背熟也不会错，而且看上去一点儿不生疏。每天上台磨练近三个小时，这些最敬业的职业演员演技并不差——要差就没人请了。很多团一年演出三百多场，最多的甚至超过了三百六十场！

我对中国戏曲的未来更有了信心，这些戏曲舞台上的劳动模范是本土的最好例证——没有外力扶持、完全自发形成的演出市场比靠某些政府政策撑起来的高大上的"繁荣"远更有说服力。这是此行的第一个收获，还有第二个收获：我在戏剧的物质基础之外，发现了更重要的精神因素。泉港和晋江是传统的侨乡，不仅相对富裕，交通也很方便，现代娱乐手段如电影、电视、电脑、游戏都唾手可得；但村民们还是喜欢每年好几次花钱包场请剧团来，在寒风中欣赏属于他们自己的"大戏"。在这里，戏曲并不是很多城里人以为早已陈旧过时的玩意儿，也不是没国家包养就活不下去的"遗产"，而完全是老百姓自己的需要。那么，对他们来说，看戏究竟意味着什么呢？

　　无论古今中外，戏剧最深层的功能本来就是满足人的精神需要；但是，在没有报刊、广播、电视、手机的大部分历史年代里，它还是最普及的大众媒体，因此还必须承担一些更为急需的社会功能，常常会"喧宾夺主"。人类最早有记载的戏剧在两千五百多年前的古希腊戏剧节上。虽说亚里士多德认为戏剧是摹仿生活的艺术，这个"摹仿"的涵义极其宽泛：其实希腊悲剧里都是远离现实生活的听起来血淋淋的神话故事（诸如俄狄浦斯弑父娶母、美狄亚杀子报复丈夫，《阿伽门农》三部曲里父母子女轮番对杀），虽然也可以说有警示当权者不要傲慢自大的社会寓意，但更主要的是展示匪夷所思的恶行来刺激观众，让人的心理得到净化；喜剧倒是可以直接嘲讽时政、调侃名人，但主要还是给悲剧调剂一下气氛，让观众笑一笑开心。非西方世界的表演艺术大多很不一样，更多的是歌舞说唱，不像希腊人那样用话剧直面政治，更不会展现杀害家人的"悲剧英雄"；等到创造出戏剧以后，几乎都是和音乐和谐地融为一体，借用曹禺的比喻，要"给太吓人的冲突蒙上一层纱"，也就是王国维说的"以歌舞演故事"。戏曲最重要的价值，在统治层眼里是教化，在老百姓心中是抚慰，都是正面的精神功能——陶冶；跟"以毒攻毒"的希腊悲剧相比，戏曲要温润得多，很难说是要给人治病的"苦口良药"，倒更像调理心灵的"补药"和"保健品"。

二、"特效药"立竿见影

科技和工业化把人推进现代社会以后，一切都加快了节奏，"一万年太久，只争朝夕"，时间就是金钱，急功近利成为常态；直面现实、解决问题的社会功能一下子成了戏剧最突出的功能，戏剧家、理论家和社会活动家相互推波助澜，不断加深了这个印象。"现代戏剧之父"易卜生的《玩偶之家》那样的问题剧可以唤起民众对社会弊病的关注，带动公众舆论，倒逼政府解决问题——几乎有"退烧降压"那样的药效。一百多年前中国人意识到落后挨了打，必须加速追赶西方，文化领域赶紧要学的也就是这种速效的社会剧——哪怕形式并不那么写实也没关系。三四十年代《放下你的鞭子》《白毛女》等宣传剧成功地唤起了万千民众投身抗日和"土改"；那时候欧美也流行政治戏剧，鼓动工人观众变谢幕鼓掌为高呼"罢工"上街游行。这种直接介入社会运动的戏剧在60年代又火了一阵，但主导理论悄然变了，从马克思主义的大众戏剧变成了阿尔托式的非戏剧反戏剧。这两种理论在中国戏剧界都很有影响，但近年来后者的传播越来越多，在学界势头甚至还胜过了前者。而事实上，20世纪60年代风光一时的西方先锋戏剧在1975年美国侵越战争结束、80年代英美保守党派上台后，早就基本退到了社会舞台的边缘；但那些贬剧本、反理性的理论却在大学、论坛、出版社等象牙塔里不断发酵，还通过不对称的学术交流误导了很多信奉西方新理论又不了解全面情况的中国戏剧人。

其实近几十年来戏剧的功能发生了很大变化。电视、网络和各类社交媒体在社会动员的速度和广度上都远比戏剧高效，当年易卜生们在舞台上揭露问题、唤起民众的本事已经不可避免地相形见绌；但这未必是坏事，因为新媒体并没像很多人以为的那样把戏剧排挤出局，而只是让戏剧又回去做它本来就最擅长的事了——抚慰人的精神、陶冶人的心灵。也就是说，现在如果要给社会"治病"，已经有了更好更速效的"电子药"，不一定再劳驾必须到现场演给观众看的慢悠悠的戏剧了，何不让戏剧针对心灵更多地发挥它更有效的"补药"和"保健品"的作用？

这个变化是世界性的，在西方出现得更早。当然，总是会有人固守传统的戏剧理念，偏爱良药苦口、以毒攻毒的理念，但那类戏剧越来越小众，有的成了自娱自乐的精英小团体，有的甚至脱离凡人社会成了准宗教性的组织——最接近阿尔托的格洛托夫斯基就是这样的大师，他本来就不喜欢去大城市让太多观众看他的戏，晚年干脆告别戏剧做隐士去了，他要培养所谓的"圣洁演员"，并不是为了演好戏给老百姓看，更多的是为了像教士那样做好自身的修行；因此，理应为人民大众服务的中国专业戏剧人实在不宜以他为学习的榜样。事实上大多数西方的专业戏剧人也还是在努力拓展观众面，推出各种广受欢迎的戏剧类型，其中观众最多的就是音乐剧。近百年来西方的主流戏剧和中国戏剧的总体格局其实很像，我们分成戏曲与话剧，他们也有音乐剧和话剧两大块；而且比起话剧来，音乐剧的观众量更大，也是更多地服务于精神层面的需求，抚慰人的精神、陶冶人的心灵。而在有着几千年"乐"的传统、千百年戏曲传统的中国，表演艺术的抚慰、陶冶功能本来就是大众最需要的。

要论戏剧给社会"治病"的功能，一百四十多年前的《玩偶之家》

可算数一数二，这部戏对全世界的妇女解放起过很大的推动作用；但在基本实现了男女平等的地方，"药效"多少会有点过期失效。在美国大学任教时我曾带学生去看一个电视明星演的娜拉——她点名要演她自己年轻时的偶像，不料演出中观众多次笑场。两个来自第三世界国家的留学生很不解：这么好的戏，你们怎么会笑场？娜拉瞒着丈夫借钱、还债这些事对美国人来说过时了，现在看来有点滑稽。三四年前一个美国作家写了《玩偶之家·续集》，这个戏里的娜拉出走后，并没像当年鲁迅猜测的那样"堕落"，也并没"嫁个好男人"，而是靠自己的本事成了畅销书作家，十五年后气定神闲地回来，要前夫去把离婚手续办了。不料前夫说不，连奶妈兼保姆和长大了的女儿也不肯帮忙，还反问她：十五年里你想过我们吗？本来活得还蛮滋润的娜拉顿时失落了……比起原来那个旗帜鲜明的社会问题剧，《续集》里没有一点刻意编织的秘密和巧合，也没有爱憎分明的倾向性，却更能让观众细品人生的况味——无论女人还是男人。这部戏2017年首演，第二年就有各国27个剧院同时上演。在热演了二十多年的《妈妈咪呀》里，女性更是完全独立了，根本不需要丈夫，但她们的女儿却还是要找爸爸。这部音乐剧无意讨论家庭是否还应存在这样的具体社会问题，更多地是让人在有趣的人物关系中抒发感情。

中国好像还找不到《玩偶之家》这么大影响的剧作，但有个现象倒是很相似——直接为社会政治服务的戏容易过时。话剧的即时性社会功能应该说是优于戏曲的，但回望近百年来、特别是50年代以来的剧作，更受观众欢迎成为保留剧目的戏曲却远远超过话剧。直接为社会政治需要而写的戏大都随风而逝，保留下来还能常演的几乎全都与时政有点距离，着眼于人长期的精神需要。曹禺20世纪50年代响应号召写的反美大戏《明朗的天》当时大受赞扬，却是他的剧作中寿命最短的；田汉直接歌颂"大跃进"的急就章《十三陵水库畅想曲》更短寿，而他所有剧作中演出更多的是他为数不多的几个戏曲剧本，最多的是京剧《白蛇传》，现在还有不少移植的剧种在不断演出。我们实在需要更多像《白蛇传》这样的老百姓喜闻乐见百看不厌的戏曲作品。

三、"体验业"细水长流

美国未来学家阿尔文·托夫勒在20世纪80年代曾以《第三次浪潮》一书风靡中国，新世纪初，他再次访问中国时做客中央电视台的《对话》节目，提到他1970年就在更早的成名作《未来冲击》中所做的预测：继制造业之后大为繁荣的是第三次浪潮服务业，但那以后又将有一种代表社会发展更高水平的经济兴盛起来，其中非常重要的一部分叫"体验业"（Experiential Industry）——生产的是供人虚拟体验而非实体占有的产品，这里就包括了戏剧：

> 人们的生活越来越富裕和多变，这个趋势无情地改变了人想要占有物品的老习惯。消费者以前买物品时所用的那份认真和热情现在被用来购买体验。在今天，体验一般还是作为传统服务的附加物搭着出售的，就像某航空公司提供的情调服务，这种体验就好像是蛋糕上的奶油。但是当我们进入未来的时候，越来越多的体验将会为了它们自身的价值而单独出售。……我们正在从一

种"肠胃经济"（Gut Economy）转向一种"心理经济"（Psyche Economy），因为肠胃需求的满足毕竟是有限度的。[1]

托夫勒五十年前的预测在二十年前的中国仍然是个预测，但现在已经一步步成为现实。所谓"肠胃经济"就是为了满足温饱的经济，一旦"衣食足"之后，人就要寻求精神的满足，其中戏曲是一个重要的方面，我在福建农村看到的演出就是例证。进入小康以后，老百姓有了更多的收入、更多的闲暇，更需要戏剧人来为他们提供好的精神产品来抚慰、陶冶心灵，而绝不是相反。有些精神的需要也可以用物质来满足，但人的肠胃的容量毕竟是有限的；生活中有些饮品也对人的精神有抑制或兴奋的作用，如茶、酒、咖啡，但都不如精神"饮品"的效力来得持久。人的精神需要抚慰，这也是宗教产生的重要原因，在很多国家的文化中，宗教是通用的精神抚慰剂。世界各国中我们国家的宗教影响差不多是最小的，一百多年前蔡元培还提出了"以美育代宗教"，怎么代？在所有的艺术门类中，戏剧是唯一必须与集体人群一起来实现的；在大多数人都相信无神论的中国，戏剧能抚慰人的精神这个功能就更重要了。

闽南民间剧团演出多，恰巧跟宗教也有关系——那里侨胞、台胞多，各色各样的庙宇也多。所以四十万人口的泉港竟有三十多个剧团。乡村的戏台大都在庙的附近，很多演出往往是在关公、观音、财神等"佛"的某个纪念日，但那些戏真的是演给"佛"看的吗？其实

---

[1] Alvin Toffler: *Future Shock*. New York: Bantam Book, 1970, p.226, 236.（引者译）

我看到的十几个戏的剧情全都和佛毫无关系，戏就是给人看的。在那里看戏时，不由得想起在江西当知青时走几十里山路去看样板戏露天电影的经历：当年亿万人都看样板戏，多半也并不是为了接受"旗手"的教育，而更多地是想让饥渴的心灵得到点抚慰——样板戏的文采和歌舞均属上乘，还有久违的管弦乐伴奏。这回在福建看的戏曲都有比样板戏更有趣的故事，几乎都是有悬念的情节剧，很有点像电视剧的舞台版，有几个简直是宫斗剧的升级版——但勾心斗角的大多还不是皇帝身边的妃子，而是掌权的女人。那些戏并不讲究怎么反映历史真实——古代绝不可能有那么多掌权的女人，主要是因为剧团女演员多，于是就在戏里放进更多的女性角色，还歪打正着地为现实生活中地位仍然不高的女性说了话，因此也更受女性居多的观众欢迎。

　　那些戏大多是团圆式的结局，让观众看了心里舒坦；结尾的转折都还挺巧妙，没有主旋律戏里常见的强扭的"光明尾巴"。最出色的是高甲戏《唐知县审诰命》，这部戏在一百多年的历史中有过许多剧种的无数版本，当今最有名的是1980年的豫剧电影《七品芝麻官》。男一号是个丑角，一个小官穷官一不小心战胜了一群比他大得多的贪官昏官，斗胆绑起当朝宰相的亲妹妹。在反腐倡廉的今天，完全可以贴上个"反腐戏"的标签，但这个几十年来在全国久演不衰的喜剧最主要的魅力是，能让观众看了心里爽。唐知县很像《高加索灰阑记》里那个貌似无赖、心如明镜的法官阿兹达克，还比布莱希特在二战以后写的那个名剧早了好几十年，两个外丑内秀的好官异曲同工。但要是把他们塑造成高大上的青天大老爷、人民救星，就会变得太甜太油，让人倒胃口，既不能"治病"，也难以起到"补药"的作用。

四、"药方"的方方面面

把戏曲比作补药并不是贬低，而是更深层次的尊重。补药不能硬吹成能治好病的药，但也绝不是没有用；真的补药要长期享用，而不是有病才吃，病好就丢。戏曲也要着眼于长期的效用，不必急功近利。草根剧团是怎么让观众长期保持兴趣的呢？我平日在上海、北京看的多是国家剧院更高水平演员的演出，听惯了"戏曲是角儿的艺术"的说法，也就自然地接受了几十年，而这次在福建乡下看的戏显然都不是什么太有名的"角儿"演的。这些"农民"演员每天晚上都要演三小时左右的戏，远远超过现在大城市国营剧团演员的工作量，却连自己是专业演员都不敢承认——只因没上过专业院校，他们当然不会侈谈什么"角儿的艺术"，那他们怎么能吸引村民每年定期来包他们的场呢？原来村民观众的眼光和上海、北京的戏曲鉴赏家很不一样：要鉴赏角儿的玩意儿，最好是看老的折子戏；而农民看的都是情节完整的大戏，在表演保持一定水准的前提下，更重要的还是戏的内容，也就是剧本要有趣，还要有点新意。每次剧团来一个村，一般都要连演几天，每场必须换戏；第二年再来，也最好有一定比例的新戏。农民观众也并不是不在乎舞台上有没有"角儿"，有些人甚至会跟着剧团到处去"追星"——追他心目中的草根剧团的名角，剧团聘用好演员肯定要出更高的酬金，也会跟包场的村子要更高的价。但是，观、演双方首先考虑的毕竟还是剧本——也只有那些能把各类剧本中的剧情、人物都体现得很出色的演员才可能是观众喜欢的"角儿"。

农民观众让我对戏曲剧本与表演的关系也有了新认识，这是福建之行的第三个收获。去之前我还以为，乡村演出既是以"佛"的名义请来的，大概只要演些老戏就可以了；现在明白了，这些剧团对新剧本的需要还相当大——事实上已经超过了城里那些完全靠政府拨款一年做一两个戏的国营剧团，因为农民观众要看有趣好看的新戏，剧团完全要根据观众的需要来定剧本。好的戏曲剧本也一定会为演员技巧的发挥、尤其是本团演员特长的展现提供足够的空间，从剧团和演员的角度来看，剧本最好能像当年的"梅党"剧作家为梅兰芳写的本子那样。不过时代不同了，现在社会对戏曲的内容有了更高也更多元的要求，剧本仅仅为演员提供表演的平台毕竟还是不够的，这一点在我农村戏曲考察的第二站河南表现得更突出。

　　福建看戏收获满满，但闽南地区多少有些特殊——经济特别发达，庙宇也特别多；别处农村如果缺少这两个条件，也会有这样丰盛的民间戏曲演出吗？也会。我在河南就看到了肯定的例子——甚至可以说是前景更好的例子。两地民间剧团最明显的不同是，福建百分之百演古装戏，而河南有差不多一半是现代戏，有更多体制内的合作，观众的年龄层也低些。我在河南了解到的情况更直接地关系到戏曲剧本创作。在去之前，我先看了一个封面上写着"高村农民剧团演出"字样的反腐戏的剧本，被剧中扑面而来的泥土气息深深吸引，但又难以相信这部相当复杂的大戏真的是农民写的——剧中像莎剧那样编织了三条平行的情节线，最后绞到一起，又十分自然地一抽解开，众多的人物各得其所。后来我去河南看了高村剧团演的这部"自创大型扶贫廉政现代曲剧"——《万家灯火》，见到了编剧吕作现，并和他的合作者及团长、主演等剧团骨干座谈。他们告诉我，剧团里多数人是货真价实不打引号的农民，每天下午集合化妆、晚上演出之前，多半还要去打理责任田，一边干农活一边跟着腰间挂着的"唱戏机"练唱腔——难怪他们的嗓子都那么好。农民剧作家吕作现当时已经写了二十个剧本，《万家灯火》是他演出的第九个，他有一位合作者是县纪委的干部，负责提供反腐工作需要的反映中央精神的台词、唱词，也负责政府公关，并组织一部分体制内的演出。他们让我对剧本中主题与技巧的关系有了更多、更深的认识。《万家灯火》既真实刻画了贫困农民的艰辛、黑心官员的可恶，又展示了精准扶贫政策的成功和重要意义；既让人看到希望，又提醒大家不断提高警惕加强日常的"锻炼"，这就是类似补药的精神产品。

河南的豫剧、曲剧都是演现代戏经验十分丰富的戏曲剧种，接政府项目就很游刃有余。我还在洛阳采访了这方面成就特别突出的国家一级演员王红丽，她的剧团最亮眼的记录是，展现英雄刘胡兰的豫剧《铡刀下的红梅》演了两千多场。这个中宣部"五个一工程奖"大戏的荣誉及演出记录，加上她二度"梅花奖"得主、河南省戏剧家协会副主席的身份，都会让人以为她是体制内的艺术家；然而，她1993年创建的河南"小皇后豫剧团"一直是完全独立的民间剧团，只是演出的地方比一般"草台班子"更多，常常走出河南，多次上北京，年均合计400场以上。但他们大多数还是在农村演出，一般每年是3轮共10个月，第一轮从大年初一开始一天两场，三四天换一个台口——这一点和闽南相似。王红丽是全国民间戏曲剧团中最顶级的名角，她对剧本的重视程度也堪称表率；这不仅是因为她本人就是凭在两个原创剧目《风雨行宫》《铡刀下的红梅》中的出色表演两次荣获"梅花奖"，还因为剧团自负盈亏，"每个剧本都是千挑万选的，必须把每笔投资都收回来，应景的戏不排，必须排一个成一个，可以说每个戏都是一口热气一口凉气唱出来的。"[1]对王红丽来说，剧本要"成一个"的标准非常高，绝不仅仅是给领导和评委演一两场得到他们的好评就够了，而是要在老百姓用脚投票的演出市场上得到买票或包场观众的长时间的肯定——长到几百、几千场。即便是要去"冲奖"的剧目，也一定要在得到普通观众的肯定并根据观众反馈修改提高以后才能送去给评委看。她的第一个"梅花奖"剧目《风雨行宫》就是按事先定下的目标演满一百场以后再去北京参评的，这个古装戏后来演了近两千场。

跟福建的大多数"草台班子"相比，团部位于省会郑州、"二度梅"名角领衔的河南"小皇后豫剧团"的惊人成就已经完全模糊了一般人心目中民间剧团与国营专业剧团的界限。后来我还发现了一个在下乡演出的数量和专业水准的质量上也都同样出类拔萃的剧团，但属性有点特别——地处山西晋城市的"上党梆子传习所暨上党梆子剧院有限公司"是国营的，"传习所"是差额事业单位，政府财政供养基本工资的80%；"剧院"属国有企业，自收自支。这个150人的单位其实是"一套人马，两块牌子"，平时演出并不分开。和"小皇后豫剧团"的王红丽相似，这个团的团长陈素琴也是国家一级演员、"梅花奖"得主，同时也以常年下乡为农民演出为己任。她的孩子从小就跟着妈妈在乡村戏台转，也习惯了在后台的衣箱上做作业——跟我在闽南看到的孩子一模一样。这个上党地区公认的"上党梆子第一团"也是古装

---

[1] 2019年6月16日，洛阳，作者对王红丽的采访。

戏、现代戏都演，也极其重视演出的剧本；他们在下乡演出之间难得的休憩时间里，既不忘恢复排练优秀的传统剧本，也开展新创剧目的排演。陈素琴擅演的剧目包括《红灯记》《秦香莲》《佘赛花》《风雨行宫》等。2002年她以古装戏《陈圆圆》荣获"梅花奖"，2019年获得"文华表演奖"的则是新编革命历史现代戏《太行娘亲》，是上海的名编剧李莉专门为她写的。这个剧团2018年的演出记录是："深入晋城、长治两地城市及乡村送戏下乡316场，其中商业性演出120场、免费送戏下乡演出126场、文化低保演出40场、文化交流演出30场。"[1]

　　常年在农村演出的剧团能演这样高质量的剧目、有这么高额的演出记录，那些条件更好更高大上的城市国营剧团往往反而比不上，这究竟是为什么呢？有必要来认真审视一下戏曲创作中的观念问题。

---

[1] 《中国戏剧年鉴》，中国戏剧出版社。

剧本创作的观念问题

一、曲学与戏剧学

中国戏曲有上千年的历史，而关于剧本创作的总体性的自觉理论却直到一百来年前才开始出现——更早的李渔《闲情偶寄》中的《词曲部》论及编剧，是难得的例外。国内率先提出"戏剧学"这一学科概念的戏曲史论大家叶长海教授在1998年写道：

> "戏剧学"乃是本世纪的一门新兴学科。
>
> 中国对历代戏剧的研究，习称为"曲学"，较为系统的学科性的研究，亦始于本世纪初叶。"曲学"的研究对象除中国传统戏剧亦即"戏曲"外，还有散曲、曲艺、民间小曲等。其中对戏曲的研究，正属于"戏剧学"的范围。……而中国"曲学"着力甚多的唱腔音律问题，却不是西方人着意建立的"戏剧学"的重心。[1]

---

[1] 叶长海：《曲学与戏剧学》，上海古籍出版社2013年版，第1—2页（引用的该文写于1998年）。

叶先生这里的两点观察十分重要：其一，中国传统的"曲学"主要研究的是具体的唱腔音律问题，而非统领剧本整体的编剧理论。其二，国人对戏曲的"较为系统的学科性的研究"是在20世纪初接触了西方的学术理念以后才开始的，参照的是欧美的戏剧及其史论的范式。他倡议建设的"戏剧学"最早的代表就是王国维的《宋元戏曲考》（1913年），静安先生既精通西学，又精准地归纳了"以歌舞演故事"这一戏曲的特点，殁于1927年。

对西方戏剧也就是话剧的全面研究是在以"五四"为代表的新文化运动中开始的，最著名的一个标记就是1918年6月《新青年》的"易卜生专号"。易卜生不仅是"现代戏剧之父"，还被中国的新文化先锋誉为整个新文化的代表——"易卜生主义"。他影响最大的现实主义话剧和中国戏曲从内容到形式都极不一样，易卜生的中国追随者们曾经想引进易卜生式的"新剧"来取代本土戏曲，引进是引进了，但并没能如愿取代戏曲。半个多世纪后，改革开放之初，拨乱反正的思想解放运动继承了"五四"精神，可是戏曲界有一个现象却和六十年前刚好相反。"五四"的主潮是批判中国传统"旧戏"——这一点在"文革"期间达到登峰造极，真的禁绝了所有的"旧戏"；而"文革"一结束，戏曲剧团纷纷恢复建制，请回受迫害的老艺术家，立刻把禁了十年多的老戏从箱底翻出来上演，观众极其踊跃。越剧《红楼梦》《梁祝》等老的戏曲电影也火遍全国，还有些老戏如《唐知县审诰命》拍成新的电影《七品芝麻官》，也迅速风靡全国。可惜的是此景并没有延续很久，老戏热过一阵后，观众渐渐少了，大家越来越意识到，翻箱底不可能吃一辈子，戏曲的长远发展还是少不了剧本创作这一基础工程的支撑。改革开放以来最好的戏曲演出大多源自优秀的剧本，也都产生了良好的社会效果，因其深刻的人性主题还将作为保留剧目长演下去；而且，它们全都是雅俗共赏、老百姓喜闻乐见的剧目。可惜的是，这样的优秀剧目还不够多，远远不能满足广大人民群众的需要；而且奇怪的是，近年来经费投入越来越多，真正的优秀剧目反而更少了，即便剧目不错，城里剧团的演出也少了，之所以会出现这种情况，是因为创作观念上出现了偏差。

戏曲创作中的观念问题多半是从五四前后中西文化开始产生碰撞起一直延续下来的，大致上可以分为三个方面：剧本与表演的关系、精英与大众的位置、戏剧服务社会的方法。总的来说，"五四"新文化给戏曲改革带来的积极因素应该继续发扬，这主要体现在强调戏剧艺术中优秀剧本的引领作用。与此同时，我们也要认识到，时代已经发生了翻天覆地的变化，一百年前中国人民生活在三座大山压迫之下，面临的是救亡图存，亟须快速学来西方的新文化"以夷制夷"；而在中国共产党执政下经过了七十多年的和平发展，现在我们进入了实现中华民族伟大复兴的"中国梦"的时代，剧本创作的观念必须与时俱进。

二、戏曲之"本"与"玩意儿"

在强调剧本的作用这个问题上，"五四"前后我们引进从莎士比亚到易卜生、萧伯纳等西方戏剧文学大师，正好击中了当时戏曲的要害——轻视剧本、只重表演。这个问题在一百年后的京剧界又一次成了一个争论的话题，"京剧名家李玉声在网上发了一条短信，主题是：

京剧再刻画人物，京剧就没了！如巨石投入古潭，沉寂的京剧理论界在网上掀起轩然大波。"八十多岁的老戏迷尹丕杰认为，"李玉声先生确实触动了京剧最根本的问题的开关，可惜他还没按下去。"尹先生在一篇广为流传的网文中替李玉声把观点说得更加清楚：

> 从清末到民国，上至太后老佛爷，下至升斗小民，都用四个字为京剧定位："戏者戏也"——什么是戏呀？戏就是玩意儿！供人们开心取乐的玩意儿。在慈禧心目中，无论是京剧自身还是唱戏的人，都是玩意儿。所以台上杨四郎一口一个"番邦女子"她不在意，倘若李鸿章这么说就麻烦了。京剧的玩意儿即"唱做念打"……京剧因玩意儿而存在，没有玩意儿的京剧剧目，不过是失去灵魂的行尸走肉……"剧本乃一剧之本"的提法，对传统老戏而言是不确切的。应该说：玩意儿乃一剧之本。《大登殿》的剧本是胡编的，卑劣至极。薛平贵叛国投敌，又当上还乡团长，两口子滥施刑赏，一副小人得志派头，格调极低。但因玩意儿精美，竟能营造出大团圆式的喜庆氛围，至今仍活在舞台上。[1]

对一百多年前的京剧而言，这个说法大致上不错，问题是现在已经进入了21世纪，京剧还应该继续演些"胡编的"剧本、只是"因玩意儿而存在"吗？一百年前新文化先锋们痛心疾首地指出，这个问题极其严重——可以说是比现在远更严重，因为那时候中国面临着亡国

---

[1] 尹丕杰：《京剧的"玩意儿"与人物》，2017年8月14日，https://www.sohu.com/a/164438514_804333。

的危险，绝不能再沉湎于"玩意儿"继续玩物丧志下去了。而事实上，中国的戏曲也并不是一向都不在乎剧本质量的，历史上从关汉卿、汤显祖到孔尚任、李渔等一系列戏曲大家都首先是剧作家，早就形成了重视文学剧本、亲自调教演员的优良传统。尹丕杰也承认："王国维说的不错，宋元戏曲确实以演故事为目的，以歌舞为手段。而传统京剧则相反，它以展示歌舞（即卖玩意儿）为目的，故事仅作为载体而存在，只是平台，因而也只是手段。"也就是说，戏曲重视剧本的几百年老传统到了在末代皇朝的宫廷上形成的京剧里已经中断了——即便如此，"老佛爷"喜欢的那个表现"番邦女子"的《四郎探母》不仅玩意儿漂亮，剧本也是十分出色的，拿到国际的跨文化剧坛上去都毫不逊色。当然这是少数的例外，20世纪初演出的大部分戏曲确实不讲究文学剧本，以至于早期在西方话剧影响下形成的"混血"的"文明戏"也只是没有完整剧本的幕表戏，摸索了一二十年后才找到话剧的正道。从莎士比亚到易卜生、王尔德、萧伯纳、布莱希特等西方戏剧文学大师，虽然并没有像某些极端的新文化先锋曾希望的那样取代戏曲，但他们的剧作对戏曲剧本的创作无疑产生了很大的积极影响。因此，无论从老百姓的接受度来看，还是从文学分析的角度来看，近百年来戏曲创作的水准大大超过了"老佛爷"时代的京剧，其成就甚至还高过了历来以剧本为重中之重的中国话剧，这显然首先要归功于新编的戏曲剧本。梅兰芳要是没有齐如山、李释戡等人给他出主意打本子，也不可能有那么高的成就；现在已成为京剧传统"老戏"的《白蛇传》《杨门女将》等其实都是现代人创作的新编剧目；至于越剧、沪剧等跟话剧差不多年龄的相对年轻的戏曲剧种，更是在新文化的直接影响下创作了具有文学价值的新剧本如《梁祝》《祝福》《雷雨》以后，才真正成型、发展起来的。现代戏曲重视剧本的好传统一定要继续坚持下去，不能因为听了一些只要看"玩意儿"、不屑新编剧的老戏骨、老戏迷就否定戏曲剧本创作的价值，更不要轻信"后剧本""后戏剧"之类听起来时髦的西方先锋派理论而轻视剧本，让一些优秀的戏曲演员沦为西方观念试验场上盲目耍弄技巧的玩偶，被不懂中国文化的外国人或盲目崇洋的"假洋鬼子"导演当成木偶摆弄，以肤浅的"跨文化"为名糟蹋我们的国粹。同时，我们必须正视当下大量的新编戏曲剧本质量不高以及作者眼睛朝上、不接地气等问题，想出对策加以改进。

三、精英主导与大众关怀

"五四"新文化运动完全是精英主导的，鲁迅作品中的"哀其不幸、怒其不争"典型地表明了当时的"先知先觉者"对"阿Q式""闰土式""祥林嫂式"老百姓的看法。但近百年中国戏剧的事实证明，一方面他们引进的"德先生""赛先生"确实提高了戏曲剧本的水准；另一方面他们自己后来也意识到，主张戏曲退出历史舞台是错误的，他们当时瞧不起的草根百姓顽强地让戏曲生存了下来——还几乎没花政府一分钱！当然，鲁迅等左翼精英至少还是体恤老百姓的苦难的，后来毛泽东《在延安文艺座谈会上的讲话》进一步确定了"雪中送炭"先于"锦上添花"的方针。这个方针现在仍然极其需要，因为我们的"人均戏剧量"实在太低，和我国的经济实力很不相称。有些自以为了解世界戏剧趋势的文化人以为全世界戏剧都在萎缩，所以我们大多数城市里普通人与戏无缘是正常现象，这根本不是事实。世界上多数中等以上经济水平的国家的人均戏剧量都比我们的高，而且这个问题在近年来变得更加突出，原因之一就是，精英与大众的位置现在成了一个大问题。"五四"时期精英必须站出来振臂高呼引导大众，是有其历史原因的，那时候大多数人不识字，信息极为闭塞，而现在的老百姓都受过基础教育，连大学生的比例也越来越高，专家与大众在文化水平方面的界限越来越模糊，对戏剧这一大众艺术样式而言甚至可以忽略不计，但我们的戏剧界却越来越走向了"专家决定论"。

改革开放之初刚恢复的剧团十分亲民，演的老戏新戏都极其接地气。1979年，陈仁鉴的莆仙戏《春草闯堂》晋京演出轰动全国，有六百多剧团移植，还带出了一大批以小人物不畏强权、大胆"闯堂"为戏核的喜剧。豫剧《七品芝麻官》、京剧《徐九经升官记》等也被许多剧团搬演、移植，《宰相刘罗锅》则从电视到京剧横扫全国——那时候大多数剧团还没有"抓原创冲奖项"这样的观念，剧团就是演好看的戏为人民大众服务的。大部分地方戏曲剧种不像京、昆那样程式严整，比较擅长演绎喜剧，而草根老百姓也喜欢看喜剧。《春草》《徐九经》《芝麻官》等喜剧从20世纪80年代到现在一直具有长久的生命力，同时也是当今反腐倡廉的极好教材，这证明百姓趣味和政治任务并不矛盾。但近年来种种评奖和分发基金的做法不是鼓励剧团到演出市场上去探索观众的兴趣，为买单的老百姓创作，而是靠不用对演出效果负任何责任的专家打分评"精品"来决定许多未必有观众的戏的命运，政府钱花得越来越多，戏反而越来越远离老百姓，演出场次越来越少。脱离群众、精英主导的理念使得观众喜闻乐见的喜剧销声匿迹多年，这是文艺界导向的一个失误。北京戏剧家协会副主席李龙吟写的一篇网文《中国戏剧得了三种病》一针见血,他批评的前两种病叫:长官意志病、过节评奖病,具体地说:

> ……长官让排的戏,长官给钱,戏剧演出水平不高,长官也不好意思说不好,戏排出来了,没演几场,因为那实在是应景之做,水平很差,观众不买票,演不下去了,可是长官给的钱能让剧团活一阵子的,剧团毫无愧色。过些日子,一位主管宣传的更高长官上任了,提出"原创的、本地的、现代的"这样的看似响亮的口号,还是表示听他的话他给钱,于是京剧、评剧、昆曲、梆子、话剧一块儿上,抢着排这个城市的几项政绩工程、标志性建筑,抢到手项目就是抢到钱呢!戏也排出来了,可想而知,为了抢长官的钱排出来的戏,观众能爱看吗?……
>
> ……过年过节不过日子,为过节评奖排戏演戏,这是第二种病。[1]

党的十八大以后中央就下令要减少评奖,点中了文艺界的要害。但这些年来似乎上有政策下有对策,"评奖"是减少了一些,却新生出了更多的"评基金""评项目";直接的长官主导也许是少了些,但长官授意下的专家主导却又多了很多——其实都是不了解老百姓看戏需求的精英决定论。十八大提出减少评奖对戏曲人来说最重要的意义在

---

[1] 舞蹈中国:《犀利评论:中国戏剧得了三种病》,2019年6月23日,https://www.sohu.com/a/322468361_482903。

于，要树立起习近平总书记提倡的"金杯银杯不如百姓口碑，老百姓
说好才是真的好"[1]这一根本性的理念，在总体上把精英导向的每次只
演一两场的"精品"项目改为大众导向的能长期演出的保留剧目。

四、服务社会与多元方法

"五四"新文化的先驱提出，戏剧不应再是供遗老遗少消遣的玩
物，戏剧最重要的价值是为社会改革服务，这也是正确的；现在我们
说文艺为人民服务，还是这一精神的延续。但是，服务社会的具体方
法要与时俱进、因地制宜、因剧种而异，现在我们需要的不应再是救
亡时代单一的急功近利的工具式服务。20世纪90年代起的市场经济转
型对戏曲冲击很大，后来为了扭转局面而不断加码的政府投入和评奖
导向又加剧了急功近利的工具化的倾向。很多戏曲人总想直接服务现
实，但在可以用日常散文说话的话剧面前又不免有点自惭形秽；对不
少戏剧策划人来说，选择戏曲现代戏主要是因为多数老百姓看不到话
剧，而戏曲剧团很多，只能用戏曲这个替代品来服务现实，因而创作
的现代戏多是直接图解政策，新编历史剧则只会按图索骥地借古讽今
来应对现实。工具论者奉西方话剧中的易卜生式社会问题剧为楷模，
看不到戏曲有更深层次的文化和精神层面的价值，更没想到戏曲有可
能比写实话剧更好地传递广义的现代精神。艺术史证明，古代产生的
艺术形式并非只能为古人服务，两千多年前的希腊戏剧、四百多年前

---

[1]　习近平："金杯银杯不如百姓口碑，老百姓说好才是真的好。"《人民日报》2019
年8月25日。

的莎士比亚戏剧都还在世界各地不断演出；近几十年来的戏曲创作如
《春草闯堂》《山鬼》《曹操与杨修》《金龙与蜉蝣》等也都证明，戏曲
可以用超越具体时代的寓言式故事和胜过一般话剧的多姿多彩的写意
手段，把现代意蕴表现得更强烈、更出彩。相形之下，根据某行业、
某单位、某活动、某日期的一时需要而"定制"的剧目反倒大都短命。
因此，要以习总书记高瞻远瞩描画的"中国梦"为引领，从中华民族
精神文明建设的长远目标出发，多创作能经得住历史考验、能长期地
吸引人民群众的保留剧目，尤其是深刻反映人性的精品。例如，魏明
伦的川剧《巴山秀才》展现一个落魄秀才在和一连串贪官直至慈禧太
后的争斗中，从迂腐到悲壮的心路历程，揭示了知识分子生命觉醒的
过程和善良、正直人格的毁灭。盛和煜的湘剧《山鬼》以屈原这个两
千多年前的历史人物及其塑造的"山鬼"为载体来体现他对当今知识
分子命运的反思。罗怀臻的淮剧《金龙与蜉蝣》也是类似地凝聚了当
代思考的寓言体戏曲。陈亚先的京剧《曹操与杨修》演绎了一个非常
独特的曹操——他对杨修从器重到生疑到痛恨加痛惜，一步步的心路
历程很有点像莎剧中麦克白走过的路，让人不由不同情加惋惜，怜悯
加恐惧，这就是恩格斯在19世纪大力提倡的"莎士比亚化"的创作方
法，我们虽然身处21世纪，仍然可以受用不尽。李莉的京剧《成败萧
何》继续了《曹操与杨修》的路子，王仁杰的梨园戏《董生与李氏》
则在艺术手段方面更突出。所有这些戏都用戏曲的传统手段展现了富
有现代性启示的古装故事，意境远胜话剧，戏曲的古老程式用独创的
方式表达了独特的思想。现代戏佳作如陈彦的秦腔《西京故事》、李莉
的沪剧《挑山女人》并未直接触及具体政策问题，但也深受观众喜爱，

到处演出广受欢迎。新时期戏曲创作的诸多种类中，还有一种在新世纪异军突起的类型，在更高的层次上继承了"五四"新文化的"拿来主义"，那就是中国编剧主导的洋为中用、彰显文化自信的跨文化戏曲。近百年来戏曲受到西方戏剧理论话语权的全面打压，很大程度上缺失了文化自信，越来越被动地话剧化，特别是布景越来越写实，内容越来越缺乏写意的诗情。彰显文化自信的跨文化戏曲如川剧《欲海狂潮》（徐棻）、京剧《情殇钟楼》（冯钢）、《朱丽小姐》（孙惠柱、费春放）、越剧《心比天高》（孙惠柱、费春放、吕灵芝）等化西方经典为中国寓言，都是我们主动在优秀的西方文学经典中寻找符合戏曲特色的哲理因素，用最有民族特点的写意手法进行脱胎换骨的改造，既为古老的戏曲输入新鲜的内容，能吸引年轻观众来看戏曲，也让熟悉经典的西方观众惊艳于中国戏曲的奇特魅力，便于中国文化走出去。

五、小结

这三个方面的观念问题，总的来说都关系到如何看待外来文化的大问题，是去粗取精还是盲目追随西方潮流、唯新是从？是照单全收还是洋为中用、在对外开放的同时巩固文化自信？一百年前打开国门学西方新文化是完全必要的，外国的好东西我们还是要继续学习，但绝不能永远只满足于做"优等小学生"——就是西方舶来的话剧都不应该这样盲从外国人，更不用说我们自己的国粹戏曲了。当年要是真的像某些新文化先驱所说的那样去学的话，戏曲早就灭亡了。我们要实现习总书记提出的文艺创作从高原上升到高峰的任务，必须解决这些观念问题。时至今日，救亡图存和阶级斗争为纲的时期用易卜生式问题剧模式指导戏曲创作的理念已经过于狭窄，需要大大拓展；在人民当家作主了七十多年后，我们应该改变一百年前居高临下"唤醒民众"的精英主导的做法，放低身段认真揣摩人民群众的心理，为草根观众而不是为掌握权力、资源的政治精英和学术精英而创作。在全面引进西方话语一百多年后，在继续学习马克思和德先生、赛先生的同时，在继续从西方文艺经典中汲取营养的同时，需要特别强调我们的传统文化、民族特色，不盲从西方，特别是不盲从所谓西方新潮流，不能简单地用以西方现实主义或后现代主义为核心的戏剧理论来指导我们的戏曲创作，要以广大人民群众的审美兴趣为导向，实现戏曲创作更大的突破。

这本书和大多数讲戏曲的书不一样，不时拿戏曲和话剧作比较，和外国戏剧作比较。这和我本人的背景有关：我最早是写话剧的，1979年考进上海戏剧学院成为首届编剧理论硕士研究生后，主要研究西方戏剧，兼及比较戏剧——那篇《三大戏剧体系审美理想新探》据说是引用最多、争议也最多的戏剧论文；我后来又在外国住了十五年，写戏曲剧本是从回来那年才开始的（至今写了十来个，演出了八个）。在这本书里我有意识地不回避带有主观性的比较视角，还有一个更重要的原因：现在戏曲界的同行对世界戏剧的走向也越来越关心，我二十年前开始的用戏曲改编西方经典的做法现在已经蔚为大观，越来越多的戏曲人也热衷于做这样的"跨文化戏曲"。所以，本书的第四章专门讨论中国戏曲和世界文化的关系，特别强调我们应该如何在日益频繁的跨文化交流中既兼收并蓄，又保持定力，尽可能主动地发挥好我们民族文化的特色。

　　仅从福建和河南两地民间剧团的演出情况，就可以看到戏曲的种类很不一样，本书讨论的戏曲毕竟还是以城市的剧团为多，种类就更多样了。戏曲的种类基本上是由剧本这一创作的第一步决定的，首先看题材和主题，还要看编剧所用的技巧。社会发展到了今天，观众需要更多种多样的戏曲，悲剧、喜剧、哲理剧、通俗剧，等等，这些是本书第三章的内容。相对第三章的微观分析，第二章讨论的问题比较宏观，主要关系到戏曲的服务对象，写剧本时眼睛要向外看还是向内看、向上看还是向下看，也就是精英与大众的关系问题，也就像毛泽东主席当年《在延安文艺座谈会上的讲话》中问的，是锦上添花还是雪中送炭的问题。前面说到，现在城里的老百姓很少有戏看，农村戏虽然不少，但大多是节日包场，个人可以选择看戏的机会还是极少。因此，当下戏曲人面临的首要任务依然是，先要为老百姓雪中送炭，而不是去给已经很忙的领导和专家们锦上添花。

　　很多人认为，戏曲一向是以表演为中心的，话剧才是以剧本为中心；此说未必准确，而且这本书就是聚焦于戏曲的编剧而不是表演，所以一定要弄清楚戏曲编剧和话剧编剧的异同。很多话剧编剧开始写剧本的时候，还不知道哪个剧团、哪些演员会来演剧中的角色，写了再说；而戏曲编剧需要时时考虑到和表演的关系，最好明确剧种、剧团，甚至演员，以便写出最适合他们发挥的剧情、人物形象及舞台语言。梅兰芳是一个最突出的例子，他有一个"御用编剧"团队，就是专门为了他这个主要演员而写剧本的。即便在没有特别的演员为目标的情况下，戏曲编剧也应当熟悉剧种表演的特点，为演员发挥特色创造条件。老戏迷尹丕杰极而言之:"当玩意儿和'人物'不可兼得时,京剧宁可只要玩意儿而置人物于不顾,甚至不惜扭曲。"[1]真是这样的吗?这样写出来的戏曲剧本,主题、人物、情节、语言这些文学性的要素还在吗?话剧学者丁罗男的看法似乎也有点相似:"在20世纪中国戏剧史上,恰恰是话剧以剧本创作为中心,京剧所代表的戏曲则以表演艺术为中心。因此,前者有充分的思想性、文学性值得褒贬评论,后者却更多地诉诸形式美,偏重于观赏性。"[2]那么,"更多地诉诸形式美,偏重于观赏性"的戏曲的剧本究竟应当如何评价呢?下面的第一章就讨论这些问题。

[1]　尹丕杰:《京剧的"玩意儿"与人物》,2017年8月14日,https://www.sohu.com/a/164438514_804333。

[2]　丁罗男:《二十世纪中国戏剧整体观》,文汇出版社1999年版,第97页。

第一章

剧本与表演

中国戏曲的一大悖论涉及剧本与表演的关系。戏曲界绝大多数人是演员——数量还更大得多的票友群体更全是业余演员和琴师，他们似乎把全部的时间和精力都放在练功和表演上。而戏曲研究的基础则是文本——故事、曲词、唱腔，戏曲的起源和发展必须以有记载的剧本为标志，如果没有剧本，戏曲史很可能会是一片空白。更重要的是，历代戏曲大家往往是表演老师和导演，但首先是剧作家——没有剧本教什么？唱什么？演什么？"自掐檀痕教小伶"的汤显祖对演员的要求是："一汝神，端而虚。择良师妙侣，博解其词而通领其意。动则观天地人鬼世器之变，静则思之。"也就是说，先要精研剧本，那是演戏的基础。李渔也是这样要求他的家班演员的。剧本和表演孰轻孰重在古代好像并不是什么问题，却成了现代人的大问题。一方面总是有人用西方话剧的标准批评戏曲剧本陈腐、落后、单薄，另一方面也有戏曲界的人自己说剧本瞎编没关系，戏曲只要"玩意儿"好就行了。

难道现当代的戏曲剧本真的那么不堪吗？让我们来仔细看一看。

戏剧文学再评价：戏曲优于话剧

一、独创与套路

近百年来的中国戏剧文学包括戏曲和话剧剧本，然而多数学者似乎并不这样看；除了一个最近的例外，大多数中国现代剧本选集都是泾渭分明的话剧选或戏曲选。[1]戏曲学者傅谨在《二十世纪中国戏剧的现代性与本土化》一书中写道："诸多文学史家甚至戏剧史家们不约而同地将国剧创作排除到二十世纪中国文学整体的边缘甚至之外……"[2]。他以"建国以来第一部中国现代戏剧史专著、国家重点科研项目"《中国现代戏剧史稿》为例来说明这个奇怪的现象。该书将研究对象定为

---

[1] 其中体量较大的包括荣广润主编的《上海五十年文学创作丛书》（巴金主编）之《话剧卷》（共768页，上海文艺出版社1999年版）；中国话剧研究会刘厚生、胡可、徐晓钟主编的《中国话剧百年剧作选》（共20卷，中国对外翻译出版公司2007年版）；杜长胜主编的《中国京剧昆曲剧目导读》（共2卷，学苑出版社2010年版）及《中国地方戏曲剧目导读》（共2卷，学苑出版社2010年版）。一个例外是吕效平主编的《二十一世纪中国文学大系（2001—2010）戏剧卷》（南京师范大学出版社2014年版），收了7个话剧和3个戏曲剧本。

[2] 傅谨：《二十世纪中国戏剧的现代性与本土化》，"国家"出版社2005年版，第119页。

"中国现代戏剧"，但又声明："全书从十九世纪末中国现代话剧产生写起，一直到新中国成立，系统阐述我国现代戏剧（主要是话剧）的产生及其沿革，从多方面总结了中国现代戏剧（主要是话剧文学）发展的历史规律"[1]。为什么这部《史稿》要如此反复强调"主要是话剧"呢？傅谨的一个解释是："国剧这种中国的传统艺术形式被世纪初的'戏曲改良'运动漫画化了，它从那个时代起就被目为'旧剧'，被视为已经或将要为现实社会所淘汰的艺术与文学形式，跌落到文学的边缘地带"[2]。

　　较近的一个例子是，作为"普通高等教育'十一五'国家级规划教材"的《中国近现代戏剧史》强调"采取比较文学的研究方法，特别是影响研究是本书所侧重的方面"[3]，但只在开头提到话剧所要"取代"的旧戏曲，并没有提及任何现代人的戏曲创作，显然该书作者认为，中国现代戏剧史就是一部话剧在西方影响下诞生并发展的历史。另一位话剧学者丁罗男的著作《二十世纪中国戏剧整体观》与傅谨在题目上颇为相似，但19篇文章中一篇论戏曲，一篇论民族歌剧，其余都是话剧论文；他特别注意到了多数学者忽略戏曲的现象，其解释也有相当的代表性，但和傅谨的看法很不一样：

　　　　我国多数戏剧学者都十分重视戏剧文学，而不同程度地忽视

---

[1]　陈白尘、董健主编：《中国现代戏剧史稿》，中国戏剧出版社1989年版，勒口。

[2]　傅谨：《二十世纪中国戏剧的现代性与本土化》，"国家"出版社2005年版，第122页。

[3]　田本相主编，胡星亮、胡志毅副主编：《中国近现代戏剧史》，江苏教育出版社2008年版，第7页。

表演艺术。在20世纪中国戏剧史上，恰恰是话剧以剧本创作为中心，京剧所代表的戏曲则以表演艺术为中心。因此，前者有充分的思想性、文学性值得褒贬评论，后者却更多地诉诸形式美，偏重于观赏性。相比之下，史论家的眼光自然转向话剧，话剧文学创作往往成为现代戏剧史的全部内容。[1]

丁教授关于学者兴趣的判断相当准确，话剧和戏曲的研究人员基本上是两拨人，前一群人多半还没怎么意识到——或者用傅谨的说法是"有意识的忽视"，近百年来的戏曲剧本创作也应该是现代文学的一部分。丁罗男关于剧种不同特点的说法好像也是多数人很多年来习以为常的"常识"，然而近年来我却发觉，此说对于近百年戏剧剧作的适用性究竟如何，还颇费探究。现代戏曲的文学性真的都不如话剧，也不如其自身的观赏性吗？

关于现当代文学中戏曲剧本之价值的这个研究在三个方面与前人有所不同：首先是给予被太多人忽视的戏曲剧作同样的，甚至更多的重视；其次是尽可能在各种比较，尤其在国际背景中来看戏曲剧本的整体价值；三是以"独创"为标尺来评判所有的剧本。现当代中国戏剧文学的总体成就怎么样？要看怎么比较。外部的比较包括和同时期的中国小说比、和同时期的西方戏剧比，或者和中国古代的戏剧比——这三种比较的结论都不免令人失望。内部的比较首先是拿话剧和戏曲相比，结论更会让很多人吃惊甚或反对，因为：戏曲剧本的成

[1]　丁罗男：《二十世纪中国戏剧整体观》，文汇出版社1999年版，第97页。

就高于话剧。这里的"戏曲"就是上引傅谨所说的"国剧"，但这一广义的"国剧"概念并非历史上"国剧运动"所指的特殊的"国剧"。虽然二者都强调作为中华文化一部分的戏剧不同于西方的民族特色，但20世纪20年代的"国剧运动"生不逢时，短命而亡；之后的近一个世纪里，中国戏剧界基本上被西方话语所左右。无论是易卜生、斯坦尼斯拉夫斯基、布莱希特、阿尔托的话剧及反话剧，还是马克思、恩格斯、列宁、日丹诺夫的文艺理论，都是源自欧洲的文化元素，都成了近百年来中国戏剧教科书的主干内容；国剧或被斥为腐朽落后、完全过时，或被视为没有体系、缺乏理论。刚进入新世纪时，还有偏爱话剧的学者依依不舍地称刚过去的那一百年为中国的"戏剧世纪"——"在戏剧文化的意义上……中国文明史上最值得纪念的一个时代"[1]。我当时就对这个说法很不以为然——元朝时我们的关汉卿、马致远、郑光祖、白朴曾经大大领先于同时期欧洲的中世纪戏剧；西方文艺复兴后出了莎士比亚、莫里哀、歌德，我们也有了徐渭、汤显祖、孔尚任。但在整个20世纪中，我们的大多数剧作家主要是在跟着"外国和尚"念经做学徒——无论是学日本、欧美还是当时的苏联，究竟学出了多少青出于蓝的作品呢？在这几个参照系下来看近百年的中国剧坛，琳琅满目的是不计其数的套路和速朽之作；要想找到留得下来的真正"独创"的剧作，需要花极大的力气来沙里淘金。

独创就是不克隆别人，展现出自己的特色，在研究中关键就是要查一下某个剧本问世之前是否存在明显相似的作品。举个人所共知

---

[1]　朱寿桐：《告别戏剧世纪》，《文艺报》2002年4月18日。

的例子,《雷雨》是中国话剧史上演出最多的剧作,但熟悉世界戏剧的人一看就会觉得似曾相识。曹禺熟读欧美剧本,在这部处女作的结构及故事中,学习、套用的痕迹十分明显。相比之下,他的第二个剧本《日出》就独特得多——甚至可以说奇特。我小时候还看不懂陈白露,因为当时的生活中完全找不到参照;三十年后也就是《日出》问世七八十年后,差不多剧中的每一种角色都可以在我们身边看到了,才貌双全却没正常工作的陈白露几乎将要成为一个"永恒"的原型形象。

但文学毕竟不是科学,"独创"的标尺也不是那么绝对的,甚至比现在经常听到的"原创"还灵活些。用我们这里评奖对"原创"的技术标准来衡量,中外古典戏剧极少是原创的,而中国现在的戏剧评奖只评"原创"。其实许多技术上合格的"原创"作品只是伪原创——曾任山西省委宣传部长的申维辰那样的官员可算是最会"抓原创"的,每每大量调拨纳税人的金钱、集全国各地得奖名家之力来冲奖,结果往往是徒有原创之表,恰恰独缺原创之实。戏剧界的老前辈刘厚生先生在他仙逝之前针对时下剧坛的"原创"热曾一针见血地提出:

> 我建议各个有丰厚传统剧目和优秀新戏的大剧种,都可建立"剧种代表剧目"制。不少古老剧种原就有诸如湘剧"八大记"、川剧"江湖十八本"、梨园戏"十八棚头"等说法,年轻的越剧也已有《梁祝》《西厢》《祥林》《红楼》四大代表作的共识。代表剧目是剧种的光荣,是剧种的名片。多演出可以取得观众信任,也提高观众对民族优秀文化的认识。不仅传统剧目是公共财产,任

何剧种剧团都能演，就是新改新编的优秀新剧目也应积极推广，移植演出。[1]

20世纪三四十年代，京剧艺术家和文人一起创作了不少新作，大多取材于古典文学名著，如一批红楼戏和灵感来自唐诗的程派名剧《春闺梦》；上海的越剧、沪剧也是通过改编中外名著如《祝福》（改编自鲁迅小说）、《少奶奶的扇子》（改编自英国奥斯卡·王尔德《温德米尔夫人的扇子》）等提高了年轻剧种的艺术品位。那时候戏剧的创造力十分旺盛，标志之一就是作品的强盛生命力——大半个世纪前创作的很多戏现在还能演，还有人看。20世纪五六十年代涌现了一大批完全新编的戏，但现在还能演的却很少——话剧更少，反映当代生活的几乎一个也没有。曹禺的《明朗的天》讲一个狠批美帝国主义的新中国的故事，看上去比他套用欧洲原型故事的《雷雨》"原创"得多，却不会有人演了。因为那些戏里的思想是作者听领导灌输给他的，所以并不是真正的"独创"的剧作。

中国的传统道家思想和西方当代的解构主义、互文主义理论都告诉我们，人类所有的精神产品都是有源流的，不可能凭空产生，一切所谓的"原创"其实都是"改创"。"独创"者不必拘泥于表面的"原创"，但就视角和境界而言，事实上要求更高。戏曲编剧大家魏明伦曾经书赠一位年轻剧作者12个字："独立思考、独家发现、独特表述"[2]，从三个

---

[1] 刘厚生："中国戏曲发展的困境与对策"，2016年3月3日，http://news.huain.com/xiqu/2016/0303/82085.shtml。

[2] 当时的上海戏剧学院硕士研究生胡梦琪于2014年7月19日告诉我的，她藏有魏明伦的墨宝。

方面准确地定义了"独创"这个概念。这是相当严格的标尺，不光在现当代中国不容易找到彻底符合的剧本，就是全世界也有同样的问题。首先，和小说、诗歌、散文相比，戏剧是创作自由度相对最低的文学样式，因为它必须综合多人的创作，理想的受众又是在剧场里，而且是集体的（中文的"观众"和英文的audience一样，都是集体名词，说"一个观众"其实有逻辑问题），有着难以更易的惰性。呈现给他们看的舞台演出一定要限时限刻，不得不受到模式化的剧场形式的限制，再独创的剧作家也都只能在受限制和反限制这一矛盾中挣扎。戏曲又可以说是各类戏剧样式中最强调传统的，其常态是不断地打磨、移植老戏，创作也多是不同程度地改编文学名著，如众多的"三国戏""水浒戏"等；取材于《三国》但又不算改编的京剧《曹操与杨修》那样的好剧本实在不是很多，像魏明伦的川剧《巴山秀才》这样虽取材于历史但完全独创的好剧目更是难找。至于话剧，中国的舶来品和西方的原型很不一样。中国话剧是新文化运动中"易卜生主义"的主要载体，就是要引进西方模式来取代看上去迥然不同的"腐朽的"旧剧的，所以毫不掩饰地抛弃中国传统，模仿欧美范本，其学样的"忠实"程度远远超过相对来说还比较容易借鉴中国古典小说叙事的中国现代小说。既然话剧的常态是拷贝外国老师，戏曲的常态是追随自家师傅，这两个领域里没有很多勇敢创新的独创之作，也就不难理解了。

二、初创时期的选择

多数的教科书上都说，中国话剧始于1907年的东京，其实更大的影响还是来自欧美。大家都说话剧是通过"二道贩子"日本学来的，有一个重要的原因，中国新文化运动的领导人大多是日本留学归来的职业作家兼革命家，长期掌握了现代文学的话语权，最著名的就是鲁迅、郭沫若、夏衍、田汉、周扬，除了批评家周扬，个个都写过剧本——虽然除田汉外多数人都没把主要精力放在戏剧上。而接受欧美教育的戏剧家几乎都是教授型的艺术家，政治影响远不如日本海归，但却是中国话剧前半期更重要的主将——洪深（哈佛大学）、熊佛西（哥伦比亚大学）、李健吾（清华大学、法国留学）、焦菊隐（燕京大学、巴黎大学）、张骏祥（清华大学、耶鲁大学）、黄佐临（剑桥大学）、曹禺（清华大学、美国访问）、老舍（英国任教、美国访问）。当然，这些话剧界的前辈都绝对爱国，例如曹禺曾应美国国务院之邀于1946年访美，却印象不佳，称病提前回国，后来还写了旗帜鲜明的反美剧作《明朗的天》。他们努力学习西方文化主要是为了"以夷制夷"，但他们剧作中的外来影响还是很明显；外在的形式就不用说了，常常有些故事人物也是脱胎于西方剧本，例如《雷雨》。

　　曹禺自己也不认为他这部处女作是最满意的剧作，就因为它"太像戏"[1]——他指的是19世纪法国流行的"佳构剧"的那种过多依赖巧合的"戏"，连现代戏剧之父易卜生也深受其影响，而易卜生又极大地影响了曹禺和中国大多数话剧编剧。曹禺实在太有远见，刚写完石破天惊的《雷雨》就给出了"太像戏"这个自我批评，而很多中国戏剧人要等到今天，得知这个悲剧在演出中常会有观众笑场以后，才会理

---

[1]　曹禺：《日出》跋"，《中国现代作家谈创作经验》，山东师范大学中文系文艺理论教研室编。山东人民文学出版社1980年版，第375页。

解作家为什么早就做出了那个冷静的判断。曹禺惊人的预见来自他的渊博和国际视野，尤其是他对中国戏剧在世界上的定位的极为清醒的认识。中国的话剧剧本要有独创性，首先必须尽可能摆脱西方的模式；即便不能要求每个作者都拿出鲜明的个人风格，至少也要有中国特色，尽量不照搬西方话剧。最早提出这方面要求的是余上沅、赵太侔、闻一多等一批留美学人的"国剧运动"派，那还是在20世纪20年代，比曹禺写第一个剧本还要早好几年。

梁实秋在《悼念余上沅》一文中解释说："所谓'国剧'，不是我们现在所指的'京剧'或'皮黄戏'，也不是当时一般的话剧，他们想不完全撇开中国传统的戏曲，但要采纳西洋戏剧艺术手段"[1]。余上沅认为中国现代戏剧应该兼取写实的西方戏剧和写意的传统戏曲之长，不一定和西洋的写实戏剧相同，更不要把现代话剧运动等同于"易卜生运动"[2]。可惜的是，他们在美国的时候虽然也实验性地做了几个戏，都只是些根据戏曲剧本改编的话剧急就章，如《长生殿》（余上沅编剧）和《琵琶记》（余上沅和赵太侔导演）等；回国以后又面临着理想与现实的矛盾，除余上沅外多数人并未进入主流戏剧界，也没留下什么满意的独创剧作，国剧运动就在那些一心救亡的左翼的抨击下草草收场了。

差不多与此同时，并未参加国剧运动的田汉倒是写出了不少蕴含着"国剧"味道的短剧，一个突出的例子是《南归》——他后来更写了好些戏曲剧本，《白蛇传》成为各剧种演得最多的剧目之一。田汉虽然也说过要当"中国未来的易卜生"，却和直接借鉴易卜生剧作法的曹

[1]　梁实秋："悼念余上沅"，《戏剧》（中央戏剧学院学报）3（1996）：12-14。

[2]　余上沅编：《国剧运动》，新月书店1927年9月初版，第3—6，201页。

禺和洪深很不一样；他更像个浪漫派诗人，不愿受写实话剧严格套路的约束。《南归》作于1929年，是个农村题材的独幕剧，聚焦于一个简单的三角关系：母亲要女儿嫁给看上她的同村少年，而她思念已久的游吟诗人回来了；最后，抱着吉他的流浪者失意地走了。这个小戏从结构到语言都浸透了波西米亚情调，但又像一出戏曲折子戏，充溢着乡村的野趣，其室外场景完全可以在空舞台上演出，和后来成为中国话剧主流的易卜生式客厅剧风格迥异。当时的中国社会极少《雷雨》《日出》式的洋派客厅，绝大多数人还是生活在《南归》那样的环境中，因此可以说，《南归》远更接近"国剧"派的理想。

鲁迅的短剧《过客》里的场景和人物关系和《南归》十分相似：一个女孩、一个老人和一个来了又走了的无名"过客"，只是少了个同村少年。但这部寓言式短剧带有欧洲当时的未来主义和达达主义的风格，关注的不是爱情，而是人类普遍性的荒诞存在和走向彼岸的苦苦追求。《过客》更像散文诗，也充盈着诗意，但和田园诗《南归》不一样，它那哲理性的诗意很苦涩。过客永无休止的跋涉能让人想起希腊神话中的西西弗斯，舞台上那"几株乡间杂树"旁"似路非路的痕迹"则预示着20世纪50年代蜚声世界剧坛的荒诞剧经典《等待戈多》。难以考证贝克特是否读过鲁迅，《等待戈多》像是把《过客》的动作反转了过来，主题却还十分相像：鲁迅的过客坚忍不拔地每天不停地向前走去，贝克特的两个流浪汉则是每天到这里来耐心等待，都是不断地重复，他们的目标虽然故意被作家弄得很模糊，内心的动作却无比坚决。马丁·艾思林在戏剧理论经典《荒诞派戏剧》一书中，用西西弗斯不断推石头的神话来读解"荒诞派"这一概念，其实这个意象用在

"过客"身上还更贴切些。可惜的是，《过客》这个极高妙的"荒诞派"先锋过于超前了，鲁迅又只写了两个短剧，一直还没有得到戏剧人的足够重视。

田汉倒是个高产剧作家，中国像他这样的诗人剧作家很少，成功的更少——"成功"指被主流演出市场和评论家、史家接受。郭沫若也非常成功，但他专攻历史剧，是另一类诗人剧作家；田汉的全部剧作中最成功的并不是《南归》这类远离时政的诗意话剧，而是他在做了《我们的自己批判》以后所写的相对"政治正确"的剧本。相比之下，既和郭沫若相反也不同于田汉、最远离时政也最"不成功"的诗人剧作家是徐訏——现代戏剧史上被严重忽视的一位，好几十年后才被重新发现。陈白尘、董健主编的《中国现代戏剧史稿》称徐訏是个"多才多艺、创作丰富而又有争议的现代作家"，其剧作"显露出思想认识和生活情调方面的偏颇"[1]。当代学者中较早称颂徐訏剧作价值的常青田认为：

> 徐訏的剧作多不被列入优秀剧作之林。但是，就其剧作的艺术性而言，无论哪一位戏剧史家在写到三、四十年代这段戏剧史的时候都没有逾越、也不可能逾越徐訏和他的剧作（93）。
>
> 徐訏的剧作在内容、形式和二者相生的内涵意象上，形成了他诡异的、奇谲的、独特的、别具一格的现代派戏剧的风格特点。在中国现代戏剧史上占有着应有的一席之地（98）。[2]

---

[1] 陈白尘、董健主编：《中国现代戏剧史稿》，中国戏剧出版社1989年版，第385页。

[2] 常青田："游离于主流边缘的浪漫——徐訏剧作风格论"，《戏剧艺术》2002年第6期，第93、98页。

徐訏的《野草》也是聚焦于爱情，但比田汉的田园诗《南归》更加极致，只用一男一女两个人物，完全略去社会背景，从一个最小的口子切入，深挖一种《莎乐美》式的爱与死难解难分的融合和肉搏，极具现代派的苦涩——这一点上只有鲁迅和他有点像。《两重声音》的结构甚至还要精炼，干脆用独角戏来探索亲兄弟之间你死我活的阶级冲突。徐訏是在戏剧形式的探索上走得最远的诗人，常被认为不问政治，其实从《两重声音》可以看出，他对阶级斗争也很关注，只是不像左翼作家那样只从一种由组织认定的角度来看。

20世纪前半叶的左翼政治戏剧多半因应时政而作，主题主要是领导指定的"抗日"和"反蒋"两大主题，往往独创性不大够，容易随着时过境迁而速朽。与此同时，当时尚未加入共产党的曹禺的并非直面时政的《雷雨》《日出》倒一直很受欢迎，这一艺术和政治的悖论使得现在不少论者认为，戏剧要想持久，只有远离政治一条路。其实倒也未必尽然，那个时期还是有一些水平不低的政治戏剧，只因和左翼文化领导人当时所提倡的文艺主题不完全一致，长期被他们所控制的主流话语所忽略。徐訏的小戏《两重声音》还只是一个很小的例子，李健吾的多幕剧《这不过是春天》就是个远更重要的例子。

《春天》的冲突双方是北洋军阀的警察厅长和地下的革命党人——题材不可谓不革命，只因剧中的国共合作是国民党主导的，所以这部剧作就被冷落了。李健吾是曹禺的清华校友，比他早毕业，去了法国留学，回国后于1934年写出《春天》，比曹禺的《雷雨》晚了一年，早于《日出》一年。《春天》在形式上似乎与《雷雨》有点不约而同，所用的三一律结构甚至更为严谨，深得法国佳构剧之三昧。必须承认，这个剧本也非常"像戏"——毕竟也是新手之作。但《春天》没有像《雷雨》那样装进那么多巧合的榫头，主要的叙事线索也没套用西方模式。李健吾这个剧既不像他十年后为黄佐临的苦干剧团改编的法国萨杜的经典佳构悲剧《托斯卡》，也不是英国王尔德名剧《温德米尔夫人的扇子》《"诚实"的重要》那样的佳构喜剧，而是一个以北伐革命为背景的悬念极强的英雄正剧。特别有趣的是，这个佳构剧和一年后曹禺刻意写得不"像戏"的《日出》竟在基本情境上非常相似：女主角多年未见的前男友来了——这是个很能吸引人的编剧套路。二者的不同也很明显：《日出》用散文式的结构追求写实，陈白露的前男友虽有些进步思想，但始终没能说服在纸醉金迷中不能自拔的她；《春天》用箭在弦上的情境渲染惊险，女主角已经是警察局长的夫人，却帮助了丈夫的死敌暨前男友在千钧一发之际虎口脱险。《春天》可以证明，政治题材的戏剧未必不好看，或者没有持久的魅力——其实只要看看当今热衷年代剧、谍战剧的电视剧市场就知道了。一旦摆脱了过时的死板教条，被冷落太久的《这不过是春天》可以是叫好又叫座的佳构剧的榜样。

相比之下，郭沫若的政治剧《屈原》就非常幸运——首演当时被热演热捧、过了三十多年"文革"结束后还能大火。虽是古装话剧，对惯于在舞台上借古讽今的中国观众社会效果一点不亚于时装剧。在战时的重庆，屈原"雷电颂"中"把你这东皇太一烧毁了吧"的呼吁激起了抗日观众极大的共鸣。文革后《屈原》的话剧和电影又一次火爆登场，不但是因为剧中屈原、国君和南后的人物设置刚好与中国政治舞台上刚退场的几位大人物略有巧合；更因为在中国历史上，怀才不遇的忠臣以及文人中相应的"怨臣情结"从来就没断过——总要埋怨领导不重用忠心耿耿雄才大略的自己。那以后不久我和盛和煜分别在上海和湖南写了两个有关屈原的新戏。我写的是话剧《挂在墙上的老B》（1984年，中国青年艺术剧院），直接引用了郭沫若剧中屈原的台词，还在戏中戏里把他和"中举"的范进做了对照；盛和煜写的是湘剧《山鬼》（1987年，湖南省湘剧院），聚焦于屈原这个形象，并以副标题称之为"屈原先生的一次奇遇"。我们俩互不相识，不约而同地都对传统的屈原形象做了"解构"，把这个将自己的命运绑在国君身上的狭义的政治人物变成了一个既有超人理想又有常人缺陷的文化原型。中央戏剧学院的谭霈生教授高屋建瓴地评论道：

> 我国历史剧作家由于受制于历史学家对历史人物的解释和评价，造成把握历史人物的角度单一化，成为历史剧作的致命弱点。……
>
> 在《山鬼》中，屈原离开了楚国政治斗争的舞台，与史书上的记载相比较，与郭沫若所塑造的屈原形象相比较，《山鬼》中的屈原形象确实名同神异。尽管这一形象还缺乏内在的深刻性，但是，在主人公经历的这次奇遇中，却内涵着用现代意识洞察历史生活而获得的人性的发现。[1]

谭教授借1987年的《山鬼》的成功巧妙地指出了以前的历史剧的

---

[1] 谭霈生：《谭霈生文集·论文选集 II》，中国戏剧出版社2005年版，第146、148页。

局限性，但在40年代，即便是"单一化"的历史剧也还是起了很大的作用。和《雷雨》等剧相比，取材于历史人物的《屈原》的独创性高得多——剧中屈原的"雷电颂"虽然和《李尔王》里的"雷电颂"有相像之处，但因背景完全不同，有着强烈的民族特色，在抗战陪都重庆被"粉丝"们众口传颂。

《金玉满堂》和《升官图》是两部抗战胜利后问世的直面现实的话剧，但现在都极少见到了。陈白尘的《升官图》是中国话剧史上极少的几部著名喜剧之一，尖锐地讽刺了国民党政府中"买官卖官"等不正之风，但共产党执政后几乎再也没有专业剧团上演，只闻其名，不见其影（20世纪80年代南京大学的话剧社演过，2005年湖北也有过学生剧社演出；2007年"话剧百年庆典"期间江苏人艺演了三场，没有太大影响；找不到北京、上海的演出报道）。《金玉满堂》的作者沈浮是杰出的电影编导（《万家灯火》《乌鸦与麻雀》《李时珍》等），还是陈白尘的好友，却很少有人知道他还写了这么好的话剧。近年来话剧舞台上出了好几个"80后"编剧的民国戏如《驴得水》和《蒋公的面子》，巧妙地影射当下，很受欢迎，水准也不差，但毕竟是全凭史料加想象而写的，和40年代的《金玉满堂》放在一起，立刻就看得出质感的明显不同。从某种意义上说，被人遗忘的《金玉满堂》甚至高出同样是通过没落大家庭来批判旧社会的《雷雨》《北京人》——它并不只是暴露旧社会的黑暗，而且突出了主人公命运的浮沉和人性善恶的对比。最独特的是它的人物设置，男主角胡家宝是个聪明反被聪明误的纨绔少爷，一个反面形象；但剧中更重要的是他的三个反衬——极具特色的三代女性，尤其是那个被他始乱终弃后生下孩子的丁兰。比起曹禺笔下极为相似的女佣人"二凤"（《雷雨》的四凤和《家》的鸣凤），丁兰这个饱受欺侮却压不垮的女学生凸显出黑暗中的一抹亮色。七十多年后再来看，《金玉满堂》里的那些人那些事竟和现在这个转型重金的时代有不少相似之处。

还有个来自20世纪40年代但读来仿佛是为今天而写的剧本，竟是大师曹禺的一个现已鲜为人知的非著名剧作。独幕悲喜剧《正在想》当时可没少演，曹禺本人和黄佐临都导演过，剧作家李健吾还上台演过男主角。1946年2月老舍、曹禺应美国政府邀请访美，在上海登船之前，上海同仁为他俩举办欢送大会，特地演了《正在想》助兴，主演是当时上海最好的演员石挥和丹尼（黄佐临夫人）。那时候一定谁也想不到，这部苦涩又好玩的讽刺剧竟会歪打正着地成了作者后半生苦恼的传神写照。剧中那位老艺人一直在叹息生不逢时，一副好手艺居然过时了，观众不要看了；他绞尽脑汁想新招与时俱进，力图投合新时代迎合新观众，却总是不讨好。最后妻子问他，还有新本子吗？他答道："我，我，我正在想"。

三、艺术与政治的互动

曹禺本人后半生的苦恼和他笔下这位老艺人的很有点像，很多与他同时代的剧作家也都感受到了。老舍一度适应得比他好得多，很快就写了一二十个速朽的应景剧本，也留下了一部可在世界剧坛传世的《茶馆》；可是，"文革"的批斗永远地让他连"想"也没法想了。50年代还有一部优秀话剧《同甘共苦》，作者岳野熬过了"文革"，但那个戏的遭遇很奇怪——在提倡"百花齐放"的1956年底,新成立的中央实验话剧院作为开幕大戏隆重推出,马上有各地很多剧团排演,得到好评无数,也有一些合理的关于如何把握人物分寸和结尾的讨论;但紧接着"反右"来了,这个戏就挨了批,那以后尽管得到"重新评价",就是再也没看到新的演出。其实这部戏才是真正具有新中国特色的现实主义话剧,有胆有识地直面现实,既勇敢地揭示了共产党进城后某些高级官员喜新厌旧所面临的道德两难,又对男主人公和新旧两任妻子都倾注了极大的同情;它没有简单地批判当代"陈世美",并不回避前后任妻子中的任何一方,特别是浓墨重彩地描写了那位被高干休弃后反而在农村干出一番事业的刘芳纹——她比《金玉满堂》里的丁兰又高了一大截,展现出新社会新女性的新气象。该剧所反映的新旧伦理之间的矛盾不但在50年代初很常见,70年代末"文革"结束很多人从农村回城后又大面积发生了;比起严控户籍和职业的过去,现在城乡和单位之间的流动已成常态,靠固化的社会身份来维系的传统婚姻面临着越来越大的挑战,《同甘共苦》的人物和主题会长久地发人深思。岳野当时有一些和公式化剧作家不同的独特想法,该剧和另外一些剧作形成了所谓"第四种剧本",意为在上级指令要求写的工、农、兵三种人以外去开辟新的路。剧作家黎弘(刘川)在提出"第四种剧本"这个概念时就强调"提出问题的独特性与表现方法的独创性"[1]。可惜,这一被"双百方针"激发出来的大胆抱负还在胚胎中就夭折了,只留下了一个鲜有人知、莫名所以的概念——几乎是和三十多

---

[1] 黎弘:"第四种剧本",《南京日报》1957年6月11日。

年前早夭的"国剧运动"一样的命运。

20世纪50年代到60年代戏曲的成就明显高过话剧。话剧人常以最能直接反映现实而自豪，但那个时代勉强留下来还能演的很少几个剧目竟都是历史剧，包括田汉的《关汉卿》、郭沫若的《蔡文姬》，以及唯一还时常上演的年代剧《茶馆》。戏曲艺术家虽然也一直被矫枉过正的禁戏、改戏和"京剧革命"折腾得动辄得咎、苦恼不堪，但多少还可以借发掘整理丰厚的老传统来刺激新创作，推出了一批好戏。京剧《白蛇传》、昆剧《李慧娘》、黄梅戏《天仙配》、越剧《梁祝》《红楼梦》、莆仙戏《团圆之后》《春草闯堂》和滑稽戏《七十二家房客》等就是这样的佳作，虽都曾横遭批判，毕竟经过历史的考验而成了久演不衰的经典。就是在内容上明显留下了文革印记的"样板戏"里，也有一些艺术质量上乘的折子——连只信"玩意儿"的尹丕杰也认为，"样板戏为什么至今仍然有市场？一句话：玩意儿精美"，汪曾祺执笔的《沙家浜·智斗》是其中最靓丽的奇葩。

陈仁鉴的《团圆之后》是个中国剧坛极为罕见的大悲剧——并不是戏曲中常见的赚人眼泪的"苦戏"。先后死了这么多人，个个都有充分的理由，善良的个人一个也逃不脱杀人的礼教。在习惯于按成功的套路模仿克隆的戏曲界，这个戏的路数却特别难学，虽在20世纪50年代就一炮而红，那以后的六七十年中，有过不少移植演出，却没看到采用类似的叙事模式来编剧的其他戏曲大悲剧。陈仁鉴写的喜剧《春草闯堂》就不一样，这个戏问世于1960年，引起全国轰动是在"文革"后1979年晋京巡演的时候，不但有六百多剧团移植演出，还带出了一批以小人物不畏强权大胆"闯堂"为戏核的不同剧种的喜剧。

也是在1979年，话剧作家沙叶新等三人写了一部话剧舞台上极少见的讽刺喜剧《假如我是真的》，套进果戈理《钦差大臣》的故事和主题，批评干部滥用特权。这个喜剧演了很久场场爆满，一票难求，但都只能算是"内部演出"。那时候"文革"结束还没多久，中央还在着力解放文革中受迫害的老干部和知识分子，领导实在不想打击知识分子，但这部戏毕竟引起了领导的警觉，时任总书记亲自主持了一个剧本创作座谈会，主要讨论《假如我是真的》(还有两个尚未拍摄的电影剧本)，希望作者修改[1]。作者并没有改，但也没受任何处分，后来还被提拔当了剧院院长。这说明领导对艺术家十分宽容，但这个会议传递的信息又是很明确的：党不欢迎这种源于西方批判现实主义的讽刺喜剧。这是1942年"延安文艺座谈会"以后党中央召开的最高级别的文艺工作会议，其实是针对所有文艺创作的，但用来"解剖"的三个案例都是剧本——小说诗歌从未得到过这么高规格的具体批评。而与话剧相比，借古讽今的戏曲喜剧就没有这样的限制，豫剧《七品芝麻官》(1979年)、京剧《徐九经升官记》(1980年) 等戏曲喜剧都是差不多同时问世的，许多剧团争相搬演、移植，火遍了全国。

80年代的话剧在批判现实主义讽刺喜剧受阻的同时，从刚刚打开的大门外发现西方戏剧有那么多新花样，立刻开始用新形式来做实验，很快在另一个方向上开出了一条宽得多的大道，那就是以形式上的实验性现代派为表、以反思中国社会的深层次问题为里的探索戏剧。最早出现的是一些形式大于内容的剧作。例如形式上看离经叛道、内容

---

[1] 参见胡耀邦：《在剧本创作座谈会上的讲话》，文化艺术出版社1981年版，第38—40页。

其实是歌功颂德的独幕剧《屋外有热流》（贾鸿源、马中骏、瞿新华，1980年），讲的是好人好事，但是舞台上竟出现了烈士的鬼魂，用先锋的形式歌颂英雄人物。1982年，北京和上海同时推出了新中国的头两个小剧场戏剧演出。北京高行健等编剧、林兆华导演的《绝对信号》和上海殷惟慧编剧、胡伟民导演的《母亲的歌》几乎同时问世，都是在原来的排练厅里演出，观众围坐在演员的四周，几乎伸手可触；但剧本基本上还都是传统中国现实主义的长辈教育晚辈的故事——虽然《绝对信号》里用了当时还很新鲜的意识流手法。

很快那些主要以新奇形式吸引人的剧作就被更成熟、更具有持久性的探索剧作取代了。北京的高行健和上海的马中骏都对西方现代派极感兴趣，但他们不久就写出了内容大于形式的探索戏剧。《野人》是中国最早触及生态主题的戏剧——当然其内涵远远超过生态保护。《红房间、白房间、黑房间》初看像是个讲一群好心人帮助一个受骗女子的写实剧，但随着剧情的发展，写实的外表一层层剥落，全剧一步步走向写意，或曰抽象。这是在无奇不有的世界剧坛也甚为罕见的戏剧构思，关键在它本身并不以形式之奇取胜，而是从真实的人物出发，一步步挖出了深层次的哲理——就像毕加索画的牛一点一点被剥去外形，露出内部的真谛。

探索戏剧的焦点从新奇形式到文化内涵的转移是和文化界的"寻根"热同步的，舞台上出现了更多样的写实和写意的融合。刘景云在《狗儿爷涅槃》里让主人公的意识流贯穿全剧，用得比《屋外有热流》里的鬼魂和《绝对信号》里穿插的意识流纯熟得多，甚至也更胜美国经典《推销员之死》一筹——《推销员》中的电影式闪回基本上还是以叙事为主，而《狗儿爷》中意识流的写意功能已经大大超过了叙事。剧中的人物丝毫没有因为用了现代派形式而变得单薄——那往往是实验戏剧初级阶段的通病，反而因为用了这一便于解剖复杂心理的形式而增添了许多层次，就像这位想了一辈子土地到手后终又丢了的老农民脸上、心上的褶皱。剧本中这些非写实的手法以及这部戏的题材都很适合用戏曲来展现，1986年首演的这部话剧在28年后终于变成了戏曲，而且是擅长演现代戏的秦腔，在各地巡演广受欢迎，头四年就演了120多场。

四、商业与跨文化的深化

进入90年代，市场经济的新国策带来了经济、社会的快速发展，却也在不经意间让戏剧滑进了充满诱惑和危险的市场，从此戏剧人不得不狼狈地直面过去在政府保护下无需太操心的两大问题：首先，以前全包的政府经费减少了，只能勉强养人，很难拨钱做戏，于是不少戏剧人流失了；第二，全国的老百姓几十年来第一次有机会自己想办法挣钱了，甚至得到鼓励去开公司先富起来，这样谁还有心思去看那些乏味的戏？在经济上扬、文化下行的90年代，演艺业中唯一能赢利的电视业迅速发展，刚好把戏剧界一大批人才吸引了过去，二者的反差之大触目惊心。但这十年里中国话剧界也有一个巨大的收获，那就是发现了过士行。这位几年前还在给《野人》《狗儿爷》《中国梦》等写剧评的《北京晚报》记者一鸣惊人，《闲人三部曲》立刻奠定了他在中国剧坛不可动摇的地位，成了可以和萧伯纳媲美的剧评家出身的大作家。他的三部话剧难得地把浓郁的生活气息和奇崛的哲理思想结合得天衣无缝，其中最出色的还不是那部演得最多的《鸟人》，而是至今尚未有过真正理想演出的《棋人》。1962年黄佐临曾感叹中国何时能出现《浮士德》和《培尔·金特》那样哲理高深的剧作，《棋人》是最接近黄老理想的，甚至优于那两个"榜样"，因为它是用一个趣味盎然而又充满悬念的接地气的故事来演绎深奥的主题，能吸引从哲学家到平头百姓的各类观众，既完全超脱于社会时政，又那么直接地触及人人都能理解认同的人生的根本问题。过士行把他一生对"棋人"的近距离观察和亲身体验化作了一个关于人类智力探究和情感纠葛的悖论的寓言，在这个中国版的《浮士德》里，一老一少两个棋人既伟大又可怜，和浮士德一样，他们都是精神上的强者，并为此付出了巨大的代价；但他们追求的不是外部的知识而是内心的探索，他们无需外出去探险，只要蜗居于一间陋室，纵横于方寸之间，就从中看出了万千宇宙。这是中国文化与西方文化一个极大的不同之处。

自从90年代以来，表面上探索戏剧退场，现实主义"回归"了。其实，此现实主义非彼现实主义。首先，20世纪50年代的剧坛如黄佐临曾批评的，是在斯坦尼影响下的写实戏剧的一统天下，大部分还只是舞台形式上的写实，究其内容，并没有太多真正直面现实的现实主义。讽刺喜剧《假如我是真的》那样的批判现实主义此路不通，《同甘共苦》等确实直面现实但基本还是正面反映的"第四种剧本"也受到严厉的批评，只有《关汉卿》和止步于1949年的《茶馆》那样的历史现实主义才可以接受。真正得到一路绿灯的是歌颂性的"现实主义"，那是一种徒有写实外表的刻板套路。其次，90年代后的现实主义戏剧也有好几种，有些优秀剧作如《棋人》其实是用写实的外壳不露痕迹地包起了极写意的思想——这样的剧作在整个戏剧史上都是凤毛麟角，这一点上，《棋人》比刻意在形式上突出从写实到写意的《红房间》更加老到。沈虹光的《同船共渡》和李六乙的《非常麻将》也是具有这种追求的写实其外、哲理其中的佳作。

喻荣军的《去年冬天》又是一种类型——聚焦于个人情感领域的微观现实主义，那是大讲阶级斗争时期不可能想象的一种私人写作。在喻荣军之前写了《美国来的妻子》（1994年）的剧作家张献曾给这类探讨私人问题特别是婚姻纠葛的戏剧起了个有点耸人听闻的名字——"地下现实主义"（但是在"地上"的报刊正式发表的）。这类问题以前一直被官方批为"资产阶级个人主义"，不允许搬上舞台正面表现，就好像是被埋到了地下，现在终于可以登上舞台亮相了。从那时候起，话剧开始了瞄准白领观众的格局。进入新世纪以后，"白领话剧"蔚为大观，其代表人物就是上海话剧艺术中心的高产作家喻荣军，他的《www.com》也是关于婚姻危机的，但因为与时俱进地以网络为"媒"，完全超越了地域疆界，成了一个"普世"的白领话剧。不过比较起来，他最好的作品还是《去年冬天》——讲的也是婚姻危机，还有个或隐或现的跨国婚姻关系。他在这部仅有三个角色的戏上下的功夫最大，剧中对"新上海人"心态的描写准确地体现出他审视当下躁动不安的都市生活的独特角度。

以白领为主要观众群的戏剧愈益发展，题材范围也愈益拓宽到了白领生活以外。新世纪话剧最重要的一个成就是喜剧。如前所述，以前在话剧界难以生存的喜剧在戏曲中曾有过不少佳作——遗憾的是，自从"精品工程"等诸种工程拨款和奖项的任务耗去了戏曲艺术家的大部分精力以来，戏曲喜剧也很难见到了。反讽的是，以前管得紧得多的话剧近十多年来因为开放了民营剧团和演出的执照，倒是日益多样化起来，品种类型花样翻新，热闹非凡，其中数量最大的就是相对更容易吸引观众的喜剧。我击节叫好的第一部话剧喜剧（2005年）是陈佩斯编、导并主演的《阳台》，那是我看过的唯一的完美采用欧洲farce（以前常被译为"闹剧"，带有贬义）形式的中国"笑剧"。该剧的成功与《雷雨》很有点相像——第一次用屡试不爽的西方类型剧作法来讲述一个引人入胜的中国故事。相比之下，用两个仆人的对话来开场的《雷雨》连叙事模式也和西方名剧如出一辙（后母与前妻之子产生恋情的情节来自希腊悲剧和拉辛改写的《费得拉》、儿子爱上父亲与老女仆所生的私生女仆则来自易卜生的《群鬼》）；而用讨债民工的"跳楼秀"来开场的《阳台》讲的是一个既完全中国又紧贴当下现实的故事，而且这是第一部以农民工为主角的话剧。更难能可贵的是，结尾前贪污的房产公司处长真的跳楼身亡，结构上呼应了开头那喜剧性的"跳楼秀"；就内涵而言，还把历来以娱乐为唯一宗旨的欧洲笑剧的形式升格为了寓教于乐的社会警示剧。

话剧《武林外传》是个古装喜剧，但其剧情和角色不断地能让观众产生现实生活的联想。打工仔和"小姐"这类日常生活中经常看到但很难放在写实舞台上当主角的人物，一穿上古装拉开了距离就变得左右逢源了，一会儿用戏曲式的身段技法来眩人耳目，一会儿在古人的台词中夹进当今的流行语来令人捧腹，巧妙穿越时空的拼贴让观众在艺术与现实之间游来穿去，像过山车一样刺激。但《武林外传》又不是恶搞的喜剧，在轻松而又刺激的游戏氛围中，时时可以听到严肃主题的探究。它还超越了电视上的历史剧擅长表现的宫斗权术，主要聚焦于一个浪漫的爱情故事——因此与同名电视剧完全不同，倒是有点《还珠格格》的味道，但讲的又是小老百姓的故事，让这个爆笑的喜剧时时荡漾着温馨。还有一些优秀的喜剧如国家话剧院的《两只狗的生活意见》（陈明昊、刘晓晔编创，孟京辉导演）、上话的《人模狗样》（喻荣军编剧，何念导演），或是演员即兴创作的，或以肢体表演为主，主要不能算是"戏剧文学"的成就。这两台喜剧都是以狗喻人的很好玩的"狗装"寓言剧，和借古讽今的"古装"喜剧《武林外传》相得益彰，终于为久违了几十年的讽刺喜剧找到了中国式道路，而且一下就是两条路。

还有两组时间跨度较大的剧本种类，需要专门分析。一组是戏曲经典中的经典，包括程砚秋主演的名剧《春闺梦》（1931年）、魏明伦写的川剧《巴山秀才》（1983年）和陈亚先编剧、尚长荣主演的《曹操与杨修》（1989年）。戏曲的剧本大多是改编，这几部戏也各有所本，如《春闺梦》取材于杜甫的《新婚别》及陈陶《陇西行》中"可怜无定河边骨，犹是春闺梦里人"两句诗的意境，《巴山秀才》的灵感来自四川一位谢绝五品知县官位但写下为民鸣冤的《东乡哀》的秀才吴德滏，而《曹操与杨修》的素材显然是来自《三国》。然而这些并非完全虚构原创的剧作，超出了许多貌似原创、实则落套的剧本，恰恰显出作者善于发现潜质素材并将之提炼升华的独到眼力和功力。《春闺梦》是中国舞台上极为罕见的反战剧目，聚焦于新婚别夫的女子的梦境和新郎的鬼魂，仅从剧本看似乎有点像《哈姆雷特》和《麦克白》，但用京剧的水袖和身段展现出来，意境远胜话剧演的莎剧，戏曲的古老程式用最独创的方式表达了独特的思想。悲喜剧《巴山秀才》讲了一个常见的为民请命的故事，但魏明伦解构了传统的清官或明君解民于倒悬的大团圆模式，用戏谑的怪诞手法展现落魄秀才孟登科在和一连串贪官直至慈禧太后的争斗中，从迂腐到悲壮的心路历程，揭示了知识分子生命觉醒的过程和善良、正直人格的毁灭。

《曹操与杨修》演绎的是一个难度最大的文学和舞台形象。白脸曹操早就深入人心，已经成了中国文化中的一种原型形象；但郭沫若在大跃进时期揣摩领袖的旨意写了话剧《蔡文姬》，明确提出"替曹操翻案"[1]，着重歌颂曹操的爱惜人才，那也是戏剧界人所共知的。两个截然相反的"曹操"至今还在戏曲和话剧舞台上打着擂台，哪一个更接近历史上的曹操？按郭沫若的说法，"写文学作品，尽管取材于历史，总是和写作者所处的时代有关联的"[2]，当然也会与演出者所处的时代有关联，那么，哪个人物形象对今天的中国更有现实意义？陈亚先笔下的曹操和二者都很不一样，这个曹操的确是非常"爱惜人才"，全剧以"招贤"开场，"招贤"煞尾，似乎就是在演绎郭沫若的主题；然而，招来的最好的人才还是被他杀了——尽管那以后"招贤"一如既往。但雄才大略的曹操又绝不是杀人不眨眼的暴君，他对杨修从器重到生疑到痛恨加痛惜，一步步的心路历程似乎也不无道理——很有点

---

[1] 郭沫若："蔡文姬·序"，《郭沫若论创作》，上海文艺出版社1983年版，第495页。

[2] 郭沫若："给陈明远的信"，2014年8月24日，http://news.ifeng.com/history/phtv/tfzg/detail_2012_05/08/14386035_0.shtml。

像莎剧中麦克白走过的路，让人看了不由不同情加惋惜，怜悯加恐惧。这就是恩格斯所提倡的"莎士比亚化"的成果。

另一组剧作的特点是直接的跨文化。本来，一百多年来的中国戏剧都是中西方跨文化交流的产物——话剧的形式和范本的老家就在欧美，戏曲则是在既接受又抵制西方化批判的同时，自我"改良"，朝西方戏剧的模式靠过去很多。这方面最早的成功例子是洪深编导的经典话剧改编《少奶奶的扇子》（1924年），1947年又改编成了同名的沪剧保留剧目（编剧叶子，以后在50、60、70年代中又有许如辉、江敦熙的改编版）。改革开放以后具有划时代的意义的剧目则是黄佐临策划指导、郑拾风编剧的昆剧《血手记》（1987年）。近年来话剧改编西方经典的较少见到了，而像《血手记》那样的本土化戏曲改编倒是蔚为大观，包括《心比天高》（杭州越剧院2006年，孙惠柱、费春放、吕灵芝改编自易卜生《海达·高布乐》）、《情殇钟楼》（上海京剧院2008年，冯刚改编自雨果小说《巴黎圣母院》）、《朱丽小姐》（上海戏剧学院京剧2010、中国戏曲学院豫剧2014，孙惠柱、费春放改编自斯特林堡同名话剧）等，都广受欢迎，特别是吸引了大批以前不看戏曲的大学生新观众。在无数的并非改编一个剧本而是借鉴了众多原型的中国戏里，有一个剧目非常特别。因为它辗转来到中国的跨文化路径漫长又曲折，因为该剧的大多数演出是在农村露天举行的，以至于大多数人都错把它当成了中国"乡土话剧"的经典，还代表中国应邀到白宫去为美国总统演出过——抗战时期的街头剧《放下你的鞭子》。该剧的广泛误读和成功接受说明，只要艺术家有独创精神，把洋原料消化好了，完全可以抹去洋气，做到彻底接地气。

　　和这些戏相比，直接在剧情内容上跨文化要更难得多。说现代中国戏剧都是广义的跨文化戏剧，主要是指形式上的"跨"；至于说内容上的"跨"——通过来自不同文化的中外角色来展现文化差异和冲突，这样的戏剧比同时代的中国小说、电影都要少很多。这里的原因首先是技术上的：很难找到外国演员来演外国人，就是找来了，多数观众也听不懂外语；戏剧不像电影那样方便打字幕，让外国角色在台上说中国话又有违现实主义。所以，精通英语的曹禺虽然在戏里写到过好几个外国人，例如《雷雨》里的"克大夫"和《明朗的天》里批判的多个美国人，从来没让他们出过场，全都放在了幕后。过士行《鸟人》的故事发生在改革开放以后，西方形象很重要必须出场，就让一位海外华人代表了——那位出生于台湾的心理学家身份奇特，竟拥有十几国的护照。

　　和同时代的外国文学相比，中国文学中跨文化内容的稀缺还有个更带根本性的原因——中西方文化交流的严重不对称。欧美常有描写中国人形象的作品，虽然大多带有歪曲，如好莱坞电影中的"傅满洲"和百老汇舞台上的华人仆役；但也出了一些严肃的好作品，如得到诺贝尔奖和奥斯卡奖的小说、电影《大地》（1931年，1937年）——作者赛珍珠在中国住了几十年，中文之纯熟不亚于母语。相形之下，中国就找不到如此熟悉西方文化的作家艺术家。关键在于，过去一百多年中的大部分岁月里，双方的关系严重不平等，导致我们对西方的态度不是敌对就是仰赖，很少人有对等交流、客观反映的机会和心态，所以，在流行一时的诸多抗日、抗美宣传剧之外，要想看到不偏激的内容上真正跨文化的戏剧就几无可能了。这个情况直到改革开放以来才开始有点改观。在《中国梦》（1987年，孙惠柱、费春放编剧，黄佐临等导演，奚美娟、野芒主演；1987年，英文版纽约外百老汇，Peter Hodges 出品；1989年，东京阿里斯托芬剧院）里，外国人的戏份还相当重，大致和中国角色平分秋色。剧名提出了一个宏大的题目，却仅需两三个演员，以小见大，着眼于文化，针对"美国梦"提出"中国梦"的概念，反映了新时期以来中国和世界日益对等的交往。舞台形式上这也是一部追求民族审美特点的"写意话剧"，不同于易卜生式的纯话剧，而强调音乐、舞蹈、戏曲特色的结合。这个戏有中、英、日文的跨国演出，英文剧本进入了美国、法国、德国一些大学戏剧系的教材，引起了国内外的关注，填补了看似全面跨文化的现代中国舞台上跨文化内容的空白。

五、话剧、戏曲、诗剧

一百多年来中国戏剧始终和西方有着难解难分的关系，可谓成也萧何败也萧何。自辛亥革命、"五四"运动起，以"易卜生主义"为旗号的西方戏剧帮我们打开了眼界，催生了中国话剧，刺激了戏曲的改革；但后来中国戏剧的发展也不时被戏剧人心目中的西方"榜样"所误导——我们往往并不理解多元发展的西方戏剧的全貌，经常是只见树木不见森林、只见水塘不见大河。总的来说，前期主要是过于局限于工具性的那种易卜生式社会写实剧，导致剧本越来越模式化，写实的形式空壳化；近三四十年来又盲目迷信西方先锋派所谓"后剧本"戏剧的喧嚣，使得戏剧文学越来越受到轻视乃至无视，剧作家严重流失。前一个问题黄佐临早就指出来了，他在1962年发表的《漫谈戏剧观》一文中呼吁打破斯坦尼戏剧观的一统天下，要创作出具有中国的写意特色、哲理高深的戏剧。但很快"千万不要忘记阶级斗争"和"文化大革命"就接踵而来，情况反而变得更加严重，内容更像空洞的标语口号，形式却更要加强写实的外表，连本来完全写意的戏曲也在作为唯一楷模的"样板戏"里变得越来越写实。这个局面在改革开放以后的80年代被冲破了，但90年代以后又出现了，表现为两种形式：一种是，在一批批按上级需要"策划"出来、以得奖为目标的"工程剧目"中，多数又走进了一个内容四平八稳但缺乏真正的激情、形式叠床架屋又大同小异的冲奖戏剧模式——迎合领导和专家的"正面、写实"的"成功模式"。另一种是自发产生的以"白领戏剧"为主的民营戏剧，自觉不自觉地学了美国家庭剧常用的一堂景、几个人的经济型戏剧模式。这本来是在戏剧走向市场的过程中必然会出现的正常现象，可惜大多数剧作远不如人家从尤金·奥尼尔、田纳西·威廉斯、阿瑟·密勒到尼尔·赛门的写实话剧，既缺乏以小见大的思想深度，也难见嬉笑怒骂的喜剧精神。前面提到的几部写实剧本是罕见的成功例外，从《日出》《金玉满堂》《同甘共苦》到《假如我是真的》《阳台》《棋人》，作者都有着对剧中人深刻的理解，充满真情实感，形式自然而然，看不到刻板模式的印记。

从独创的角度来看，中国剧作家还是出了若干世界级水平的大师的，可惜鹤立鸡群，没形成梯队；或者曲高和寡，少有人呼应。鲁迅和徐訏的写意短剧是话剧中最具特色的，真正是小而精的"精品"，放到当时的世界剧坛上也毫不逊色，还比20世纪50年代在巴黎开始引起关注的西方荒诞剧早了二三十年；遗憾的是，它们几乎一直就没怎么演出过，套用一个英语的说法，竟成了中国戏剧中"藏得最好的秘密"。就规模而言，老舍的《茶馆》是另一个极端，开创出世界上独一无二的既反映极广的社会面、又展现极长的编年史的写实群像戏结构，在中国还带出了《左邻右舍》《小井胡同》《窝头会馆》等一批借鉴其叙事模式的成功之作。过士行的《棋人》则将高度写意的哲理融入一个貌似写实的故事——棋人的粉丝们展现了和平时期社会群像的"一片生活"，平静的表面底下却是主人公精神世界的波诡云谲。这是中国作家写出的最接近《浮士德》的高雅剧本，却又毫无故作清高之态，能同时为阳春白雪和下里巴人所喜爱，进入了戏剧这一本应服务大众的艺术门类的最高境界——像莎士比亚那样雅俗共赏。

要看中国戏剧对世界剧坛的独特贡献，更值得注意的应该是戏曲，也包括现代人写的戏曲。很多人都像戏迷尹丕杰、学者丁罗男那样认为，戏曲之长在于唱念做打的舞台表现形式，而不是其文学剧本；那主要是基于早期的京剧得来的判断，未必全面。且不说古代关汉卿、王实甫、汤显祖、孔尚任的杰作丝毫不亚于同时代的西方戏剧和中国小说，现代戏曲中的喜剧杰作如《春草闯堂》《徐九经升官记》不但让同时代的话剧相形见绌，也与西方的政治讽刺剧有的一拼；而《山鬼》《巴山秀才》《曹操与杨修》等剧则将政治与哲理巧妙地融为一体，又比萨特、加缪的哲理剧、贝克特、品特的荒诞剧更有趣味，更面向大众。最重要的是，现代中国人创作的戏曲剧作无意中从总体上攻克了西方现代戏剧家殚精竭虑前赴后继一百多年但还没能真正解决的一个大难题——现代诗剧。

众所周知，在大多数国家的文化中，古典戏剧的语言都是以诗为主，希腊悲剧、莎士比亚戏剧，中国的宋元杂剧、明清传奇，还有印度的梵剧、日本的能剧和歌舞伎，几乎都成了诗剧难以逾越的高峰。而在各国现代人创作的剧本中，不但题材和人物从王公贵族降到了普通人的平面上，语言也普遍地散文化了。前者固然是反映了社会进化的大好事，后者从艺术上来说却多少有些遗憾。难道优美典雅的诗的语言就只能属于王公贵族，就一定不能为现代的普通人服务吗？有一批现代西方文化人不信这个邪，努力创作、复兴诗剧，但大多失败了——他们的努力很像中国当年那些可敬可悲的"国剧运动"发起者们，但他们中有些人比我们的前辈坚持得更久一些，也多少留下了一点成果。为诗剧付出最大努力的是 T. S. 艾略特和克里斯托弗·弗莱依。艾略特是大文豪，他的《鸡尾酒会》是空前绝后的探索现代人精神世界的无韵诗客厅剧——这几个看似矛盾的要素竟然被他结合得天衣无缝；但可惜的是，最近半个多世纪来几乎已经看不到继续这一努力的成功剧作家了——虽然西方有很多用韵文写唱词的音乐剧，近半个世纪来更是出了不少常演不衰的大音乐剧，但其重心先是像《长头发》和《群舞演员》那样的无剧情的音乐剧，后来又转向《剧院魅影》《悲惨世界》那种豪华改编剧；从独创性文学的角度来看，还没有太多可与同期的话剧相媲美的经典文本。近几年才出了一个重要的例外，当下美国百老汇和伦敦西区最成功的嘻哈音乐剧《汉密尔顿》取材于关于美国"国父"之一的同名人物传记，2015 年 2 月外百老汇首演，半年后转至百老汇，是美国十多年来最火爆的戏剧演出，已获得普列策奖、格莱美奖及托尼奖 12 项。跟音乐剧中这个最近的例外相似，现代中国剧作家这几十年来创作的相当一批戏曲佳作其实都可以算是世界诗剧的上乘之作，从总体上看，超过了同时期西方人所写的现代诗剧，如果能把这些戏曲剧本信、达、雅地翻译成诗体的外国语文，让全世界都能充分欣赏它们的人文价值和艺术特色，那很可能是中国现代戏剧中最值得骄傲的世界性经典。

这也就是关于现当代戏剧文学研究一定要重视戏曲剧本的一个主要原因——无论是从中国观众的角度来看，还是从世界范围来看，这批戏曲剧本更能代表剧作家的独创性，也更能在舞台上保留下来。中国戏剧要想进一步提高，要创作出更多可以留得下的经典，最好兼取写实为主的西方戏剧和写意为主的传统戏曲之长——这是当年没能实现的"国剧运动"提倡者的梦想，而现在，这个戏剧人的"中国梦"终于有机会成真了。

梅、斯、布体系：三种创作模式

最早在世界剧坛为中国赢得荣誉的戏剧家无疑是梅兰芳。他1919年、1924年两度访日演出，1930年访美、1935年访苏演出，都获得了称得上是空前绝后的成功。然而几乎所有的评论都聚焦于他的表演，很少有人注意到剧本的成就。那时候的剧院不可能有现在普遍使用的字幕，观众怎么看得懂呢？梅兰芳访美前特地制作了精美的英文节目单，印上演出剧目的介绍，演出前也安排了人上台做介绍；但毕竟还是没办法让观众听懂每一句词。梅兰芳演的折子戏本来剧情就相当简单，台词、唱词都是诗意的语言，懂的人可以利用"通感"玩味融为一体的词、曲、舞，慢慢品出味道，不懂的人就很容易跳过文辞的部分。很多外国人喜欢说，艺术超越语言，只要他一上台，看他那么像他所扮演的女人，已经被他征服，接下去只要看他的表演，不需要听懂台词了。至于懂中文的中国戏迷，因为兴趣集中在表演的"玩意儿"上——像前面引过的尹丕杰那样，对剧本本身的优劣无所谓，也就无意于去评价剧本，甚至还可能极而言之，说京剧剧本可以"是胡编的"。这样的话未必可以当真，并不能说明剧本在梅兰芳的戏里不重要，事实上，梅兰芳的表演创作一时一刻也离不开剧本，恰恰相反，对剧本他一向是从头抓起，一抓到底的。

在中文语境中，一般来说，"戏剧创作"主要指编剧的工作；导演和演员的艺术当然也是创作，但人们往往在前面加上"二度"两个字，也就是说，第一位的还是剧本创作。这个习惯不但存在于历来以戏剧文学为基础的话剧界，现在戏曲界的人也习惯这么说了，因为我们似乎已经很少有梅兰芳那样的表演大师，可以启动并自始至终主导戏剧的"一度"创作了。

梅兰芳和话剧导表演大师斯坦尼斯拉夫斯基都是非凡的优秀演员，也都极其重视剧本的作用，但他们代表的却是两种完全不同的戏剧创作模式。梅兰芳从演员的要求出发，选择合适的故事，组织他熟悉的编剧团队，以他为绝对主角来从头开始打造本子——既有改编的也有原创的。斯坦尼则总是选择业已完成的优秀剧本。他在《我的艺术生活》中略带夸张地写道："《海鸥》和《万尼亚舅舅》获得成功以后，我们剧院没有契诃夫的新剧本就维持不下去了。这样一来，我们的命运从此便掌握在安东·巴甫洛维奇的手里。有剧本，才有演出季节；没有剧本，剧院就失去了自己的芬芳。"[1] 其实他还选了包括奥斯特洛夫斯基、托尔斯泰、霍普特曼、梅特林克、莎士比亚、易卜生等不少人的剧作，和契诃夫的相似，大多是角色众多的话剧，从来不突出他自己的角色——他演的也未必都是一号人物，有时候他干脆只导不演。

在梅兰芳始于演员的模式和斯坦尼始于剧本的模式之间，布莱希特代表了又一种模式——剧本始于编、导合一的创意，再由编剧亲自

---

[1] 史敏徒译：《斯坦尼斯拉夫斯基全集·一·我的艺术生活》，中国电影出版社1979年版，第276页。

导演，成为有详细排练记录（model book）的"范本"演出。可惜这一模式是在他人生的最后29个月里才实现的，之前一直没有足够的排演实践来发展、落实。1933年希特勒上台后，时值创作力最盛时期的布莱希特被迫辗转各国避难，在美国的九年是最长的，但也一直没有自己的剧团来实践他的导表演理念，只能写下剧本存着。他1949年回国，名义上马上有了柏林剧团，事实上又等了五年，直到他人生的最后两年多，才得以在自己的健全的剧团里把剧本搬上舞台，给后人留下了好几个他称为"范本"的演出。不过他独特的表演理论并没能在其中充分体现出来，留下的反而是无数的问号。学导演出身的布莱希特研究者马丁·艾思林对他这个矛盾深有体会，他写道：

> 源自布莱希特理论著作的"史诗剧""非亚里士多德戏剧""陌生化效果"等等著名的说法比他所有的艺术作品都传播得更广。……到了晚年，布莱希特多次努力告诉人们，要从他年轻时的创造的所谓"布莱希特式理论"的迷雾中走出来。[1]

布莱希特自己这样说：

> 对我的戏剧的描述以及很多评价其实并不适用于我自己做的戏剧，而只适用于很多评论家读了我的论文以后想象出来的那种戏剧。……我的理论全都很天真，比人们想象的远更天真，比人

---

[1] Esslin, Martin. *Brecht: The Man and His Work.* Anchor Books, 1961, p.120.

们看了我的表达方式所能怀疑的都远更天真。[1]

但他还是给世界剧坛做出了巨大的、实实在在的贡献的，那就是他的几十个剧本；他年轻时理想地以导演为中心的模式最终还是落入了斯坦尼那样的从剧作家写剧本出发的西方主流模式。

一、斯坦尼斯拉夫斯基

斯坦尼对世界戏剧及影视的最大贡献是，通过40年的实践探索与理论总结，开发出了最科学、最实用，因而影响最大的表演方法和相应的演员训练方法，这是在他和聂米洛维奇-丹钦柯1897年那个著名的18小时会面以后正式开始的。那次会谈决定了两件具体的事：合作成立莫斯科艺术剧院，排演契诃夫的剧作《海鸥》；从长远看，那次会谈还预示了斯坦尼表演体系的开端，因为斯氏体系就是以《海鸥》那样的优秀文学剧本为基础的。会谈时斯坦尼对《海鸥》还不是十分熟悉，只知道它不久前刚在圣彼得堡的皇家剧院首演失败，但他坚信好的表演必须建立在好剧本、好角色的基础上，而且他相信丹钦柯的文学眼光和对《海鸥》的大力推荐，相信契诃夫塑造的人物一定能立在舞台上。可是会谈后读了剧本他却为难了，剧中人物缺乏传统戏剧中必需的明显的行动——难怪皇家剧院的职业演员演失败了。这个戏要排好，必须找到新的排练方法——关键不在演员技能的高低，而在对

---

[1] Brecht, "Gespraech auf der Probe"（1953），Schrifften zum Theater, pp.285-286. 转引自 Esslin, Martin. *Brecht: The Man and His Work.* Anchor Books, 1961, p.121.

剧本的深刻理解。他想出了一个奇特的方法，自己当"案头导演"，关起门来仔细研读剧本，把所有导演指示写成笔记画成图，让专用"快递"来回穿梭，交给排练场上的丹钦柯，由他对演员执行这些导演指示。这恐怕是个导演史上空前的案例。一般认为丹钦柯长于文学而非表演，身为演员的斯坦尼当然最懂表演，但他们的第一次合作却刻意颠倒了角色。斯坦尼下决心弄懂他本来不很熟悉的契诃夫剧本，绝不用以前驾轻就熟的表演套路来绕过剧本中的难题——圣彼得堡资深演员的失败已证明这条"捷径"走不通；他也决定要排除排练过程中演员的问题和疑虑可能对他产生的干扰，一开始干脆把自己和演员隔绝开来。[1]《海鸥》演出的巨大成功证明，这个集中精力研读剧本的方法成功了，他也对自己解读艰深剧本的能力有了自信；以后他很少再采用这样的极端方法，但总是根据剧本的需要来决定导演措施。1902年下半年他导演高尔基的《底层》，事先做了很多功课，请丹钦科分析剧本的内容，也请高尔基告诉他"剧本是怎样写出来的，以什么人做模特儿，他谈到自己的流浪生活，自己的遭遇，也谈到剧中人的原型，特别是沙金一角。"[2]但演员不熟悉剧中的底层人物，心里还是没底。"这些分析式的讨论还不够，他（斯坦尼）需要活的模特儿来激发他的想象力。8月22号晚上，他带着剧组走访了希特罗夫市场。那里聚集的流浪汉和惯偷们见到艺术家大喜过望。"[3]几杯酒下肚，流浪汉们说

---

[1]　见 David Richard Jones: *Great Directors at Work: Stanislavsky, Brecht, Kazan, Brook* (第一章). University of California Press, 1987.

[2]　司徒敏译：《斯坦尼斯拉夫斯基全集·第一卷·我的艺术生活》，中国电影出版社1979年版，第301页。

[3]　Jean Benedetti: *Stanislavski, a Biography*. London: Routledge, 1990, p.122.

出很多故事，斯坦尼也找到了他要演的沙金的模特儿——一个因赌博而败光了家产的前禁卫军军官，虽然衣衫褴褛，却保持着完美的仪态。斯坦尼让舞美设计西莫夫当场画了很多速写，让大家回去后对着这些形象反复练习。

同年斯坦尼还导演了托尔斯泰的《黑暗的势力》，"为了研究农村生活，我们特地跑到剧情发生的地点——都拉省去。我们在那里住了整整两个星期，访问了附近的一些村庄。……我们还带回来一个老农夫和一个老农妇，作为'蓝本'。"老农妇很快记熟了台词，在一个演员生病时代她参加排练。"这位农村老婆婆的即兴表演简直引起了一场轰动。是她第一次在舞台上表现了真正的农村，表现了真正的精神上的黑暗和它的势力……我们不禁毛骨悚然。"托尔斯泰的儿子看了建议就请她来演，斯坦尼试了一下，但最后没让她演，因为她会"丢开托尔斯泰的台词，自己编一套，里面充满了极其难听的粗话，"[1]反而背离了剧本。

斯坦尼根据剧本的要求带领演员"下生活"，主要是在演员的外部形象上下功夫；而更重要的是，他在这些剧本的启发下，第一次发现了话剧演员十分需要但多半不懂、不会的本领——找到角色的台词下面深藏不露的内部行动。契诃夫和高尔基的剧本大多缺乏明确的外部行动。焦菊隐说，在契诃夫的剧里，"有些人物只说了半句话，便不肯再说下去；有些人物絮絮叨叨地发着大段的议论，可又没有一句碰着边际的，……我们假如实地观察一下看自己生活的周围，就能发现

---

[1] 司徒敏译：《斯坦尼斯拉夫斯基全集·第一卷·我的艺术生活》，中国电影出版社1979年版，第306—307页。

同样的现象。……唯有契诃夫第一个把这个重大的现象指给我们，我们才在他的剧本中，发现那些我们最容易忽略的地方"[1]。小说里这样的"多余的人"不少，19世纪俄国小说中尤其多，但舞台上还是第一次大量出现；所以契诃夫在《海鸥》首演失败后怀疑自己并不适合写剧本，已经准备不再写。以前的戏剧中很少看到这样的人物，这并不是偶然的；一般演员并不知道怎么去演缺乏明显外部行动的角色，或者演了观众也不要看——这个问题能不能解决，全看导演能不能读懂剧本，再教演员方法，让他在舞台上"活"起来。斯坦尼被契诃夫反常的剧本逼得下苦功反复细读，终于在剧本平静的表面底下找到了隐藏的内部行动。例如，《海鸥》男主角特里勃烈夫似乎只会怨天尤人一事无成，但事实上他写剧本请妮娜演出，就是在积极地向身为演员的母亲证明自己的才能，他那些仿佛消极的牢骚也恰恰说明他心里多么想要取悦母亲。演员必须抓住这样的心理动机，才能演好契诃夫那些表面上缺乏行动的"多余的人"。

　　斯坦尼在"絮絮叨叨不着边际"的角色中发现了潜在的内心动作，这个本领比众所周知的"从自我出发进入角色"更难得多，注意到他这一成就的人也少得多。梅兰芳说："我在舞台上一生所体会的，和斯坦尼斯拉夫斯基体系也是相通的"[2]，他们的"相通"仿佛就是在演员要像角色一样"走心"，这只是个比较常见的共同点；从另一角度看，这两位大师各有一个独特的表演方法，其背后的思路更是出奇地相像。斯坦尼在看似消极被动的角色心中找到强烈的内部行动，这跟梅兰芳

---

[1]　焦菊隐：《〈樱桃园〉译后记》，《戏剧艺术》1980年第三期，第134页。

[2]　梅兰芳：《梅兰芳戏剧散论》，中国戏剧出版社，第204页。

把看似只是优美舞姿的"卧鱼"程式解释为屈身下腰去"闻花"异曲同工，都是用合理的心理逻辑来解释一般人眼里空洞的舞台形象，使其变得丰富起来，让演员能内心充实地演绎好这些形象。梅兰芳在谈《贵妃醉酒》中闻花的"卧鱼"时说："要点是在当时我的心中、目中都有那朵花（其实台上空无一物），这样才会给观众一种真实的感觉。"[1]而斯坦尼也强调，要点是演员心中要明确角色每句话、每个动作的内在目的。

除此之外，斯坦尼还发明了情绪记忆、感官记忆等话剧、影视演员需要掌握的体验角色并体现出来的方法，这也都是他在仔细分析了许多剧本的规定情境以后，为了帮助演员真实地塑造剧中人物而发明的。斯坦尼认为导演要为演员当好"媒人"，也就是帮助演员和剧中人融为一体。在聚焦于演员塑造人物的内部技巧并做出了开创性的研究以后，后期他又把注意力转向"形体行动分析方法"，其实也是一系列为演员和剧本角色牵线搭桥的技巧：导演引导着演员和角色初次见面，不断磨合，包括在形体动作中分析角色，用即兴小品来走进角色的内心等等，最后使二者融合，形成舞台形象。

二、布莱希特

布莱希特的创作生涯也是始于剧本。他年轻时最早写的是表现主义的剧本如《巴尔》《半夜鼓声》《城市丛林》等，那时候他还只

---

[1] 梅兰芳：《梅兰芳戏剧散论》，中国戏剧出版社，第36页。

是初露头角的编剧和戏剧顾问（dramaturg），剧本是别人导演的。
1929 年他发明了篇幅短小、技术要求也简单得多的"教育性短剧"
（Lehrstucke, didactic pieces），成了编导合一的全才戏剧家。由于剧本
的故事内容简明扼要，戏的特色主要体现在独特的、辩证的导演构思
上。《措施》（*The Measures Taken*）就是这样一部最具布莱希特特色
的"教育性短剧"，它的序幕是：一个五人小组被共产国际从莫斯科派
去中国帮助革命，回来后向组织报告情况，组织要他们用动作呈现出
他们在中国所做的工作，也就是来个"戏中戏"。这里的难题是，五个
人只回来了四个，那没回来的人竟是被这四人处死的。为什么处死那
位"年轻同志"就成了这四个人要用行动来解释的关键。谁来演这个
已经不在的"年轻同志"呢？这是导演的最大难点，也是最大的亮点。
剧作家布莱希特在舞台指示中已经为导演设计好了"措施"：由四个人
轮流在闪回式的片段中扮演那被他们处死的第五个人——每人只需换
一个简单的符号化服饰就瞬间变成那个"年轻同志"。这个戏在 1930
年的柏林首演被特地处理成了一个音乐会版，四个演员唱着歌跳进跳
出——好像中国的曲艺表演，或者以戏曲清唱为主的堂会表演。

　　布莱希特理想的表演需要制造 Verfremdung Effekt，也就是陌生化
效果，这个词更多人译为"间离效果"，但更容易有歧义。他这个理
论挑战了两千五百年来人们普遍接受了的亚里士多德的"摹仿"说和
"真实"观，也和绝大多数话剧演员的感性经验相悖，很少有演员主动
接受的，更多的人则因为概念解释不清而造成困惑。布莱希特在莫斯
科看了梅兰芳的表演后写了《中国戏曲中的"陌生化效果"》一文，其
实误读了梅兰芳的表演；中国表演艺术中真正接近布莱希特理想的是

跳进跳出的曲艺，可惜他从未见过。但是布莱希特有一篇很好的文章解释他想要的"陌生化表演"，题目叫《街景》，文中他以街上常看到的交通事故及其后的争执为例：出事的人事后向警察和路人演示刚刚发生事故的场景，这样的表演是不会投入感情的，相反必须理性地从他自己的角度对刚才的"街景"做出图解，目的是要让警察看后接受他的再现和解释。《措施》里设计的"戏中戏"是休现"街景"式表演的最好例证，那四位刚杀死"年轻同志"的报告者绝不能把他演得令人同情——因为那就会证明他们杀错了；相反他们要理性地演出被杀者的错误，要演出他的不顾大局，要演出他的情绪冲动如何危害了集体，让组织看了产生"陌生化效果"，批评那位已经死去的同志，追认他们四个人已然执行了的措施——处死他。

《措施》的剧本极有特色，也完全是因为有了这样一个新奇的导演手法才写出来的；如果从评价传统剧本的角度来看，它的主题、情节、人物、语言都并不特别出色（至今中国大陆还没有中译本），但却是最能代表布莱希特导表演风格的戏——没有之一。他还有其他一些充满辩证精神的教育性短剧，如《说是的人·说不的人》也是这样。可惜的是，那些戏的剧本过于简单了些，在对他的导表演风格还没有完全弄清楚的情况下，翻译过来好像也没有太大意义，因此布莱希特的这些最有特色的戏在中国还没有多少影响。关键是他自己也没能继续把教育性短剧进一步发展成更为成熟的戏剧品种。

二战期间他被迫流亡出国，远离了剧团和演员，没法再做任何导表演方面的实验。他夫人海伦·魏格尔是位优秀的演员，1933年到1948年整整15年里没演过一个专业的戏；好在布莱希特是作家，一

个人也可以写诗写剧本。后来成为布氏经典的一系列大戏如《伽利
略》《大胆妈妈和她的孩子们》《四川好人》《高加索灰阑记》等就是那
些年里写的。这当然也是国际剧坛的幸事，但与此同时，布莱希特本
来已经开始探索的以导演构思为出发点的戏剧创作模式就中断了。他
1949 年回到东德，政府专门给他建立了由魏格尔直接负责的柏林剧
团，但因为战后百废待兴，剧团头几年还没有固定的地方，直到 1954
年才搬进永久性的"柏林剧团"，推出正式的演出。[1] 他在人生的最后
两年多时间里日以继夜，抓紧把以前攒下的大型剧本在舞台上立起来，
还要助手把主要剧目的排练过程都详细记录下来，称之为"范本书"
（model book）。他一直健康状况不佳，很可能意识到时日无多，必须
及时留下遗产；他还多次带团出国演出，赢得了巨大的国际声誉。然
而这些声誉更多的还是来自严谨的剧本和导演，而不是他年轻时那种
真正在观众中创造了"陌生化效果"的最有特色的布氏戏剧。那两年
高强度的经典打造和国际推介也透支了他的精力，1956 年他才 58 岁就
英年早逝，留下了一系列"博物馆"式的剧目。1986 年在名为"布莱
希特：30 年之后"的多伦多研讨会上，我看到柏林剧团带去的《高加
索灰阑记》，就是这样保留下来的四平八稳的高台经典，已很难看到当
年的"教育性短剧"中充溢的质疑世界、变革世界的锐气。后来又看

---

[1]　根据 John Willet 的 *The Theatre of Bertolt Brecht*，我原以为布莱希特 1949 年一回
　　国就在柏林剧团排戏了。2018 年 10 月 17 日，国际戏剧协会演艺高校联盟在上海
　　开研讨会，来自柏林的剧协"世界戏剧培训学院"课程主任 Christine Schmalor
　　告诉我，布莱希特去世前只有一两年时间排演他的戏。此说显然与 John Willet
　　的书有矛盾。5 天后我在北京参加中国艺术研究院的"梅兰芳、斯坦尼、布莱希
　　特研讨会"，求教于布莱希特专家、中央戏剧学院前副院长丁扬忠教授，他告诉
　　我，他 20 世纪 50 年代中期在民主德国留学时了解的上述情况。

过不少这部戏的不同演出，我自己也导演过两次，发现这个戏表达主题的方式已经与《措施》的辩证法南辕北辙，成了简单说教式的——干脆让说书人直截了当说出主题："一切应该归善待他的人。"而女主人公格鲁莎则完全是一个传统的可以催人泪下的"好女人"——事实上我的两次导演经历都让我确信，在多数情况下，布莱希特打破第四堵墙的所谓"间离效果"其实是角色向观众交心的"连接效果"。[1]

布莱希特后期的经典大戏中唯一真正实现了他早年的"非亚里士多德式"理想的例外是《四川好人》（写于1939年，早于《高加索灰阑记》）。该剧是辩证剧《措施》的"大戏版"，舞台指示规定，演到最后演员要走向观众，坦承不满意戏的结局，但实在想不出更好的，只好请大家帮忙出主意。这是个刺激观众采取行动的极妙的编剧、导演相结合的方法，只是由于剧中提出的好人坏人、生财散财的人生哲理问题太深刻、太难回答，从20世纪40年代首演至今，还没听说有哪个演出的观众当场提出过什么修改结局的好建议。纵观布莱希特的整个职业生涯，他自己并没能实现要刺激观众看戏以后站起来质疑、挑战世界的理想，这个任务只能留给巴西的导演兼社会活动家奥古斯托·伯奥（1931—2009）来完成了。伯奥发明的论坛戏剧继承但又发展了布莱希特的理念，跟布氏早期的教育性短剧有点相似，也只做短剧；他的短剧还回避了《措施》和《四川好人》中那样太深的哲理问题，只提出特定社群的具体问题，力图在演出和"观演者"参与的过程中当场找到解决问题的最佳方案。这就使得论坛戏剧不再是作为艺

---

[1] 孙惠柱：《从"间离效果"到"连接效果"：布莱希特理论与中国戏曲的跨文化实验》，《戏剧艺术》2010年第6期。

术的戏剧，而更像一种社会或政治活动，不大可能留下任何经典剧本。相比之下，布莱希特毕竟还是个艺术家，他留下的主要还是剧本和诗歌——在米切尔·霍夫曼编选的二十世纪德语诗选中，入选最多的就是他的诗，多达15首。[1] 有这么多诗和剧作传世，布莱希特不愧为一位大作家，但他的戏剧创作最终还是没能真正突破导演斯坦尼从剧本出发的西方传统模式——也就是他自己在理论上坚决反对的"亚里士多德式"的剧本戏剧模式。

三、梅兰芳

梅兰芳所代表的体系就完全不一样了，他理想的创作模式不是从剧本出发，而是从他自己作为演员的视界（vision）和需要出发的。因此，在他声名远扬的20世纪前期，中国的现代文学家对他大多持非常尖锐的批评态度。鲁迅的抨击也许是最著名的，但还不是最激烈的，文学史家郑振铎写了分贝更高得多的《打倒旦角的代表人物梅兰芳》，开宗明义便宣称：

> 我们要提倡真正的艺术便不得不对于虚伪的艺术下攻击，虚伪的艺术不消灭，真正的艺术是不会有成功的可能的。……中国舞台技术的如何幼稚，剧本的如何不合理，化装与脸谱的如何无根可笑，锣鼓喧天的如何震撼人耳脑。演武戏时，强迫童伶表演

---

[1]　王家新：《重新发现布莱希特的诗》，《文学报》2018年9月27日，第18页。

激烈动作的如何非人道，卖艺者与演戏者联合的如何荒唐，件件事都足耐我们的仔细讨论与反对。然而最使我们引起恶感的却是所谓男扮的旦角——一种残酷的非人的矫揉做作的最卑下的把戏。[1]

欣赏、褒扬梅兰芳的有完全不一样的两拨人——国内的国粹派和外国的梅粉丝，但与批评者相同的是，他们也都把主要的、甚至是全部的关注点都放在表演上——外国人还特别喜欢梅兰芳的男扮女装。他们对剧本的特点都没有太关心——或者是默认剧本不怎么样，或者认为剧本就是不好也与他这个演员无关。前一种看法确实不容易辩驳，如果和斯坦尼演绎的契诃夫、易卜生、莎士比亚等人的剧本以及布莱希特自编自导的剧本相比，梅兰芳演的大多数剧本确实要单薄很多；他那些文字篇幅很短、全剧角色很少、以歌舞为主的折子戏，也许根本就不应该跟人物众多、情节复杂的西方戏剧文学经典放在一起去比——这就好像拿诗歌《静夜思》《新婚别》去跟小说《水浒传》《红楼梦》比高下，几乎是不可能公平的。不过，第二个看法就大可商榷了，因为梅兰芳与他演的剧本不但有很大的关系，而且是一种西方戏剧人难以想象的决定性的关系。相比较而言，斯坦尼与剧本的关系体现在他选择剧本来导演和表演——都是别人已经写好的剧本，他也从不随意改动；布莱希特倒是简单，自己写剧本，还亲自导演，但他自己从来不演，也不能阻止别人导、演他的剧本，因此他并不能完全控制他的剧本的最后的舞台形象；

[1] 西源：《打倒旦角的代表人物梅兰芳》，《文学周报》（第8卷），1929年，第62、63页。

梅兰芳一般自己不写剧本（只与人合写过一个《邓霞姑》），他有一群"御用"的"梅党"成员帮他写、帮他改、帮他一起排，而他的戏的舞台形象从头到尾都是自己全面掌控的。

很难说梅兰芳演过的每一个剧本都体现了他的审美理想，在他尚未成名、尚未有梅党相助的时候，只能用现成的未必理想的剧本稍加修改进行舞台演绎。一旦找到了在戏剧观上投缘的合作伙伴群，他就开始了全新的戏剧创作模式。和他合作最多的齐如山在其回忆录中有《编戏》一章："说到我帮梅兰芳的忙这一层，虽然不敢说全国皆知，但知道的人确是很多。……实实在在我也帮了他二十多年……所以帮他忙之动机，则确是为的编戏。"[1] 在给梅兰芳打本子之前，齐如山还只是个编剧新手，在欧洲看了不少戏，想给国人编点新戏，但在遇到合适的演员之前，他编的几个戏都没能演出。他这才明白："一个脚色想排一出新戏，则该脚必须是该班的主脚，否则便不易排。"[2] 后来他发现了菊坛新星梅兰芳，但并没有一开始就给他写剧本，"因为从前编了戏找人排吃过碰，所以以后不肯轻易提到编戏，而且也不知道他排新戏的能力如何"。[3] 他通过写评论其表演的长信来与他沟通，梅兰芳也虚心地接受了他的修改意见，无形中把他当成了一个"案头导演"。他们通了两年信，发现艺术理念十分接近，这才见面；又交往一年后，才谈到编戏之事。其实梅兰芳急切地需要新戏，因为他的竞争对手排出了新戏，"戏虽没有什么价值，但北京人没见过，大受欢迎；兰芳之

[1]　齐如山：《齐如山回忆录》，辽宁教育出版社2005年版，第104页。

[2]　齐如山：《齐如山回忆录》，辽宁教育出版社2005年版，第105页。

[3]　齐如山：《齐如山回忆录》，辽宁教育出版社2005年版，第114页。

班大受影响，叫座之力不及人家。兰芳此时已知，不排新戏，不能与人竞争，"[1]因此他对齐如山是求贤若渴。齐如山还是很谨慎，一开始并没有给梅兰芳编他在欧洲看戏时就开始酝酿的新派"神话戏及清高的言情戏"，而是先编一出旧式的戏《牢狱鸳鸯》试试；尽管编得很平常，演出后却是人山人海。这说明对当时的京剧观众来说，剧本最重要的是——在故事基本合理、主题符合常理、又有一定新意的基础上，给主角演员提供充分发挥其表演才能的机会。

那以后，为了在中秋节的档期用新戏胜过竞争对手，齐如山终于实现了他多年的梦想，为梅兰芳编了神话剧《嫦娥奔月》，"大受欢迎，大家都叹为得未曾有，连演了四天，天天满座……把第一舞台之《天香庆节》打了个稀溜花拉。"[2]齐如山在回忆录里对自己的成就描述多少有些夸张，其实为梅兰芳的编剧并不只他一个人，他主要是出构思写提纲。梅兰芳身边还有一批梅党合作者，包括擅写台词唱词的李释戡等，都是些既有学问又熟悉戏曲表演的文化人，他们分工合作，把戏曲史、舞蹈史、文学史的知识都用到剧本、服装设计、动作编排中去，为众多既留恋传统国粹的程式歌舞、又渴望舞台上有点新形象的艺人和观众竭诚服务。这个创作集体很快又为梅兰芳编了《洛神》《天女散花》《太真外传》等剧本，这一系列戏突出了梅兰芳擅长的舞蹈才能，奠定了他的超级明星地位，还把京剧历来以听老生唱为主的"卖点"转到了载歌载舞上来。也正是这些神话戏引起了鲁迅、郑振铎等新文化人的不满。鲁迅这样写道：

---

[1] 齐如山：《齐如山回忆录》，辽宁教育出版社2005年版，第115页。

[2] 齐如山：《齐如山回忆录》，辽宁教育出版社2005年版，第118页。

梅兰芳……不是皇家的供奉，是俗人的宠儿，这就使士大夫敢于下手了……他们将他从俗众中提出，罩上玻璃罩，做起紫檀架子来。教他用多数人听不懂的话，缓缓的《天女散花》，扭扭的《黛玉葬花》，先前是他做戏的，这时却成了戏为他而做，凡有新编的剧本，都只为了梅兰芳，而且是士大夫心目中的梅兰芳。雅是雅了，但多数人看不懂，不要看，还觉得自己不配看了。……他未经士大夫帮忙时候所做的戏，自然是俗的，甚至于猥下，肮脏，但是泼剌，有生气。待到化为"天女"，高贵了，然而从此死板板，矜持得可怜。看一位不死不活的天女或林妹妹，我想，大多数人是倒不如看一个漂亮活动的村女的，她和我们相近。[1]

鲁迅对梅兰芳崇"雅"的批评其实并不准确。梅兰芳的拥趸中固然有不少文人士大夫，但平民观众也是不少的。他不可能只在士大夫的堂会上献艺，大多数的演出还是在戏院的，而戏院不可能只出售座好价贵的票子，梅兰芳的戏便宜票也很热门。刘祯在一篇关于欧洲人看梅兰芳的文章里综合了外国人和中国人对戏院的描述：

格里格具有西方人的幽默感，却看到了中国剧场文化的特征。"一颗白色的彗星突然从我们头顶上呼啸飞过"的，是一块看客所需要的毛巾，描写的何其生动，何其又诙谐！这成为中国剧场的一景，当时就曾有许多外国人评价"中国戏不但舞台上的伶人能

---

[1] 鲁迅：《花边文学》，《鲁迅全集》（第五卷）台北：谷风出版社1989年版，第596–597页。

演,就连满园里茶役们也都能打出手呢"。喝茶、嗑瓜子、抽烟、扔毛巾、小买小卖、喧闹、杂乱等,在格里格的笔下,被描写的"彗星呼啸飞过",徐慕云曾批评这种剧场现象是"楼上楼下满园手巾把子飞舞的怪状",历来遭到知识精英的诟病,但同时他们却也忽略了它与中国戏曲演出与生俱来的源生性,以及剧场演出的生态文化,民众对其文化的认知、选择与参与。[1]

可见,梅兰芳演戏的地方并不见得就是鲁迅所批评的"紫檀架子上"的"玻璃罩",甚至比现在有些"大排档"还要"接地气",梅兰芳是一位广受大众欢迎、雅俗共赏的京剧演员。但上面鲁迅引文中间的那两句话却是极其精准和关键的:"先前是他做戏的,这时却成了戏为他而做,凡有新编的剧本,都只为了梅兰芳"——这就是梅兰芳体系不同于斯坦尼、布莱希特的最大特点。梅兰芳纪念馆的俞丽伟博士专门研究了梅兰芳演出剧本的创作由来,她总结道:

> 由梅党担任编剧的古装新戏为13部。分别为《嫦娥奔月》、《天女散花》、《麻姑献寿》、《上元夫人》(前、后部)、《霸王别姬》、《西施》、《洛神》、《廉锦枫》、《太真外传》(一、二、三、四本)、《春灯谜》、红楼戏《黛玉葬花》、《千金一笑》、《俊袭人》。其中《嫦娥奔月》是由李释戡提议七月七应节戏选题,齐如山根据《淮南子》、《搜神记》打提纲,李释戡编写剧本,其他人斟酌

---

[1] 刘祯:《格里格——"北欧的斯诺"及其眼里的梅兰芳与中国戏曲》,《艺术百家》2017年第6期。

修改。《天女散花》的创意来自梅兰芳观摩友人的仕女画《散花图》，由齐如山起草提纲，填词是李释戡、王又默，梅兰芳表叔陈嘉梁制谱并整理工尺。……梅党集体编剧的古装新戏多取材于小说、传奇、汉赋，也有如《天女散花》发源于绘画，偏向于神话女性人物、妃子、红楼女性题材的古装歌舞剧。梅党编写的古装新戏在梅兰芳新戏剧目中占有较高比重，也是剧本选材视角、文学性、戏剧性整体质量较高的剧目类型。从历史的角度来看，这些剧本提升了民国时期京剧文学的内涵，是文人参与京剧剧本创作的有益探索。

由梅党改编的老剧目新戏为3部。分别为《凤还巢》、《抗金兵》、《生死恨》。……《抗金兵》是梅兰芳拟创作抗敌主题戏，由叶玉甫提议梁红玉故事，梅兰芳受启发借鉴传统剧《娘子军》"梁红玉擂鼓战金山"，戏名由叶玉甫定为《抗金兵》，并由叶搜集资料，在梅党集体编写原则下完成初稿。[1]

从这三位大师和剧本的关系的角度来看，在斯坦尼、布莱希特和梅兰芳代表的三个体系中，严格地说，只有梅兰芳的才是完整的"戏剧体系"，因为只有他才主导了从最初的编剧构思一直到最终的舞台呈现的全部创作过程。相比之下，斯坦尼代表的是一个伟大的导演、表演体系——对之前的剧本创作产生不了影响；而布莱希特的则主要是一个编剧、导演的体系——他的表演理念更多的是呈现在纸上而不是

---

[1] 俞丽伟尚未发表的中国传媒大学2018年博士论文：《梅兰芳演出剧目的生成与递嬗》，特此致谢。

舞台上，并没能在他主导剧团排戏的最后两年半全面付诸实践。只有梅兰芳的体系才是涵盖了编剧、导演、表演整个创作过程的最全面的"戏剧体系"。梅兰芳为人低调谦逊——仿佛和齐如山刚好相反，梅兰芳在描述他的剧本创作流程时，还特意淡化了他自己的作用：

> 我排新戏的步骤，向来先由几位爱好戏剧的外界朋友，随时留意把比较有点意义，可以编制剧本的材料，收集好了。再由一位担任起草，分场打提纲，先大略的写了出来，然后大家再来共同商讨。有的对于音韵方面是擅长的，有的熟悉戏里的关子和穿插，能在新戏里善于采用老戏的优点的，有的对于服装的设计，颜色的配合，道具的式样这几方面，都能推陈出新，长于变化的；我们是用集体编制的方法来完成这一个试探性的工作的。我们那时在一个新剧本起草以后，讨论的情形，倒有点像现在的座谈会。在座的都可以发表意见，而且常常会很不客气的激辩起来，有时还会争论得面红耳赤。可是他们没有丝毫成见，都是为了想要找出一个最后的真理来搞好这出新的剧本。经过这样几次的修改，应该加的也添上了，应该减的也勾掉了。这才算是我初次演出以前的一个暂时的定本。演出以后，陆续还要修改。同时我们也约请许多为本界有经验的老前辈来参加讨论，得着他们不少宝贵的意见。[1]

---

[1] 梅兰芳口述，许姬传、许源来、朱家溍整理：《舞台生活四十年——梅兰芳回忆录（上）》，团结出版社2006年版，第236—237页。

　　大家都知道，这个"集体编制"的核心绝对就是梅兰芳，所有关于剧本的"讨论""激辩"都是围绕着如何让他做出最好的舞台呈现。这样的编、导、演一体化有什么好处呢？梅兰芳说："剧本从执笔者在辛勤伏案的构思中写好后，由登场演员在观众面前表演出来，经过不断演出，不断修改，有的得到观众拥护，成为保留剧目，有的因为不受欢迎就束之高阁，无人问津。这里的甘苦得失，只有身历其境的'案头人与场上人'才说得清楚。"[1]比起编剧和导演，演员每次演出必须身临现场，用心的演员最能亲身体会观众的各种反应。在梅兰芳成名的年代，没有任何政府或基金会的赞助，戏剧人必须悉心体察全体买票观众的心理，但又不能降低身份媚俗讨好——那样会开罪品味高雅的精英人士，还很可能被政府以"有伤风化"为名禁掉。在社会上还存在大量文盲的年代里，中国的民众一向还有到戏院长点知识、接受点高台教化的习惯和期待，戏剧人必须把握好教化和娱乐之间极为微妙的度；因此，由梅兰芳这样悟性极高的一线演员来策划主导戏剧创作的全过程，很可能是那个时期大众戏剧发展的最佳道路。

　　由演员主导策划创作剧本，是不是会产生郑振铎所说的"剧本不合理"的问题呢？这一类的问题在戏曲界确实大量存在，但主要是由于多数剧班的当家演员不像梅兰芳，他们也不可能找到像齐如山、李释戡那样的好编剧，剧本只能凑合，就容易出各种问题。如果说即便是梅兰芳、齐如山、李释戡的文学水平还是比契诃夫和布莱希特差远了，那就有点脱离艺术家的历史和文化语境了。当然，演员梅兰芳年

---

[1]　傅谨主编：《梅兰芳全集》第三卷，北京出版社、中国戏剧出版社2016年版，第425页。

轻时学养水平确实还有限，他对剧本内容的要求很朴素："有人说小说里的故事，都是作者杜撰的、不可考的，这一点我觉得倒没有多大关系。只要故事生动，合乎情理，能对群众起教育作用，或者虽然没有积极的教育意义，却也并无毒素，又能给观众欣赏上的满足的，这些都可以拿出来上演。"[1]这标准显然并不怎么高，然而，这正是一般老百姓的审美标准，而且，他的剧本比起当时大部分戏曲剧本，已经有了明显的高度。就拿鲁迅批评的《嫦娥奔月》来看，本来这只是一出为中秋节而编的应景戏，故事的依据只有《淮南子·览冥篇》里的一行字："羿请不死之药于西王母，姮娥窃以奔月，怅然有丧，无以续之。"但在梅兰芳演的剧中，"嫦娥当作后羿的妻子，偷吃了她丈夫的灵药，等后羿向她索讨葫芦里的仙丹，她拿不出来，后羿发怒要打她，她就逃入月宫"，[2]这样稍微一改动一发展，她就成了一个因为抗拒丈夫家暴而毅然逃离家庭的女性——简直有点像一个神话版的"娜拉"，只是她逃上了月亮以后又不免感到了孤寂——这也十分真实可信。

梅兰芳的《贵妃醉酒》也经过了类似的脱胎换骨的改造，他把杨贵妃重新刻画成了一个受压迫的女性：

　　《醉酒》既然重在做工表情，一般演员，就在贵妃的酒话醉态上面，做过了头。不免走上淫荡的路子，把一出暴露宫廷里被压

---

[1]　梅兰芳口述，许姬传、许源来、朱家溍整理：《舞台生活四十年——梅兰芳回忆录（上）》，团结出版社2006年版，第266—267页。

[2]　梅兰芳口述，许姬传、许源来、朱家溍整理：《舞台生活四十年——梅兰芳回忆录（上）》，团结出版社2006年版，第258页。

迫的女性的内心感情的舞蹈好戏，变成了黄色的了。这实在是大大的一个损失。……我历年演唱《醉酒》就对这一方面，陆续加以冲淡，可是还不够理想。前年我在北京费了几夜工夫，把唱词念白彻底改正过来。又跟萧长华、姜妙香二位，细细研究了贵妃醉酒之后，对高、裴二卿所作的几个姿态，从原来不正常的情况下改为合理的发展。京津沪三处的观众看了我这样表演，似乎都很满意。……凭着我自己这一点粗浅的理解，不敢说把它完全改好了。应该写出来让大家更深切地来研究，才能做到尽善尽美的境界。[1]

梅兰芳的文学理念日渐成熟后，因迁居上海而与合作了二十年的齐如山分手了，再以后是抗战期间的"蓄须明志"。尽管如此，他一生中最后的大戏《穆桂英挂帅》（1959年）还是可以看作他主导创作的文学性较高的成功之作。虽然那是从豫剧移植过来的，并非原创剧本；但西方的希腊悲剧和莎剧以及梅兰芳自己早期的改编早已证明，是否"原创故事"绝不应该是评判经典的标准。那时梅兰芳已经65岁高龄，因戏曲行当所限并不能像话剧影视演员那样改演老旦角色，因此最好是演一个年纪长了几岁的原有行当的角色——例如一个年长的穆桂英。但当时京剧中并没有那样的戏，而梅兰芳在豫剧里看到了，于是就组织编剧班子，根据京剧特点移植改编剧本，推上舞台，为梅兰芳的晚年艺术生涯留下了浓墨重彩的一笔。

---

[1]　梅兰芳口述，许姬传、许源来、朱家溍整理：《舞台生活四十年——梅兰芳回忆录（上）》，团结出版社2006年版，第228页。

梅兰芳戏剧体系代表的是中国戏曲文化中极为出色的一套创作方法，像这样由名角演员策划主导剧本创作、然后自己担纲主演的案例在其他名演员当家的剧团里也很常见。另一个突出的好例就是程砚秋请翁偶虹写《锁麟囊》。他俩见面之前程砚秋已看过几个翁的剧本的演出，但他正式约翁写的第一个剧本《瓮头春》倒并没上演，因为他的朋友们觉得剧本虽好，但他悲剧演太多了，最好换一下风格，演个喜剧。他请翁到家来，本来说是谈《瓮头春》的演出计划，不料二人缄默地对坐了约十余分钟，程砚秋才不好意思地开口问："……能不能排一出适合我演出的喜剧？您说好吗？"翁偶虹有点担心"只怕材料不太现成"，程砚秋立刻取出一本焦循的《剧说》，翻开夹着书签的一页给翁看，他说看到书里《只塵谭》的"赠囊"故事，觉得可以编成戏。翁在回忆中写道："文字极短，瞬即看完，我未加思索，答以可为。程先生似乎更兴奋地拱手一揖，含笑相视。这时，恰巧又有客人来访，我即告辞，在回家的途中就开始回味这个素材，考虑如何将它写成一出适合程派排演的喜剧。"[1]《剧说》里的素材只是个故事轮廓，连具体人名都没有，只说"某年月嫁娶日，适两新妇舆同憩道周。一极贫女，一极富女"；但这个故事不仅有一波三折的起承转合，而且充满着人性中光明的一面，能令读者、观者心动，是个能写成戏文的好题材。翁偶虹做了大量功课，融入山东民俗，写成剧本取名《锁麟囊》。程砚秋读了剧本初稿后，提出不少修改意见。"程先生的建议，不仅生动地说明了场上的表演，更大可升华剧本，深化人物，我欣然接受，遵意照

---

[1] 翁偶虹：《为程砚秋先生写〈锁麟囊〉》，《文汇报》2018年9月6日，第10页。

办。"这样互动多次以后，《锁麟囊》于1940年4月成功首演。

以后的故事大家都知道了。当年程砚秋在编剧毫无准备的情况下突然"命题作文"激出来的《锁麟囊》，成了现在程派最著名的剧目（继梅兰芳之后最高调访美演出的京剧演员张火丁演的两出戏之一就是它）。当今众多指导剧本创作的领导和专家们如果能有演员程砚秋那样的策划和约稿水平，我们的戏曲创作应该可以繁荣很多。

四、结语

梅兰芳戏剧体系的特色并不仅仅体现在其表演技巧和表演美学方面的博大精深，同样值得深入研究的是，梅兰芳和他的同侪们瞄准表演的目标进行编剧策划以及反复排演修改的总体戏剧创作模式——说不定这是一个世界上唯一有据可证的真正全方位的戏剧体系。纵览创作所涵盖的方方面面，甚至可以说梅兰芳超过了与他同时代的那两位欧洲戏剧大师，因为他们分别只专注于导演、表演和编剧、导演。斯坦尼的导表演只能是编剧完成以后的"二度创作"，布莱希特虽然身兼编剧、导演二职，但他对表演的出格要求在他自己的大部分戏里也难以真正实现，更不用说大量的布氏剧本是别人导的。我们完全没有必要因为梅兰芳的理论著作过于朴实、略显单薄，就觉得必须在两位西方大师的"导表演体系"和"编导体系"面前自惭形秽，以至于都不敢将梅兰芳的全套遗产称为"体系"。

有人说，"体系"一词只能是斯坦尼独享的概念，任何别人都够不上；因为国际上极少见到其他戏剧大师的遗产被冠以"体系"之名，就连汗牛充栋的布莱希特研究中也很难找到"体系"的说法。此话不假。但是，这背后的原因却跟三位大师的成就高低没有任何关系，而主要是由于不同的语言文化习惯造成的问题。"体系"本来也不是中文里常见的名词，是20世纪50年代全国学苏联、学俄文时才热起来的。苏联人喜欢宏大的概念，斯坦尼的那套方法和理念就是"斯坦尼体系"——就像他学生和对手梅耶荷德也有他的体系一样；而主导了英语世界话语权的美国人不太喜欢这样的大概念，虽然他们通过好莱坞电影无形中向全世界介绍了斯坦尼这套最实用的表演方法，但总觉得"体系"（system）这个词跟"制度"一样，带了点强迫的意思，于是宁可换用一个低调的更实用的名词"方法"，只不过在前面加个冠词，再用上大写，叫做the Method，以区别于其他各种各样的方法。因此，在英文世界的戏剧话语中，别说梅兰芳和布莱希特，就连最早被尊为拥有独家"体系"的大师斯坦尼斯拉夫斯基也被剥夺了"体系"的地位。难道我们也一定要去学美国人的说话习惯，坚称谁都不配有体系吗？

其实重要的不是去辩论应该给这几位戏剧家各自贴上什么"级别"的标签——是"体系"还是"方法"还是"流派"；更重要的是对他们艺术创作的总体特点进行仔细深入的研究。三位大师都有相当长的艺术生涯。其中布莱希特受战乱影响最大，寿命也最短，58岁就去世了，但他还是留下了大量的剧本、论文和好几个"范本"演出；最高寿的斯坦尼享年75岁，如果不算以前的业余演剧，就从他1898年排《海鸥》起到1938年逝世，他用了整整40年探索、记录他的体系；梅兰芳写有两本《舞台生活四十年》，其实从他1904年首次登台演戏到1961

年67岁逝世前两个多月的最后一次演出（《穆桂英挂帅》），足有五十多年舞台生涯，也留下了大量的剧本和文字，还有很多录音和录像。要比较他们三个人整体戏剧创作模式的异同，还有大量的文章可做。

至于梅兰芳体系创作的剧本的质量评价，很难按照现在常用的标准来进行。原因之一在作品的体量不同。他那时候的演出大多是一台长短不同的折子戏集锦——他那广受欢迎、被惊为天人的1930年美国巡演也是这样，基本上没有一晚上只演一台大戏的情况；而现在我们习惯的剧本评奖标准是建立在西方多幕剧的标准长度上的，梅兰芳的戏本来就短，文字量更少得多。因此不受好评。原因之二在人们对所谓"原创"的看法不同。例如梅兰芳和"四大名旦"的另三位都演过《白蛇传》，各人的剧本都有些不同，没有人会说他们互相"抄袭"，但按现在"评奖必须原创"的做法，他们的剧本都不能算是自己的剧本。可能这也是很少有人再用梅兰芳体系的创作模式的原因之一吧。但我认为这样的剧本创作模式应该再次复兴，剧本长短的问题比较容易解决，关于"原创"的观念问题更难一点，但这方面也应该解放思想——如果我们对戏剧史有更多的了解的话。

请看下一篇关于"原创"问题的辩驳。

戏曲创作"原创力"的三个问题

　　第一，"原创力"很重要吗？好像未必。中外戏剧史上几乎看不到任何关于"原创"的讨论。希腊悲剧除了《波斯人》这个现实题材是例外，其他全都取材于希腊神话；写了至少37个剧本的莎士比亚最擅长的就是重新讲述别人已经讲过的故事，也只有一个例外——关门戏《暴风雨》，其实那里面也揉进了他自己以前写的好几个戏的故事。歌德最伟大的剧作是前后写了六十年的《浮士德》，那个故事在他以前有无数人讲过、写过，包括和莎士比亚同时代的马洛。两千五百多年的戏剧史上，大师们赋予了全新意义的各种各样的重写剧本一直都在频繁地演出，而最初的"原作"却往往被人遗忘。中国京剧的四大名旦都演过《白蛇传》，各有不同的版本，那还是早于20世纪50年代的田汉版《白蛇传》，谁说得清他们各自演绎的故事最早是谁发明的？欧洲19世纪起开始有了版权的概念，写实的剧作开始要"原创"了，剧作家把寻找故事的目光从神话传奇转向了报纸杂志。但与此同时，奥尼尔、萨特、布莱希特那些现代戏剧大师还是喜欢用极原创的精神来重写神话、传说，并且无需注明是"改编"。当今国际上著名的评奖活动中，最常听到要区分原创与改编的地方是美国的奥斯卡金像奖，那是一种纯技术性的区分，戛纳和柏林电影节就不那样分；美国戏剧界百老汇的托尼奖和外百老汇的欧比奖也都没有这样的区分。剧目的托尼奖只分话剧和音乐剧、新演剧和复演剧——复演老戏也十分重要，而且并不需要"改编"；单项奖中导演和各类舞美奖基本相同，此外话剧发编剧奖，音乐剧则有编剧、作曲、配器、编舞四个奖；所有奖项就是不问"原创"还是"改编"。

相比之下，中国的戏剧评奖的前提是一定要"原创"剧作，弄得几百年来惯于改编移植积累了很多保留剧目的戏曲也只好频频找人新编。很多地方剧团的演出总量太小，原创奖项又巴不得一个都不能少，最成功的模式竟是年年原创、年年得奖、年年冷藏，再年年原创、年年得奖……这样的"原创"，少些又何妨？戏曲界一直有人批评以原创剧目评奖为主要抓手的体制，很有道理。要有大量的保留剧目才会有健全的剧坛——我们的现状离健全还差太远，遑论繁荣。要鼓励戏剧家专心打磨剧目臻于成熟，以便长演给众多的老百姓看，不管是新戏还是老戏、新编还是移植；而不是诱使大家一天到晚心猿意马，狗熊掰棒子，只满足于给领导和专家看新作、报新功。

第二，"原创力"一定要体现在"非改编"的新编故事里吗？也是未必。大量技术上合格的"原创"作品其实只是伪原创。例如那个囊括所有国家级重大奖项的大满贯极品话剧《立秋》，就是时任山西宣传部长申维辰N顾茅庐，请全国各地得奖专业户来合力冲奖，亲自"审看"四十多遍，先后找省内外专家领导数十次研讨论证力推出来的，完美到找不到缺点，也就很难留下特点了[1]。结果是徒有原创之表，缺

[1] 成宇鹏、章轲："申维辰山西往事"，《第一财经日报》2014年4月14日。

的恰恰是原创的精神、原创的真谛。这个问题还不限于文艺创作，几乎已成了整个社会的精神癌症——各行各业都喜欢急功近利地机械拼凑别人发明的"集成创新"，不愿从事思想源头上的创新开发。其实人类所有的精神产品都是有源流的，不可能完全凭空产生，一切所谓"原创"其实都是"改创"。当然，改创也必须规范，这恰恰意味着，要承认而且梳理出任何创意的源流所在、来龙去脉；而几乎所有需要创意的领域里，都可以看到铺天盖地的跟风、抄袭之作，还都在假"原创"之名。按照技术性的标准，像《红旗渠》这样公式化的口号大串烧是"原创剧"，而魏明伦编剧的川剧《中国公主图兰朵》倒不是？就因为他改编了普契尼的歌剧？其实他的改编颠覆了图兰朵这个主人公的形象，用现在流行的说法，是一种天才的"解构"，充满了独创精神。英国剧作家汤姆·斯托帕德（Tom Stoppard）的《罗森格兰兹和吉尔登思登死了》也是这样独创的解构剧作，剧中的人物故事全都来自名剧《哈姆雷特》，但出人意料地把原剧中两个莫名其妙死去的小人物变成了主角，使这个普通人的悲剧更能打动当代人的心。

戏曲人向来习惯于创造性的改编，剧本的故事大多取材于各种古典文学，根本不管原创还是改编。俞振飞和程砚秋20世纪30年代创作的《春闺梦》可以说是"改编"了唐诗，灵感就是来源于两句诗："可怜无定河边骨，犹是春闺梦里人。"我最近一次看的是李蔷华和蔡正仁的演出：新婚夫妇被战争拆散，妻子在家日思夜想，梦见丈夫回来喜不自胜，还怪他不肯亲近自己；可是观众明白，已在战场化为白骨的丈夫只是她梦中的幻影，怎能不为春闺中的妻子心酸！这出戏讲的既非帝王将相，也不是老套的才子佳人，对饱受战乱之苦的穷苦百姓给予了极大的同情，这个主题很像常在欧美反战运动中演出的希腊悲剧《特洛伊妇女》，但手法更奇特，感情更浓烈，两位演员载歌载舞、如泣如诉的表演远比那个希腊群戏更为动人。

麒派代表作《徐策跑城》改编自清代的通俗小说《薛刚反唐》，反映了一个极富中国文化特色又极有深意的母题：一个既同情下层受害者又忠于上面领导的官员，为了国家的安定，一定要拼着老命上去反映情况。中国历朝历代都有很多这样的具有极高社会责任感的忠臣，就是当今社会也很需要。这样的人物怎么会是仅仅宣扬忠孝节义的封建"遗形物"？这是蕴含着深厚人文主义内涵的永恒的经典。戏曲讲的固然大多是些老故事，痴迷于"玩意儿"的老戏迷也许并不怎么在乎那些故事或主题——古希腊戏剧家和莎士比亚哪又有多少原创的故事？戏曲可以主要用角儿、用精彩的表演来吸引观众，但角儿们展示的绝不是空洞的杂技，他们的表演依托于富有原型意义的故事，不是耳提面命般向观众灌输什么，而是在润物细无声之中传递着文化的意味，让人感觉常看常新——这正是经常改编、被改编的艺术经典的魅力所在。

上海的沪剧、越剧更是主要通过改编名著如《少奶奶的扇子》《大雷雨》《祝福》《红楼梦》等提高了年轻剧种的艺术品位。那些几十年前创作的戏有不少直到现在还有观众，而当下很多新编的"原创"剧目却常常是演了一两场就结束了。这样的新戏能算有原创力吗？关键不在故事来自哪里，而在创作的核心种子在哪里。现在很多戏里的思想是领导灌输或者分配给编剧的，并没有化为作者自己真正的信念；所以，即使编出了"原创"的故事，也没一点儿独立的"力"。既无力，谈何"原创力"？

第三，中国戏剧的"原创力"是否就是被体制限"死"了？是否一定出不了好的原创作品？答案还是未必。只要能找到一个比中国管得更紧但又出了更多好作品的地方，就可以证明上述假定不成立了。这个地方并不难找，请看看伊朗。虽说看过伊朗戏剧的人很少，但伊朗电影早已享誉世界，而且那些得奖的电影基本上都反映当代伊朗生活，并没有如《茶馆》《窝头会馆》这样的优秀中国戏剧中常见的"终于1949年、告别旧社会"的模式。如果说《小鞋子》这类儿童片还相对容易的话（但我们这里又有几个如此直面生活感人至深的儿童影视剧？），以当今德黑兰的日常生活为背景的《一次别离》和《推销员》就更见功力了。伊朗艺术家的创作环境其实远不如我们这里宽松，钱更是少得多。我曾携京剧《朱丽小姐》去德黑兰参加法加尔国际戏剧节，飞机落地前广播里就反复告知，女士必须用头巾包好头发。舞台上的女性更是绝对不许露一点头发，连我们戏里男扮女装的演员也必须在假发上加盖头巾。来剧场进行演前审查的官员说，观众看戏时多半不会知道这个女角是男人演的，看到长头发会不悦。此外舞台上男女角色之间不能有任何肢体接触——这样的禁令会不会让我们觉得根本就没法子做戏剧了？但伊朗的剧坛远比我们热闹，我特地打听下来，人口八百万的德黑兰每天有五十个剧场在演出；一年一度的法加尔戏剧节水平也很高，来自三十多个国家的一百多台戏参加。伊朗戏剧家给我讲了不少他们如何"戴着镣铐跳舞"的故事，颇有点乐在其中。他们实在是从心底里热爱他们的创作，就像庖丁解牛一样，总能在别行人看来小到没法动弹的缝隙中，找到足够大的空间，"恢恢乎其于游刃必有余地"，"砉然向然，奏刀騞然，莫不中音，合于《桑林》之舞。"

　　如果我们的戏剧家也能有伊朗艺术家那样的志趣，那样的定"力"，就不会这么容易被诱惑而陷在那些没多少原创力但很有油水的短命项目中了——那些项目多半是有权有钱的人"指令""策划"出来的，而不是戏剧家自己有感而发、不发不行的。可以说，原创力缺乏主要还不是因为体制是多么"威武"而让人"屈"，更是因为周围有太多的"富贵"而让人"淫"。要想提高原创力，提个体制层面的建议倒还比较简单，停下那些鼓励假原创的评奖就是了；但在个人层面反而难，要抵制无原创价值的项目所伴随的名与利的诱惑，专注于真正原创的独立思考和创作，我们做得到吗？演过许多传统戏也写过许多原创戏的戏曲大家魏明伦的三句话——独立思考、独家发现、独特表述，可以说是关于原创力的所有问题的最好回答。

语言的动作性与程式的表意性

一、戏曲中语言的多与少

顾名思义，中国戏曲和西方话剧的不同在于戏曲"曲"多而话剧"话"多；其实还有一点重要的不同，戏曲中的肢体动作也比话剧多得多。唱、念、做、打这"四功"里的"做"和"打"都是程式化的外部动作，而"唱"和"念"虽然以语言为主，也都离不开程式动作的配合。戏曲演员从小就要花大量时间学程式、练动作，戏迷们也都极其关注舞台上每个动作的准确和精妙；电影《霸王别姬》中对于主角上下楼步子是否少了一步的"斤斤计较"并非夸张——其实那还只是粗线条的关注。大多数不是戏迷的外行观众对戏曲演员的微妙动作就往往视而不见，他们眼里只能感觉到笼而统之的写意动作。为了吸引一般观众，戏曲剧团常常习惯性地选择如《三岔口》《闹天宫》《秋江》等特别突出外部动作的折子戏来展演——无论是出国给外国人演出，还是参加国内的拼盘式晚会；就是集中了国内最优秀戏曲演员的"中国剧协梅花奖艺术团"在巡演时，为了照顾多元的非戏迷观众的口味，也多半是以展示各剧种"绝活"的折子戏为主。和一百多年前京剧迷

"听戏"的习惯相反，现在一般人越来越认为看戏曲重要的是动作而不是语言——包括唱词、对话和少数的独白等几种在剧本中以文字出现的成分；事实上剧本中的语言构成了如《坐宫》《惊梦》《徐策跑城》等重头折子戏的主体，但这样的戏非戏迷的观众很少看到，或者看到也不甚了了没太大兴趣。长此以往，很多习惯了西方理念的话剧人乃至一般的文化人难免会认为，戏曲只是长于空洞形式的玩意儿，而内涵则过于单薄，因为一般人传递内涵的媒介主要是能写下来的语言。

　　必须承认，的确有不少戏曲剧目从表到里全都陈陈相因，或者只注重外部技巧、基本无视内涵；但是，如果要做总体的比较，有几个关键的问题不能不问：舞台上话说得少是否必然内容也少？程式化动作的表意功能——也就是内涵，是否一定比不过说出来或者唱出来的语言？戏曲的文字语言和程式动作之间究竟是什么关系？要想公平地回答这些问题，不应该拿最好的话剧来跟剧本最弱的戏曲作对比，当然也不能拿最差的话剧来对比最好的戏曲；最好是比较一下讲述相似故事的戏曲和话剧，所以，改编自西方话剧的戏曲作品是比较合适的研究对象，例如取材于易卜生剧情的越剧《心比天高》和《海上夫人》。这样一比较就可以看清楚，戏曲中的话确实比话剧少很多——《心比天高》剧本的文字量不到《海达·高布乐》的五分之一，但戏曲的改编之所以做文字上的减法，是为了要做更重要的加法。对于戏曲编剧来说，话的减少不仅仅是选和删的问题，最重要的两点是：一，要尽可能把话剧人物的"说话"转换成更直观的外部动作；二，要尽可能把话剧中散文式的白话升华为诗的语言。

　　这样的比较有点特别，不同于大多数学者写的"中西戏剧比较"的论文；这个比较的视角主要出于我本人从事戏曲剧本创作的实践，但也对澄清一个很多人多年来的误解有着特殊的意义。不少现代文化人不重视甚至看不起戏曲，是因为他们习惯了拿最好的话剧剧本为范本来对照、贬低剧本最弱的戏曲。这个习惯始自大约一百年前。《新青年》大力宣传的"易卜生主义"出自"现代戏剧之父"，被严厉批判的旧文化中对老百姓影响最大的则是"旧剧"，也就是戏曲。那时候易卜生与戏曲在新派文化人眼里形同水火，各自代表了完全对立的新旧两种文化。胡适等全盘西化派曾经断言，戏曲的全部程式如脸谱、台步、唱功、锣鼓、马鞭、把子等，都只能为封建遗老服务，要用西方舶来的"新剧"全盘取而代之；但是，由于几百个戏曲剧种在全国范围内既广且深的草根性，这个极端主张从未实现过。当时包括梅兰芳在内的不少戏曲艺人也曾尝试过演绎现代故事的时装新戏，然而以程式动作为核心的传统戏曲的形式感实在强大，太难被套在时装里充分发挥，最终只得作罢；穿现代服装的戏曲再怎么努力，还是很难进入戏曲的主流（除了"文革"十年的非常时期以外），在沪剧、评剧、豫剧、秦腔之外的大部分戏曲剧种里只能在边缘徘徊。而话剧引进一百多年来，又只在北京、上海这两个超大型城市真正扎稳了根，其他任何城市都没有日常的话剧演出市场——偶尔的演出多半是主要给领导和专家以及他们组织来的老百姓观众看的。20世纪30年代熊佛西被"平民教育运动"领导人晏阳初请到河北定县指导农民戏剧活动，他不肯从改造当地的秧歌入手，坚持要引进话剧，后来惊喜地发现农民很有兴趣，于是做了一个空前绝后的伟大实验；可是五年后城里来的老师一走，那里就再也没有人想到话剧了[1]。

---

[1] 笔者1987年去定县做田野调查，除了两三位幸存的老人，绝大多数村民都不知道那里曾经有过农民的话剧演出。

然而在全国范围内，这一百多年来，伴随着易卜生式的话剧而来的西方理论却越来越主宰了戏剧界的话语权，这些"外来和尚"的理论是怎么看戏曲的呢？或者是要求削足适履大加改造——加写实布景、大写现代戏；或者是鸡不同鸭讲不屑理会——戏曲就是些不讲内涵的玩意儿。美籍华人学者艾利克桑德·黄指出："不幸的是，对中国戏曲的视觉方面的过度强调把戏曲变成了一个与话剧敌对的表意系统。"[1] 说的就是后一种情况。

就在新世纪的初期，大概还不大会有人想到，被很多人视为两个"敌对的表意系统"的话剧和戏曲竟会用这样的方式来合作——1906年谢世的易卜生老人和就在那年刚问世的越剧在一百年以后嫁接成了女子越剧《心比天高》和《海上夫人》。以这两个源自易卜生写实话剧的越剧为例来分析戏曲和话剧这两个表意系统的异同，可以帮助我们看看清楚，戏曲是否一定不如话剧高明，戏曲的肢体、视觉元素是否只能机械地图解被严重删减过的语言文本。精通中国及世界舞蹈的美国学者魏美玲认为，戏曲的表演"通过聚焦于情和表演技巧的多方面的连接互动，会产生新的意义和感情。"例如，在易卜生剧作《海达·高布乐》的越剧版《心比天高》中，"焚书稿一场是海达内心冲突的情感高潮，通过一段高度戏剧性的独舞加独唱，观众能感受到海达心中嫉妒和决绝的非常深度。"[2] 这段十分钟的solo是原来的话剧中没有的，易

---

[1]　Huang, Alexander. *Chinese Shakespeare: Two Centuries of Cultural Exchange*. New York: Columbia University Press, p.176.

[2]　Wilcox, Emily E. "Meaning in Movement: Adaption and the Xiqu Body in Intercultural Chinese Theatre." *TDR: The Drama Review*.（New York）Spring 2014, p.55.

卜生剧本第三幕的结尾看上去很简单：

> 【海达在门口听了一会儿，走到写字台前，取出那包稿子来，就着包皮底下看了一看，随意把几页稿纸抽出半截瞧了一眼。她走过去坐在火炉旁边扶手椅里，把纸包搁在腿上。过了一会儿，她打开炉门，解开纸包。
>
> 海达：（先把一叠稿纸扔到火炉里，低声自语）现在我在烧你的孩子，泰遏，卷头发姑娘！我正在烧孩子。（又把一两叠稿纸扔到火炉里）你和艾勒·乐务博格两个人的孩子。（把剩下的稿纸一齐扔进火炉）我在这儿烧——我在这儿烧你们的孩子。

这里海达的"话"倒也并不多，还不如舞台指示的字数多。在写实的话剧中，场上一旦没了对手，一个人就很不容易施展了，连易卜生这样的编剧大师也无能为力。这个戏剧情境如果放到莎士比亚笔下，多半会有大段的诗意独白，"烧，还是不烧？"但那会在风格上与写实的话剧不一致。对演女主角的话剧演员和她的导演来说，内心活动如此丰富的这段"肉头戏"只有这么简单的两行台词，又没有其他表演手段可以用，实在是太大的遗憾。而在我们的越剧里，这段戏在海达"我好悔，好恨啊"的感叹后，衍生出了28行唱词和台词，分成三种表达方式，开头是海达载歌载舞的12句独唱：

> 青梅竹马旧时光，
> 缱绻切磋情意长。

只有恨铁不成钢，

哪会忍心将他伤？

心碎魂散是海达，

皆因旧情未能忘。

早知今日你风光，

何必当初弃情郎。

我明了此书为你添翅膀，

我做梦见你飞到九天上，

我只恨未能教你真爱我，

我无缘扶你荣登天子堂。

接下来她听到画外音——那是前男友文博刚刚来找书不成临走前说的话：

这书稿是我与西娅的心血，

我们的孩子，

爱的结晶啊……

海达立刻愤愤地独自追问：

我的呢？我的呢？

见证、结晶、孩子！

毁了，毁了……

她开始一张一张撕书，然后挥起红色的超长水袖满台舞蹈，象征着火焰飞腾。这时候幕后有四句集体的伴唱：

> 纸灰扬，烈火焚，
> 熊熊怒火烧奇珍。
> 烧尽书稿魂和灵，
> 烧尽天下恩与情。

最后一段海达边舞边唱：

> 谁叫它不是我的儿，
> 谁叫它反倒来害我，
> 谁叫它将我丈夫道路阻，
> 谁叫它令我一世心里苦？
> 老天啊，
> 为什么前尘后路由天定？
> 恨不能翻转乾坤将天补！

在这段戏里戏曲编剧要做的就不是减法而是加法了，剧本不但用舞台指示提示了和唱词相呼应的高难度肢体动作，就是台词、唱词也增加了，而且大多是高浓度的诗句。魏美玲在评论中还注意到，越剧中有一对贯穿始终的核心道具："剧中的一对'鸳鸯剑'让易卜生原来的剧本（中的手枪）适应了戏曲的需要，给了海达更为广阔的情感表达的空间，在这里她运用了歌唱、舞蹈、音乐、道具等多种戏曲手段。"[1]原剧中海达开手枪自杀，只要半秒钟就结束了，完全不给演员发挥的时间；而越剧海达用戏曲的手段挥剑自戕，有八分钟的载歌载舞让演员可以酣畅淋漓地做足抒情的表演。

二、古装程式的现代意义

事实上戏曲未必都是"旧剧"——即便不去看它们潜在的现代功能，只要看看历史事实就够了：上海地区流行的三大剧种越剧、沪剧、滑稽戏刚好都和中国话剧差不多"新"。这三个剧种中，越剧的程式比沪剧和滑稽戏更多更完整，因而也更适于演古装戏。《心比天高》最初是我们为沪剧而写的"西装旗袍戏"，当时就是考虑到，沪剧是最接近话剧的戏曲剧种，成功移植过《雷雨》《大雷雨》《温德米尔夫人的扇子》等很多话剧，因为没有太多程式，最像"话剧加唱"，剧本中语言也不必删去太多。后来杭州越剧院决定排演，导演支涛和展敏希望我们改成古装戏，他们说只有古装才能用上包括水袖在内的大多数越剧程式，才能充分发挥越剧载歌载舞的审美特长。这一来剧中的"话"还要大大删节——沪剧本的字数本已不到话剧的五分之二，越剧又必须减去至少一半。虽然我们被导演说服了，但在开始排练《心比天高》时，我们并不能肯定易卜生故乡的挪威人会怎么看我们的越剧版，因为此时剧本文字只剩下不到五分之一，还全都脱胎换骨了。但结果是

---

[1]　Wilcox, Emily E. "Meaning in Movement: Adaption and the Xiqu Body in Intercultural Chinese Theatre." *TDR: The Drama Review*. (New York) Spring 2014, p.58.

挪威观众不仅欣然接受,"易卜生国际"的艺术总监英格·布列桑女士看了几遍后找到我们,还要《心比天高》的原班人马再搞一个易卜生作品,于是就又有了一个挪威人发起制作的越剧《海上夫人》。

《心比天高》和《海上夫人》的情节都聚焦于女性,两个戏的核心都是现代人必须面对的自由选择问题,这些艰难的选择在原来的话剧里,是像辩论一样用大段台词说出来的"讨论"——萧伯纳特别欣赏的易卜生最重要的剧作手段,而我们的戏曲版很少用日常生活中的白话台词,诗式的语言极其简洁凝练,更多地用放大的歌舞来展现人物的内心,更显得步步惊心,也就避免了"旧戏"可能给新观众带来的陈旧落套的感觉。这两个易卜生的女子越剧版在中外都被成功接受,说明凸显现代精神的"易卜生主义"和外表很不写实的古装戏曲完全可以相得益彰——在三百多个戏曲剧种中,女子越剧是独一无二的单性别剧种,可以算是最为"反写实"的。20世纪20年代洪深从美国回来开创现实主义话剧事业,想好要做的第一件事就是禁止男女反串——尽管当年好几位话剧的著名先行者如周恩来、曹禺和李健吾等人都曾乐此不疲地上台反串过女角。60年代江青大搞"京剧革命",本来根本就看不上她"最不喜欢"的女子越剧,但还是忍不住插了一手,命令越剧学校培养男演员,因为她认为"女人演男人是60年代怪现象,讨厌透了!"[1] 洪深和江青分别反对男演女和女演男,当然各有不同的社会政治背景,但究其艺术观念上的原因,都是因为跨性别反串明显地违背了现实主义最大程度追求真实的原则。

---

[1] 《"文革"中的越剧》,2009年2月23日,http://www.china.com.cn/aboutchina/zhuanti/zgyj/2009-02-23/content_17322239.htm。

　　"五四"时期胡适等人推崇记录日常生活用语的白话文、自由体新诗、现实主义话剧，以为只有多用"话"才能反映现代社会，在当时确有一定的道理，中国确实很需要能用大白话直接讨论时政话题的写实话剧，那主要是出于向普罗大众普及文化的需要，未必是提高艺术境界的需要。事实上，被新文化人视为"落后"的戏曲在推崇戏曲的文人眼里是在品格上大大高于白话剧的，现在持有这一观点的人就更多了。曹林这样评价梅兰芳的京剧："梅氏的几次海外巡演，普遍注重学术意义，尤其是齐如山担纲操作的美国之行，直接定位在要让世界认识中国戏曲与欧美戏剧的不同，使西方了解中国戏曲注重写意的美学特征。……梅氏的名声大噪且持久不衰，与坚持在学术上高于其他人的准确定位有很大关系。"[1]尽管"齐如山担纲操作"与"学术上高于他人"的说法未必完全准确，但是在八十多年以后，当易卜生所代表的客厅剧和各类戏曲都成了"古典"时，就可以比较客观地看清楚了，易卜生后期写的那些将象征主义寓意融入现实主义外形的剧作（包括《心比天高》《海上夫人》）比他最有名的中期那些直白的"社会问题剧"更为典雅精致，也和中国戏曲有着更多的相似性和更高的相容性。话剧的写实手法适合体现坐在客厅里和丈夫讨论的娜拉；而要展现痛苦到不得不焚稿的海达就有点力不从心了。在越剧舞台上，周好俊舞动的超长水袖既给人极致的美感享受，又带来强烈的灵魂冲击。多亏在剧本创作、修改的时候，导演和演员说服我们把初稿中沪剧式的"西装旗袍"改成了越剧的古装，坚持了在传统程式的基础上再创

---

[1]　曹林：《解密齐如山在梅兰芳访美演出之际的包装术》，中国舞台美术学会网站：2014年9月23日，http://www.chinaasa.com/article-816-1.html。

新的原则——水袖绝不能少，还要加长，这才能充分展现海达焚稿时无比激烈的内心情绪。

在《海上夫人》里，我们更进一步打开易卜生原本恪守"三一律"的客厅的大门，让被话剧关在屋里从头到尾说话思辨的荔达走出门外去采取实际行动——被旧情人江思腾拉到野外山上去"夜奔"一场，直到受挫以后才痛下决心回家来。我们把昆曲老戏《夜奔》里的不少传统程式套过来，还包括了一部分脍炙人口的诗句，经过推敲改动后用在这个本来毫不相干的越剧中，把原来一个男人的愤怒的夜奔变成了一男一女两个人私奔的戏。荔达在夜奔时走圆场迷路绕圈，外化出她头脑中的迷失；旧情人并没有帮她找到脚下的路，也就意味着不能帮她找到精神的出路。这样的高度动作性的戏曲呈现和话剧中传统的两个人坐在客厅里绕着脖子说哲理，效果完全不一样。前面说过，古代中外的编剧都没有对所谓"原创"的死板要求，在中国传统文化中，戏曲编剧不但没有"不可抄袭"的禁区，恰恰相反，抄得好、配得妙还是一种值得用功学习的本领。汤显祖写《牡丹亭》时，特地"抄"了大量的唐诗，55出戏的结尾都是四句"集唐诗"的下场诗，剧本中间也有不少词来自唐诗。要把前人的好词好句用得恰到好处，是一种对文学修养和辞章功夫都要求很高的技巧。在《海上夫人》中，这些前人的诗句不但本身文辞精妙，还对"夜奔"情境中的人物动作提供了极大的帮助；但还是必须进行"改创"，把原来独唱的唱词变成对唱，同时展现出两个人完全不同的性格和心理：

江思腾 　急走羊肠下山道，

喜得明月繁星照。

荔　达　一霎时云迷雾罩，

忽剌剌风吹叶飘。

江思腾　震山林声声虎啸，

又听得哀哀猿叫。

荔　达　走得我魂飞胆销，

百转里走不出山前古道。

　　他们在唱这些词的时候，把戏曲演员本来就最擅长的跑圆场变成了具有象征意义的迷路兜圈子，接下来的唱词跟林冲"夜奔"的情境完全不一样，就必须新写的了：

荔　达　只听得子规啼如泣如咏，

转不出山林中无尽的迷宫。

你与他君子有约重九鼎，

莫非是违约私奔遭报应？

江思腾　弄潮儿何来甚君子协定？

合则留不合走独往独行。

你与我早已经订下婚姻，

老天爷若有眼早该显灵！

荔　达　不不不！即便走亦应当等到天明，

别官人行大礼辞谢乡亲。

男子汉大丈夫言而有信，

岂能做小窃贼贻笑终身？

江思腾　罢罢罢！小妇人满脑袋四书五经，

啥事情都要讲甲乙丙丁。

且由她返回家等它打更，

天一亮奔大海半步不停！

排练演出中两位"梅花奖"得主谢群英和徐铭充分发挥了越剧名家善于活用传统程式的特长，将这段移花接木而来的双人连"夜"私"奔"体现得天衣无缝，把易卜生关于两性关系和个人选择的哲学讨论变得远比话剧生动、灵动，也更令人激动。

三、明场强调的动作与意象

易卜生的这两个名剧原来在中国却并不很有名，几乎没有任何话剧团演出过，一般观众并不怎么了解原剧，也就没有谁会问这两部戏的内容在改编中损失了多少。相比之下，瑞典人斯特林堡的话剧《朱丽小姐》要有名得多，所以常常有熟悉原剧的人问，京剧本的改编和删节有没有损害原著的内容？损害了多少？——这样的问题倒从来没有听瑞典人或者其他欧洲人问过。事实上，改编导致原著信息的损失是必不可免的，然而有所失也有所得，而这个"得"往往是来自戏曲程式的魅力——正如前面魏美玲的引文指出的。《朱丽小姐》原剧本在删节中失去最多的是两个人的信息——朱丽已去世的母亲和刚退亲的未婚夫，他们在原剧中也从未出场，但有不少冗长的台词反复介绍他们的情况。对一个公认的自然主义剧作来说，这两个看不见的人是影响朱丽性格的"遗传和环境"中的重要因素；但我们的京剧版并不强调这个戏的自然主义的特点，而是更突出剧中象征主义的元素，这就需要更集中地聚焦于出现在舞台上的形象——意象。所以我们决定割舍所有有关母亲的台词，在演出一小时的第一版中也没有提到未婚夫，但在加长到一个半小时的第二版中就加进了一些有关未婚夫的唱词，关键还是因为，需要拿他这个窝囊的富家子和台上的农家健儿男主角作个对比。这里原剧中有两个富含象征的情节十分关键——"跳舞"和"杀鸟"，这两段戏每每让写实话剧的导演头疼，一般只能推到暗场处理，观众一点儿也看不到。而在我们的京剧里，这都是求之不得的好戏，不但一定要明场处理，还要用戏曲程式来充分放大，做足文章——包括运用传统的程式和创造新的程式。

话剧《朱丽小姐》里村民跳的是自然应该是斯堪的纳维亚的集体舞蹈——这在瑞典的电影版里就看得很清楚，但绝大多数的话剧演出为了省演员省经费，不让舞蹈出场，只是在台词里提到而已，观众只能自己去想象有很多人在幕后跳舞。在京剧里，这个舞蹈就以男女主人公双人舞的形式呈现在舞台上，一个龙套都不用加。（2014年中国戏曲学院表演系主任王绍军导演根据我们的京剧本改排了豫剧版，因为有现成的学生龙套，就加了十几个演员上场演村民，跳大头娃娃舞，衬托了两位主角的舞蹈。）舞蹈既要上台变成明场，问题就来了：跳什么舞好呢？2010年第一个京剧版排练时导演赵群（后来第二版的主演）在上海京剧院看到一个其他剧组曾经用过的狮子舞的头，顺便拿来试一下，我们意外发现，舞狮子的程式不但十分符合剧情的需要，还和原剧本中的金丝鸟构成了一对极富象征意味的意象，一刚一柔，一俗一贵，朱丽逗狮子，反被狮子吃。导演和演员在传统舞狮的基础上，根据剧情的需要做了不少改进，还配合背景中朦胧的"婚礼音乐"融进了一点现代人调情的舞姿。这组舞蹈动作不但能充分地补偿删去的大量台词，还使得舞台意象及其背后关于阶级差异和两性冲突的寓意远更丰富多彩，微言大义尽在不言中。原剧中的金丝鸟只在全剧最后才出现，既然这是养尊处优的贵族小姐的象征，我们就让它在上半场也出现，和狮子一样都出现两次，贯穿始终。京剧中本来没有类似舞狮子的舞鸟的程式，赵群为此跟第一版的主演徐佳丽专门编创了一段无实物的鸟舞——借鉴"以鞭代马"的原则，用一根小小的鸟棍来指代金丝雀；后来在郭宇导演、赵群主演的加长版《朱丽小姐》中，这根鸟棍变成了朱丽手中的折扇——既可以折起来像棍子一样让鸟栖息，又可以打开来给鸟喂食。用舞蹈放大了这只鸟的形象，男主角项强最后杀死鸟的程式化动作就传递出了比写实动作远更丰富的信息，以致学者魏美玲在论文中用了好几页的文字来解读这一组动作的寓意。她注意到，项强在看到朱丽准备带金丝雀走以后先是大声冷笑，在听到朱丽说"我害怕，我不知道怎么办"以后就对她说："哈哈！你不知道怎么办？我来告诉你！"但这个"告诉你"在我们自己翻译的英文字幕中是"Let me show you"，因为接下去再没有任何台词，只有一组直接做给朱丽看的无实物动作——从她的折扇上一把抓过"鸟"，双手一扭拧断"鸟"的脖子，再一转身重重地摔到她面前的地上！这成了导致两人关系破裂的最重要的节点，催化出朱丽的大段独唱，那以后项强再也不需要对朱丽说一个字了——他这一系列动作已经足够充分地传递了所有的信息。对于剧情来说，狮子和金丝鸟及其舞蹈形象的明场呈现和加强效果提供了原来的话剧中难以用文字直接展现的新的信息，但又是在原剧人物性格的基础上生发出来的。希望在不断地演出和改进以后，这个剧中的狮子舞和鸟舞（也包括杀鸟舞）能形成一种可以传承下去并适用于别处的基本程式。

周妤俊、谢群英和赵群等演员饱含激情的戏曲程式体现——或者说用高度技巧的程式呈现出来的激情，显然比"话剧"更能打动人；她们虽然穿的是古装，骨子里却是超前的易卜生和斯特林堡在一百多年前就预示了的最现代的精神。我们这些实验还证明，比之直接鼓吹妇女解放的《玩偶之家》，富含象征意蕴、更适合用蕴藉的戏曲程式来展现的《海达·高布乐》与《朱丽小姐》等心理剧的现代性时效更长，不会随着具体社会改革的实现而过时。在创作这几个现代经典戏曲版的过程中我们发现，要充分地表现开阔的现代意识，穿传统程式需要的古装恰恰是最好的选择；超越了日常生活服装、不受拘束的宽袍大袖，加上行云流水般的程式化肢体动作和"言之不足则嗟叹之、嗟叹之不足则咏歌之"的程式化歌唱，才配得上"大写的人"的气度。导过一百多出戏、著作甚丰的美国加州大学资深戏剧教授罗伯特·科恩（Robert Cohen）对我说，他一直觉得易卜生的《海达·高布乐》很"歌剧化"（operatic），所以他从来不排，但这个理由似乎很难说服欧美人，他也不知道自己的感觉有多准确。看了《心比天高》以后他兴奋地说，果不其然，"中国歌剧"太适合海达了！

提倡"欧亚戏剧"的戏剧人类学大师尤金尼奥·巴尔巴（Eugenio Barba）毕生研究各国戏剧文化的异同，尤其是各类演员的表演，他有一个巧妙的发现：戏曲和其他亚洲传统戏剧一样，最重要的是其"前表意"（pre-expressive）的成分，就是说，不懂戏的意思不要紧，只要会欣赏还没表意的肢体部分，就可以拿去拼贴到他们的框架里，装进他们自己的"意"。[1] 而我认为，戏曲要按照自身的审美特点，以程式化的歌舞演故事来"表意"——套用梅兰芳的说法，故事人物要"移步"出新，表演程式则尽量"不换形"或少换形，因为程式化的唱念做打反而更能"强表意"。戏曲的"前表意"主要是在拿到剧本之前的基础训练阶段，让演员练出巴尔巴所谓"超日常"（extra-daily）的程式化"写意"的身段和嗓子；一旦拿到剧本开始排戏就要利用程式来"表意"了，最后的舞台呈现更必须是"强表意"（super-expressive）的。为了表意的连贯性和吸引力，这个"意"需要把戏曲的外部程式和斯坦尼的内部心理技巧结合起来。

《心比天高》《海上夫人》《朱丽小姐》都是取材于现代西方经典的中国戏曲作品，现在讲的都是中国的故事，所以要有中国的讲法——首先要把剧本写好，要让中国人外国人都能听懂看懂，还要看出一层层的妙处，这方面戏曲绝对是有办法的。有程式化的动作和歌唱做依托，我们的剧本就不用让演员在台上喋喋不休讲那么多话，就可以转而用更美、更动感、也更有层次更微妙的肢体和嗓音来把故事讲得更好，让观众在听到精简提炼过的故事的同时，得到更多的美感享受和中国文化的熏陶。如果现有的程式还不足以体现新的好故事，那就再创造一些新的程式——就像《心比天高》中的焚稿舞和《朱丽小姐》

---

[1]　见 Euginio Barba, et al. *The Secret Art of the Performer: A Dictionary of Theatre Anthropology*. London: Roultedge, 1991, p.8, pp.187–188.

中的鸟舞。中国戏曲的前景不在于按西方理论的标准削足适履，抛弃传统的戏曲程式，只用更多日常的白话来讲故事；而在于使用和创造更多更好的表演程式，让演员能更形象地讲好故事，展示更丰富的文化内涵。

在生活动作的基础上夸张放大了的表演程式是无声不歌、无动不舞的戏曲与生俱来的特色，千百年来受到各类观众的欢迎。对于精英观众，程式是高级的艺术象征，资深戏迷对每个微妙的细节都会津津乐道地进行赏鉴、评论；对于普通观众，基于角色行当的程式还能帮助大家看懂剧情人物——即便在远远的农村露天舞台上也能看明白粗线条的人物姿态和动作。理论上可以说，很多传统的戏曲作品就像莎士比亚戏剧一样，完全可以雅俗共赏，让不同的观众群体在同一个剧场里看戏各得其所；那么，在当今的现实生活中也是这样吗？现代生活的节奏快了很多，观众也有了更多的选择，写剧本的时候要不要考虑写给什么样的观众看？

第二章

大众与精英

毛泽东主席《在延安文艺座谈会上的讲话》中指出："普及的东西比较简单浅显，因此也比较容易为目前广大人民群众所迅速接受。高级的作品比较细致，因此也比较难于生产，并且往往比较难于在目前广大人民群众中迅速流传……对于他们，第一步需要还不是'锦上添花'，而是'雪中送炭'。…… 人民要求普及，跟着也就要求提高，要求逐年逐月地提高。在这里，普及是人民的普及，提高也是人民的提高。而这种提高，不是从空中提高，不是关门提高，而是在普及基础上的提高。这种提高，为普及所决定，同时又给普及以指导。"古今中外大多数的时代里，戏剧是和大众贴得最近的艺术门类，因为它必须要有观众的现场参与才能实现；近百年来西方很多地方的大剧场趋向饱和，又出现了各种各样"小众"的小剧场戏剧，为有特殊需要的精英观众服务。中国的戏曲也发展到了这一步吗？广大戏曲观众的看戏需求已经得到满足了吗？我们的戏曲编剧们更应该考虑的是精英的口味还是大众的需要呢？

戏曲与话剧:"陶冶"还是"净化"

近百年来,戏曲剧本的文学性有了长足的进步,20世纪初叶还是"玩意儿第一"的京剧独大,没有太多人关注剧本的质量,现在我们已经有了一大批文学、表演俱佳的各剧种的优秀作品。在这个发展改进的过程中,以易卜生为代表的特别重视剧本的现代戏剧乃至整个西方新文化的影响功不可没。中国与印度、非洲、中东等其他非西方国家有一个很大的不同,那里的知识分子中近几十年来很流行"后殖民主义"批判理论,而中国的学人和戏剧人对西方的文学艺术一直奉行积极的"拿来主义",改革开放以来尤甚。然而,西方的社会与文化和中国毕竟很不一样,西方影响也产生了一些副作用,主要原因在于我们对于西方戏剧的了解还远非全面、准确,学的时候常常无视文化差异,从西方大学的象牙塔里搬来了不少未必符合中国国情的戏剧理念,相当程度上忽视了为最广大的人民群众服务的初心,影响了戏曲的健康发展。

一、"陶冶"与"净化"

近年来学术界和媒体上有不少有关戏剧的讨论,一些基本概念出了问题，有意无意地贬低了占据中国戏剧大半壁江山的戏曲。这些概念多半是翻译过来的，有的还经过了港台同一语言但不同社会的中介，语境不同，词意就发生了扭曲。无论是直译外文名还是重新命名，都需要厘清多重的语境，否则会造成困扰，误导学生。例如 theatre，究竟是指广义的"戏剧"还是仅指表演场所的"剧场"？[1] 例如 drama，先贤译成"话剧"不对吗？那究竟是什么呢？还有"舞台剧"，"剧"本来就是呈现在舞台上的——无论其位置是高于还是低于观众、是单向隔开的还是围起来，实无需再加"舞台"二字。"舞台剧"只有在强调其有别于电影电视剧时才有意义，这时候它的外延就包括——按总量多少排列：戏曲、话剧、歌剧、舞剧、哑剧等所有在舞台上现场呈现的戏剧艺术。然而问题是，很多作者用这个词只是为了取代沿用近百年的"话剧"，这就将众多戏曲和其他所有的"舞台剧"样式全都一笔勾销了。这样做在台湾、香港大概问题不太大，因为那里的戏曲剧种比内地少得多，专业剧团更少，话剧可以说代表了"舞台剧"的大部分；但在大陆（内地），专业戏曲剧团及其演出的数量大大超过话剧团，"舞台剧"怎么能专指话剧排除戏曲呢？用这个词的人难道不知道中国大陆各地的"舞台"上最大量的演出是戏曲吗？更何况现在还来了很多音乐剧，难道它们也都不是"舞台剧"？前些年已经有人凑出个"逻辑混乱、概念含糊、难以认知的"术语"戏剧戏曲学"，硬是把戏曲推到了"戏剧"之外，让权威戏曲学家都"看不懂"了[2]；现在又舶来一个莫名其妙的

---

[1]　参见宫宝荣："正本清源话'Theatre'——'剧场艺术'还是'戏剧艺术'？"《戏剧艺术》2017年第1期。

[2]　陈多："由看不懂'戏剧戏曲学'说起"，《戏剧艺术》2004年第4期，第12页。

"舞台剧"，难道真要把戏曲的"舞台"也剥夺了？

为什么会有这么多人只认舞台上占少数的话剧，对那么多的戏曲却视而不见、听而不闻？因为一百多年来主导中国戏剧话语的基本上是西方术语，但是国人对西方戏剧的认识却很不全面，主要表现在两大误区：一，诞生于西方文化源头古希腊的"净化型戏剧"以排泄不洁物为前提，以演示恶行为核心，与中国文化有着深刻的差异，我们引进了百余年却依然不甚了了；二，现当代西方剧坛还有很多与中国戏曲十分相似的"同类项"——励志阳光陶冶正面情感的"陶冶型戏剧"，包括大量的音乐剧，我们却关注甚少。"陶冶"和"净化"这两种戏剧类型的区分主要着眼于内涵与功能，具体形式则跨越了古今中外所有的戏剧样式。为了认清中西戏剧文化之异同，建设好老百姓喜闻乐见的剧坛，首先必须在词义上厘清所有戏剧也就是真正的"舞台剧"（theatre）中对中国人来说最重要的两大样式：戏曲和话剧——英文即Chinese opera和drama（解释详见下文）。

绝非巧合的是，英语世界中的戏剧（theatre）也是分成类似的两大块drama和musical——话剧和音乐剧；音乐剧和戏曲一样，也是有说有唱有舞蹈，区别于只唱不说因而归入音乐的西洋歌剧。当今中西戏剧的总体格局还有一个极为重要的相似点：戏曲和音乐剧的市场都大于话剧。中国戏曲剧团和演出的数量远多于话剧本来无需证明，傅谨教授的《20世纪中国戏剧史》更明确指出，"戏曲才是二十世纪中国戏剧主流"[1]。至于欧美剧坛话剧和音乐剧的多少，可以戏剧之都纽约为

---

[1] 刘净植："傅谨：戏曲才是二十世纪中国戏剧主流"，《北京青年报》2017年6月16日。

例来看，那里平均每天有上百售票的专业演出，而且不同于一次只演
一两场的音乐舞蹈和中国常见的节庆式演出，多数剧目短则演两三周，
多则每周八场连演经年。从一天的剧目总表可以大致看出话剧和音乐
剧的比例：

> 在2015年2月7日的《纽约时报》戏剧版上，可以看到201个
> 有关演艺活动的信息……[1] 戏剧是最大的门类，如果加上儿童剧
> 和歌剧、舞剧，就有120多个……这一天百老汇有27个戏在上演，
> 18个音乐剧中《阿拉丁》《摩门经》《卡巴莱》《芝加哥》《泽西
> 男孩》《狮子王》《妈妈咪呀》《悲惨世界》《在城里》《剧院魅影》
> 《女巫》这11个是演了多年的老戏。[2]

百老汇全是大剧场，那天刚好三分之二在演音乐剧；话剧只占三
分之一，而且普遍地剧场小于音乐剧，演出场次少于音乐剧。那天外
百老汇和外外百老汇的中小剧场有63个剧目，除了八九个先锋剧目，
大部分还是话剧和音乐剧，这里话剧略多于三分之一，还是明显少于

---

[1] 引文原注：*New York Times*, Feb. 7, 2015. 同样内容也可在网页上看到http://
www.nytimes.com/events/index.html#2015-02-07/extravaganzas/everywhere/
alphabetical/："这里全是专业演出，不包括任何艺术院校的演出，连纽约大学艺
术学院、茱莉亚学院戏剧系那些水平极高也卖票的研究生演出都不算专业。2月
7日是周六，和周五周日演出活动最多；周一许多剧院休息，演出最少，但也不
会全停。在同一网页上可以看到，三天后的9日周一将只有20个戏剧演出、6个
儿童剧，所有活动的总数是69个。但可以代表平均数的11日周三又将有73个戏
剧演出、9个儿童剧，所有活动的总数是143个。"

[2] 费春放等："寻找被'后'的剧作家——纽约剧坛'一日游'初探"，《戏剧：中
央戏剧学院学报》2015年第2期，第39—40页。

音乐剧。

　　然而近一百多年来国人对西方戏剧及理论的研究几乎全聚焦于话剧drama，甚少关注它旁边如影随形的音乐剧。一开始这么做是必然的，一百多年前的中国急需引进迥异于戏曲的话剧。把drama 译成"话剧"，是第一个在西方（而且是在哈佛大学）学了戏剧专业的中国导演洪深的天才创意（1924年他对王尔德的喜剧《温德米尔夫人的扇子》进行本土化改译，推出了中国历史上第一部成功演出的话剧《少奶奶的扇子》）。"话剧"这个概念远比"舞台剧"准确，因为洪深在与中国戏曲和西方音乐剧相比较这个极重要的语境中，抓住了西方的drama以对"话"为基本表现手段这个关键性的特点，这是欧洲独创的一种艺术样式。在人类演艺史上，世界上几乎所有非西方的社会在接受西方文化之前都有各自的歌舞和说唱艺术，但就是没有以代言体演员的对话为主的大型话剧；印度和中国这两大古老文明比较特别，各自有"以歌舞演故事"的戏剧——都比古希腊戏剧晚了很多年，还就是没有希腊、罗马那样成规模的话剧。话剧也就是drama这个词源于古希腊，《牛津戏剧与表演百科全书》的Drama条目这样解释：

　　　　亚里士多德在《诗学》中所用的意为"动作"或"行为"的一个希腊词，指人通过在剧场里的表演所呈现出来的行动，因此其现代的用法一般与"剧/剧本"同义。[1]

---

[1]　Kennedy, Dennis, ed. *The Oxford Encyclopedia of Theatre & Performance.* OxfordUniversity Press, 2003, p.384.

　　自话剧老祖宗古希腊以来的两千五百年中，话剧的具体形式有过很多变化，但只要是以对话为主就还是话剧。在人类戏剧史上，希腊悲剧有两个极为突出、也是和中国戏曲差别最大的特点：形式上，只靠两三个人的对话来展现剧情（虽有唱歌跳舞的歌队，但和说话的演员分开）；内容上，主干剧情往往十分残酷，诸如弑父娶母（《俄狄浦斯王》），亲娘杀子（《美狄亚》），父杀女、妻杀夫、子杀母（《俄瑞斯忒亚》三部曲），连当今欧美自诩心狠心硬到理直气壮杀人的"直面戏剧"都要自愧不如。翻译家胡开奇认为，直面戏剧（In-Yer-Face Theatre，导演王翀译为"扑面戏剧"）"赤裸裸地表现精神崩溃、吸毒、血腥暴力、性虐待、战争恐怖、种族屠杀"[1]，其实只是有意无意地学了古希腊人罢了。希腊悲剧内容的残酷和形式的简单是互为因果的。从朗诵发展而来的悲剧最初只有两个戴面具的演员对话表演，和人数众多又能唱歌跳舞的歌队形成了鲜明的对比。露天剧场那么大，坐了好几千甚至上万人，除了有点扬声作用的金属面具外没有更好的扩音器，怎么才能避免话剧部分成为"尿点"，让两个演员光说话就能吸引人看下去？只有在剧情上想办法。"希腊悲剧之父"埃斯库罗斯利用人性中的恶，把最可怕的冲突集中到一起，像《阿伽门农》及后面两部戏里没完没了的家庭杀戮，让观众不断地一惊一乍。索福克勒斯又加了个演员，三个人可以多一点变化，《俄狄浦斯》追查弑父娶母的案子，最后竟查到自己头上，悬念更加强烈。《安提戈涅》有两家亲戚卷入冲突，因为安提戈涅和表兄海蒙定了亲，新国王克瑞翁不但害死外甥女，

---

[1]　胡开奇：2017年6月23日，https://book.douban.com/review/6636029/，2017年6月22日，https://en.wikipedia.org/wiki/Drama。

也逼死了自己的亲儿子。欧里庇得斯笔下的美狄亚也是几乎杀尽了有婚姻关系的两家人——还不算她叛国出逃时亲手杀死的追她的亲兄弟。

在西方文化随着宗教和殖民势力走向世界之前，表演这样的残酷剧情在其他文化中是不可思议的。20世纪末罗锦鳞先生改编导演了《美狄亚》的河北梆子版，专家都给予很高评价，先后还有两位女主角因此获得梅花奖；但罗先生告诉我，下乡演出时农村大妈们说，接受不了这样的母亲形象。研究希腊文化的陈戎女教授采访时问他："对于中国观众，这样的女性人物接受起来是否会有困难？"他的回答是："中国观众确实是比较难以接受这样的女人。《美狄亚》第二版演出后，文化厅的一个副厅长找我谈话，问能不能把最后这个情节改了。我坚决没同意，我说《美狄亚》要是去掉杀子，就不是这部戏了。"[1] 幸好罗先生导的是戏曲版，审美距离比较大，降低了"吓人"的程度。《美狄亚》在欧美演出极多，深受女性主义者喜爱，却几乎看不到中国话剧的演出，就是因为这一情节的文化排异性。比起弑父娶母、亲娘杀子，弃妇对付负心汉可以算是一个极具普适性的戏剧母题。印度经典梵剧《沙恭达罗》的女主人公也是个被男人"始乱终弃"的单身母亲，但她一点也不责怪那个一夜情第二天就走人的男人，还认为是自己在别处犯了什么错，理当受到报应。她独自含辛茹苦带大孩子，这个善行终于让她得以回到那个男人身边——竟还是尊贵的国王，于是她高兴地成为他众多后妃中的一员。中国著名的戏曲人物赵五娘、王宝钏也是这样，最后都回到丈夫身边，与他后娶的妻子和谐相处，阖家

---

[1] 陈戎女："中国舞台上的古希腊戏剧——罗锦鳞访谈录"，《比较文学与世界文学》2016年第9期。

团圆。

　　欧洲人当然也很难接受中国、印度经典中这样的结局，必须向他们解释：文化习俗、社会制度不同，中国当时的法律允许一夫多妻，对"休妻"倒有诸多限制——把妻子赶出家门会对女人更残酷；此外，人都会向往美梦，生活中找不到就去舞台上找。这样的解释并不会太难理解，反过来，要向亚洲人解释为什么欧洲人特别喜欢编演那么残酷的故事，倒是要难得多。难道欧洲人相信人性本恶，是因为他们的人性真的就比亚洲人恶那么多吗？答案显然是否定的，那他们为什么要那样挖空心思去编造"负能量"爆炸的噩梦呢？最大的问题在于，那些希腊悲剧的主角并不是剧作家抨击嘲讽的反派人物，相反，亚里士多德还说"悲剧总是摹仿比我们今天的人好的人"[1]，那为什么还会那么恶、那么毒？又是《诗学》为解答这一人性的千古难题做出了一个重要贡献：Catharsis卡塔西斯，意为宣泄与净化。但这个词两千多年来一直有着不同的解读，《诗学》的中译者罗念生先生还专门写了一篇长文介绍各家说法，解释他在中译本中对这个词的翻译"陶冶"："（悲剧）借怜悯与恐惧来使这种情感得到陶冶。"[2] 其实"陶冶"这个词本来颇为正面，明显地带有中国味道，比起以排泄不洁物为前提的"净化"温和太多，可以说是译反了。中国人喜欢"陶冶"的都是正面的情操，弑父娶母那么可怕的情节怎么可能用来"陶冶"任何可取的

---

[1]　亚里士多德、贺拉斯著，罗念生译：《诗学·诗艺》，人民文学出版社1962年版，第9页。

[2]　亚里士多德、贺拉斯著，罗念生译：《诗学·诗艺》，人民文学出版社1962年版，第19页。

情感？近三四十年来，由于中国学界及媒体对弗洛伊德学说的迅速但不全面的热捧，Catharsis这个复杂的希腊词又被简化成了"宣泄"，原词中更重要的终极目标"净化"倒往往被忽略了。Catharsis本来是个医学用词，意思是排出体液以净化身体，亚里士多德以前写科学论著时就用过，在《诗学》里则是第一次用来比喻悲剧的作用。他在该书其他章节中没怎么用这个词，所以其确切涵义有不同的解释，产生了误会。其实回到这个词的原意反而简单：希腊悲剧中的残忍情节是为了让观众超常地体验（所以称为"宣泄"）过量的（excessive passions）怜悯与恐惧，最终实现净化的目的。用一个并不常见的中医疗法做类比，就是以毒攻毒——这个逻辑中国人就比较容易理解了。

希腊悲剧如此依赖残酷尖锐的冲突，只能用以毒攻毒的比喻来解释，这和中国传统"陶冶"型的艺术观差别实在太大。在差不多同时的春秋战国，中国的艺术是"礼乐"一体的，"乐"在"礼"的指导下，真的是要"陶冶"人心，助人习礼。王国维《宋元戏曲史》云："古代之巫，实以歌舞为职，以乐神人者也。……及周公制礼，礼秩百神，而定其祀典。官有常职，礼有常数，乐有常节。"[1]孔子说："兴于诗，立于礼，成于乐。"[2]孔子还这样强调礼乐的重要性："先进于礼乐，野人也；后进于礼乐，君子也。如用之，则吾从先进。"[3]可见学礼乐是做人的首要之事。"乐"也可以指广义的艺术，但中国那时候还只有

---

[1] 王国维：《宋元戏曲史·人间词话》，吉林人民出版社2013年版，第251页。

[2] 北京大学哲学系美学教研室：《中国美学史资料选编》（上），中华书局1980年版，第12页。

[3] 北京大学哲学系美学教研室：《中国美学史资料选编》（上），中华书局1980年版，第13页。

比较狭义的"乐"——音乐舞蹈，还没有希腊人那样包含错综复杂戏剧性冲突的神话体系。中国当然也有精彩的神话，最著名的如补天、填海、射日、移山等，聚焦于人与自然的关系，"正能量"满满，但几乎都是寓言式的小品，跟《诗经》的短篇抒情诗一样，适合用音乐舞蹈展现，却很难发展成主要以人际纠葛为内容、以语言冲突为媒介的戏剧。前面和美狄亚对比的王宝钏故事其实出现得很晚，两千多年前中国还没有像美狄亚与金羊毛那么复杂的叙事艺术。当时的华夏在思想上是"百家争鸣"，繁荣程度绝不亚于古希腊；但艺术上却很难说"百花齐放"，最明显的缺门就是长篇叙事作品，戏剧则无迹可求。在对待艺术的态度上，"百家"好像并没有太大的不同。儒家最重视乐，但要求非常严格："乐而不淫，哀而不伤。"[1] 老、庄的文字和寓言艺术性最高，文采飞扬，但理论上却对艺术不以为然："五色令人目盲，五音令人耳聋。"法家是反对礼乐诗书的，重质轻文；墨子干脆直接主张"非乐"。就是最看重艺术的儒家也只喜欢以"和"为核心的音乐舞蹈，决不会要用对话表演冲突来吸引观众的话剧；音乐可以陶冶性情，当然安全得多，还能帮助营造一种气氛，为集体的礼服务——即便偶尔有点"淫"和"伤"的问题，也不至引起群体的骚乱。

二、"太吓人"与"蒙上一层纱"

从根子上看，中西艺术最大的不同并不在很多论者反复对比的表

[1] 北京大学哲学系美学教研室：《中国美学史资料选编》（上），中华书局1980年版，第16页。

现和摹仿，那是艺术反映生活的方式，其实中国和西方都有摹仿外在
世界和表现内心世界的艺术。最早提出"摹仿"理论的人就是我们常
在课堂上批判的"唯心主义者"柏拉图——"唯物主义"摹仿论者亚
里士多德的老师。那位"理想国"的作者认为，艺术摹仿的对象并不
是现实生活中的真人真事，而首先是外在的"理式"（ideal form）——
理想的形式，然后才是根据理式而找来的真人模特；流传至今的许多
精美的希腊雕塑当年就是这样创作出来的，取材于神话的戏剧创作也
大同小异。这和中国的很多艺术创作并没有太大的不同，拙著《摹仿
什么？表现什么？》中有较详细的论述[1]。中西艺术之间一个更大更深
刻的差异是在上文所说的内涵方面：是净化还是陶冶？是展现噩梦，
狠心以毒攻毒；还是展现美梦，相信善有善报？西方文化从古希腊到
基督教都以人性之恶为原点，着眼于生命的救赎；中国的儒家思想则
以人性本善为原点，强调正面的道德修为。中国较晚出现的叙事艺术
（主要是说唱和戏曲）在娱乐大众的同时，还要给老百姓提供人生教
材，树立理想范本。最突出的例子是朱元璋表彰的《琵琶记》，主要人
物全是"好榜样"："极富极贵牛丞相，施仁施义张广才。有贞有烈赵贞
女，全忠全孝蔡二郎。"作者告白说："不关风化体，纵好也徒然。"[2]皇
帝表扬道："五经、四书，布帛、菽粟也，家家皆有；高明《琵琶记》
如山珍、海错，富贵家不可无。"[3]即便那些有反抗精神的反封建剧作家

---

[1] 孙惠柱：《摹仿什么？表现什么？》，百家出版社2009年版。

[2] 高则诚：《琵琶记》，傅晓航主编：《中国戏曲经典》第一卷，山东教育出版社
2005年版，第1—2页。

[3] 转引自叶长海：《中国戏剧学史稿》（修订本），中华书局2014年版，第96页。

如关汉卿、汤显祖，也都更喜欢传递"正能量"的好人形象——他们即便必须死去，也会精神永存，或是像窦娥那样遗愿得偿，或是像杜丽娘那样死而复生。

中国艺术理论中最常被引用的"诗言志、歌咏言"似乎很强调个人的自由表现，其实并不尽然。形式上，由于中文的方块字和声调的特点，诗、赋、词、曲都有严格的文体规则，其整饬的程度远超多数欧洲的文体；内容上，"志"的内容大多还是为"礼"服务的，尤其是有观众的表演艺术，这又和柏拉图的"理式"创作模式巧合了。可以说中西传统艺术都是摹仿生活的，但二者在生活中选择摹仿的对象很不一样：中国人努力搜寻好人好事，要在舞台上直截了当地展现正面榜样；希腊悲剧喜欢曲里拐弯，故意展现人性之恶及其恶果，在舞台上提供反面教材。当然也可以说，两种做法殊途同归，我们相信人性本善，就要惩恶扬善，教人学好；他们认为人性本恶，特爱以毒攻毒，以此来净化掉观众心里可能也存在的坏东西，从而改恶向善——这就是说，卡塔西斯并不是很多人误以为的借"宣泄""减压"来取乐，而应是"排毒"[1]，是一种"曲线教化"。

但是，这个词毕竟含有两个方面的意思，究竟是净化为主还是宣泄为主？戏里演绎残暴行动究竟是警示人要自省自律，还是引诱人来放纵作恶？一旦戏呈现到了舞台上，谁也无法强制观众，人人可以各取所需。所以这个词一直有不同的解释，突出丑恶情节的话剧也就经常引起争议，在西方也是这样。亚里士多德虽是希腊悲剧的权威理论

---

[1]　其实"排毒型"戏剧可能比"净化型"更准确些，但因为语境不同，为避免突兀，暂时还是用"净化型"。

家，他那位老师却很反对史诗及许多戏剧中的荒唐情节，柏拉图用反语句问道："我们是否只监督诗人们，强迫他们在诗里只描写善的东西和美的东西的影像，否则就不准他们在我们的城邦里作诗呢？还是同时也要监督其他艺术家们，不准他们在生物图画、建筑物以及任何制作品之中，摹仿罪恶、放荡、卑鄙和淫秽，如果犯禁，也就不准他们在我们的城邦里行业呢？"他还有一段愤怒的感慨似乎特别针对卡塔西斯心理而发："想一想这个事实：听到荷马或其他悲剧诗人摹仿一个悲剧英雄遇到灾祸，说出一大段伤心话，捶着胸膛痛哭，我们当中最好的人也会感到快感，忘其所以地表同情……看见旁人在做我们自己所引为耻辱而不肯做的事，不但不讨厌，反而感到快活，大加赞赏，这是正当的么？"[1]

柏拉图这套"艺术警察"般的理论和中国的儒家何其相似！不过他这观点并未在古希腊占据统治地位，也就没能阻止希腊戏剧获得成功并流"毒"百世。然而他描述的艺术创作模式——起源于"理想国保卫者"的理式、再取模于现实，还是很有道理的，因此成了两千五百年西方戏剧史上的另一条贯串线，与以毒攻毒的"卡塔西斯"有时平行发展，有时此消彼长。从古罗马的贺拉斯到17世纪法国新古典主义的布瓦洛，总有权威理论家特别强调戏剧的正面教育作用。这两个时期中间夹着一段完全为宗教服务的中世纪戏剧，突出了教育，没多少戏剧，相当程度上离开了西方话剧的核心——你死我活的冲突。文艺复兴时期马洛和莎士比亚等人复兴了希腊、罗马的戏剧

---

[1]   柏拉图：《柏拉图文艺对话录》，朱光潜译，商务印书馆2013年版，第60、81页。

精神，而且，希腊舞台上只能说还不能明场呈现的杀人场面此时可以直接演了，打斗、凶杀成了舞台上抓眼球的重要手段。《罗密欧与朱丽叶》剧终时难得地说清了"正能量"：让我们和解吧。但其余的多数悲剧都故意不做出道德是非的明确判断，而像希腊悲剧一样，要观众自己通过卡塔西斯去领悟那些杀戮背后的奥秘。是不是人人都能领悟到呢？文化低收入低的站票观众最爱看打打杀杀，但多半只是"看热闹"，未必能领悟其深意。莎剧算是雅俗共赏的，但不识字的穷人未必全看得懂、看得起，更适合他们看的是陶冶型的喜剧以及更便宜的杂耍（pantomime）、说唱等大众娱乐，不属于戏剧的范畴。

到了18、19世纪，科技和建筑的发展让戏剧完全进入了室内，话剧跟大众娱乐分得更清楚，安静的剧场和可控的灯光使观众能听清每一句台词；话剧吸引观众的手段除了激烈、残酷的外部冲突，又增加了看似平静、实则锥心的骇人剧情和人物。于是出现了梅特林克看似静态但他认为更深刻的悲剧，如象征主义的《群盲》《闯入者》（《等待戈多》的滥觞）——不可能雅俗共赏了。易卜生是莎士比亚之后又一话剧大天才，巧妙地结合了净化与陶冶两种功能，既继承希腊悲剧的残酷加净化的编剧传统，用紧凑紧张的情节决绝地撕开社会和人性的伤疤，又具有柏拉图式的理想主义（idealism，也就是译成"唯心主义"的同一个词），为社会为人指出方向。《人民公敌》是这方面最好的例子，《玩偶之家》《海达·高布乐》也颇相似。易卜生的英雄都是孤独的，斗不过社会上的黑暗势力，但精神上绝不认输。

20世纪上半叶人类经历了两场残酷的战争，尼采会说：上帝死了，人类疯了。阿尔托在疯人院进进出出，写了唯一的极短剧本《血迸》，其残酷恐怖超过希腊悲剧，但只有断肢、血腥而没有人物、情节，没有人演，也就没人看；他还写了许多反对理性艺术的呓语，主张不要剧本的"残酷戏剧"，没人理会。同时那又是各国左翼戏剧最活跃的一个时期，黑暗反衬出人性之光，中国、苏联、德国、美国都有动员大众的政治和社群戏剧。1949年诺贝尔奖得主福克纳的话何其阳光："诗人和作家的特权就是去鼓舞人的斗志、使人们记住过去曾经有过的光荣——人类曾有过的勇气、荣誉、希望、自尊、同情、怜悯与牺牲精神——以达到永恒。诗人的声音不应只是人类的记录，而应是使人类永存并获胜的支柱和栋梁。"[1]这反映出二战胜利以后，世界充满了希望。《纽约时报》专栏作家戴维·布鲁克斯用二战后出现的几本畅销书来说明西方社会心理的主流特色：

　　1949年哈利·欧佛斯特里的超级畅销书《成熟的头脑》出版，……他指出，那些像圣奥古斯丁那样强调人有罪恶的人们"否定了人类自尊的健康的一面。"对人的内在弱点的那种强调导致了人们不相信自己，甚至诋毁自己。

　　1952年诺曼·文森特·珀尔的《正向思维的力量》出版，带出了其后一大批强调乐观精神的书。这本书连续98周居于《纽约时报》畅销书榜首，它教读者从头脑中抛弃负面的想法，激励人要相信自己的优点。

　　接下来就是二十世纪最有影响的心理学家卡尔·罗杰斯倡导

---

[1]　威廉·福克纳："诺贝尔文学奖获奖演说"（1950年12月10日），https://wenku.baidu.com/view/c10e6c11866fb84ae45c8d87.html（2017.11.30查阅）。

的人文主义心理学。人文主义心理学家们抛弃了弗洛伊德强调的无意识的黑暗概念，转向对人性做出极高的评价。罗杰斯写道："人的行为之理性达到了精美的程度，采取微妙、有序而复杂的行动，来实现他的机体所瞄准的目标。"他说，描写人性的最准确的词是"正面、向前、建设性、现实主义、值得信赖。"[1]

快速发展的音乐剧和喜剧正反映了这样的社会心理，舞台上的"正能量"还溢出到了屏幕上，包括歌舞片、电视情境喜剧在内，陶冶型戏剧的受众群体远远超过当时刚冒出来很少人看但引起学者高度关注的净化型荒诞派戏剧。20世纪60年代初，年轻的美国总统喊了一句在任何地方听来都是正能量十足的口号："不要问国家能给你什么，而要问你能为你的国家做点什么！"但没过多久，肯尼迪自己被神秘地刺杀。残暴的越南战争又一次使很多人对人类的理性产生了深刻的怀疑。阿尔托去世20年后，"残酷戏剧"理论倒火了起来。美国戏剧家山姆·谢泼德在被问到怎么看卡塔西斯时说："卡塔西斯是排除某些东西，可我不想排除，我想找到它。我不是要把魔鬼放出去，我是要跟它握手。"[2]各种有"残酷"没"戏剧"的一次性"表现艺术"（performance art又译"行为艺术"）冒了出来，把当年希腊悲剧家意在以毒攻毒并规定不准在台上直接展现的残酷情节变成了赤裸裸的为毒而毒、为残而残，甚至以社会场所为舞台，当场表演自残、自宫、自杀，竞相表演

---

[1] Brooks, David. *The Road to Character*. New York: Random House, 2015, p.246.

[2] 山姆·谢泼德："韵律与真相：采访谢泼德"，《美国戏剧》（*American Theatre*）1984年4月号。

残酷。后来又有人抛出"直面戏剧"，其实希腊的"残酷编剧"早就达到了极致，谁也难以超过了，"直面戏剧"的新名词最多可算是老祖宗遗产的新标签。只有那些学阿尔托的"残酷导演"还在拼命想办法博眼球。最近纽约的一位观剧者描述了这样一个戏：

> 　　一个根据小说《1984》改编的剧。巨响，巨光，血腥的枪决。舞台上上演酷刑，指甲被拔掉，牙齿被拔掉，电击……我前面的老人吐了一地，吐到了我座位上。有人晕倒了，有人喊医生在哪里。演出结束导演让大家举起企鹅出版社赠送的小说照个集体照，我前排一个男人站起来背对着镜头，不肯合作。[1]

　　对这种杀人不眨眼的残酷剧情，中国人一向是敬而远之的。就是演老戏里曹操那样的反派角色，也不会在舞台上弄出真的血腥来让人恶心。屠岸贾也是一个著名的反派，但《赵氏孤儿》的男一号却是平民英雄程婴，不少改编就叫《程婴救孤》，这个故事的所有版本都让他最终完成正义的使命，教孤儿杀屠岸贾报仇雪恨。值得注意的是，《赵氏孤儿》和《窦娥冤》这两个含有最残酷情节的元杂剧本来并非中国戏曲的代表作，是因为西方戏剧理念的介入，才被提高了地位。前者是被欧洲传教士选中，成了第一个译介到西方的中国剧本；后者是被学了西学的王国维在《宋元戏曲史》中首次给予极高评价。学者张婷婷指出：

---

[1]　孙冬：2017年7月12日微信朋友圈的观剧报告。

　　王国维以西方"悲剧"理论为价值标准，比附固有传统，将中国戏曲纳入西方解释系统，理所当然能够进入其视野的，也就仅剩《窦娥冤》与《赵氏孤儿》了。若按照"悲剧"的概念严格对照《窦娥冤》，该剧亦不算悲剧，不仅剧中插入了悲剧严禁掺入的"喜剧"情节，而且结尾的"大团圆"结局也违背了悲剧的规则，充其量该剧仅能算具有"悲感"的戏曲。[1]

按照中国传统的审美标准，戏曲的佼佼者并不是血流漂杵的"悲剧"，而是情节相对轻松的《西厢记》《牡丹亭》；《梁祝》的悲剧结尾倒是不可避免的，但一定要用"化蝶"化出正面情感来。京剧的老生本来倒适合演悲剧，但《四郎探母》竟把一个似乎绝无可能化解的家族、民族矛盾化解得既催人泪下，又皆大欢喜。中国第一部自觉学习西方模式而且至今看来仍是学得最像的悲剧是话剧《雷雨》，八个人物死了三个（意外触电和自杀，还都不是希腊悲剧中常见的他杀），疯了两个；曹禺自我点评说"太像戏"，于是写完又想个办法，"用'序幕'和'尾声'把一件错综复杂的罪恶推到时间上非常辽远的处所。因为事理变动太吓人……我乃蒙上一层纱。"[2]"蒙上一层纱"这个比喻妙极了，曹禺信手拈来，显出他对中国文化极为深刻的体认。跟独创了残酷话剧的欧洲人相比，中国人向来不喜欢"太吓人"的戏剧冲突，但若没有冲突或者冲突太平淡，又很难吸引观众来看，怎么办？就想办

---

[1]　张婷婷："意识形态支配与艺术作品经典地位变迁——从边缘走向中心的《窦娥冤》"，《二十一世纪》（香港中文大学·中国文化研究所）2014年第6期。

[2]　曹禺：《雷雨·序》，人民文学出版社1994年版，第187—188页。

法"蒙上一层纱"。在中国话剧出现以前千百年的戏曲史上，所有可能"太吓人"的冲突都包着"几层纱"，"六月雪"和"化蝶"都是用情节编织的"纱"；此外还有更关键的"纱"，就是音乐和舞蹈——比起曹禺在《雷雨》的开头和结尾蒙上的那"一层纱"，无声不歌、无动不舞的戏曲的"纱"是融进了它的本体之中而绝无可能剥下来的。

三、戏曲与音乐

西方话剧的历史比戏曲久远很多，近千年来多数时期中与中国戏曲及其他地方的歌舞剧平行而各不相扰地发展着；近一百多年来才产生了接触和竞争，分享戏剧领域的地盘（中国是戏曲与话剧，欧美是音乐剧与话剧）。

话剧只可能诞生于古希腊，那里有一种当时独一无二的社会制度，在广场上按一定的规则斗嘴——民主辩论。那样的直接民主有时会很残酷，苏格拉底的死就是500个人辩论后的决定。以对话斗嘴为主的话剧历经两千多年一直还是世界上独一无二的欧洲特产。它也曾消失过，最长一段时间在中世纪，后来又有人从教堂仪式发展出了宗教剧——真像柏拉图曾经憧憬的，"只描写善的东西和美的东西的影像"[1]；如果需要展现地狱受罚、耶稣受难等残酷的场面，也完全是为了惩恶扬善的教育目的。欧洲中世纪的戏剧和中国戏曲有点像，西方戏剧文化中成就不大的一小块对应了中国戏剧文化中很大一块——从上到下的戏剧宣教或隐

---

[1]　柏拉图：《柏拉图文艺对话录》，朱光潜译，商务印书馆2013年版，第60页。

或现贯穿始终。但二者也有个重要的不同：前者直接源于宗教，一般只演绎宗教故事；后者更多地源于音乐，唱的是陶冶情操的世俗故事。所以前者现在基本上已被人遗忘，而后者还在好几亿人中间活着，连最像中世纪戏剧的那几个样板戏的命也好得多，因为当年集全国之力"十年磨一戏"磨出来的音乐舞蹈真的好听好看，后人可以不理会其内容，就因为迷那层"纱"的"玩意儿"而再演再看再听。

在古希腊人创造出广义话剧的年代，中国的表演艺术还只有服务于礼的乐舞，那也有点像柏拉图想象的"只描写善的东西和美的东西的影像"；避免了在祭祀时、宫殿上出现任何有可能"太吓人"的戏剧冲突。后来倒是有了用对话进行表演的"俳优"，甚至可以在宫廷上直接来"调谑"君王，但多是一两个人偶尔为之的插科打诨——可能类似现在的相声，或者更像主持人与观众互动。王国维考证说："巫觋之兴，虽在上皇之世，然俳优则远在其后。……巫以乐神，而优以乐人；巫以歌舞为主，而优以调谑为主。"[1]再后来又有了百戏——包括杂技、武术等各种吸引人的拼盘表演，可以用肢体呈现冲突，但还是没有含有冲突的完整情节的成熟戏剧。

从春秋战国到宋元的一千多年里，中国文化准备好了戏剧所需要的一切元素，从抒情的歌舞到打斗的武术，再到内容需要的戏剧性故事——说唱艺人一直在创作传播。但是，成熟的戏剧必须建立在由文人写的文学剧本的基础上，否则一切都还只是雏形，而非戏剧表演。希腊戏剧就是由三大悲剧作家开创的，忒斯庇斯被誉为"第一个演

---

[1]　王国维：《宋元戏曲史·人间词话》，吉林人民出版社2013年版，第252—253页。

员"，但还不是戏剧演员——戏剧必须至少两个人演。埃斯库罗斯安排
了第二个演员并写了一系列剧本，所以成了戏剧"之父"。希腊的戏剧
节是国家行为，剧作家得到政府的鼓励和表彰，而中国正相反。政府
独尊儒家，贬低演艺业，鼓励所有文人专心读书应考做官。蒙古入侵
中断了儒家统治和科举制度，堵死了文人传统的求职之路，替艺人写
本子才突然成了一条新的出路。以歌舞演故事的戏曲比单纯的歌舞更
吸引人，戏曲倏然火起来，从老百姓到权势阶层都欢迎。但对统治者
来说，一旦有了展现冲突的戏剧，也就有了引发观剧群体闹事的危险。
中西戏剧史上都贯穿着演戏和禁戏的矛盾，英国政府负责审查的"张
伯伦办公室"直到1968年才停止审查戏剧；而在历史上，莎士比亚去
世没多久，执政的清教徒全面禁戏，关闭剧场达20年之久。最早移民
创建美国的清教徒也曾坚决反对建剧场。中国历史上经常禁戏，但都
是针对具体剧目，还从没有统治者拆毁过全国的戏台。其实，无意中
帮汉人打开戏剧"潘多拉盒子"的元朝并不长，将一些文人逼上写戏
谋生之路的关闭的考场大门更是很快就重开了；一向只要和谐乐舞的
儒家重回权力中心以后，看到舞台上常在"斗嘴闹事"，却从未像英国
的清教徒那样彻底禁绝戏剧，这是什么原因呢？

因为戏曲不是drama，而是opera；因为大多数戏曲骨子里还是
以"和"为本的"乐"，而不是以"斗"为核心的"戏"。前面借用曹
禺的比喻，说戏曲的戏外面包着音乐舞蹈"一层纱"，而这"纱"的
穿透力极强，甚至可以把它所包的内核化为无形，使情节冲突变得不
会"太吓人"。其实从发生的顺序来说，"曲"比"戏"要早得多，并
不仅仅是为戏服务的。由唱本发展而来的元杂剧印刷的本子里往往只

记录了唱词，宾白要演员上台即兴发挥——"宾白"这个词就说明了"唱为主，白为宾"。正如前引叶长海所说的，中国的"曲学"关注的是唱腔和音律，主要讨论怎么歌，或者怎么舞，来演故事，但在20世纪以前很少讨论演什么故事。一百年前京剧还是一种"听"的艺术，内行叫"听戏"，只有"看热闹"的外行才说"看戏"。一直到现在还有人称戏曲演员的工作是"唱戏"。美国教授伊丽莎白·魏克曼（魏丽莎）研究、导、演了一辈子京剧，她1991年出版的专著就叫《听戏》(*Listening to Theatre*)。因此，Chinese opera其实翻译得很好——以前我也曾跟魏丽莎等人一样认为opera不对，因为它抹淡了戏曲"戏"的特征。曾有人主张直接音译，戏曲就翻Xiqu，京剧就翻Jingju；理由是，日本的能剧和歌舞伎可以用音译Noh和Kabuki，中国的为什么不可以？他们没想到中国戏曲的种类远远多于日本的传统剧种，不可能指望外国人记住几百个剧种的音译如Qinqiang、Yuju、Yueju（究竟哪个Yue？"越"还是"粤"？）。现在看来，Chinese opera"中国歌剧"并没错。

　　艺术样式的属性定位与其养成方式也有很大关系。当今多数亚洲国家的戏剧院校既教现代话剧又教传统戏剧，但中国各地的学校都把话剧和戏曲明确分开。从选材标准到训练内容，话剧和戏曲的差别大到不可能让学生一起上专业课，就像话剧不能跟音乐一起教一样。"音乐学院"西文都叫conservatory，坦承音乐就是"保守"的艺术，音乐必须从规定的"练习曲"学起，反复模仿，绝不能一开始就即兴创作，即便是爵士乐也必须学通了乐器才能试。而话剧就开放得多，鼓励学生对剧本做独到的阐释，甚至可以在一定程度上删改剧本，还允许有很多即兴。跟这两个模式一比,戏曲训练的方法孰近孰远再清楚不过。学戏曲表演和音乐的练习曲模式完全一样,必须根据多年积累下来按技术难度编就的短小折子,循序渐进地重复模仿范本,逐渐提高;演员都有固定的行当,就像乐器的分工和声乐的声部,极难跨越。再就内涵而言,音乐中"和"(和弦、和声)最关键,而话剧则以人与人的冲突为核心。假设用两只手做木偶戏,一定要对垒起来,就是恋人也要无事生非,弄点误会别扭有"戏"。乐器演奏也要两只手,或是左手用和声配合右手的旋律,或是一手按弦、一手拉弓或弹拨,都要双手合作发出和谐的声音。戏曲演唱必须跟伴奏"合",还要结合曲调和唱词。一般歌曲是先写词再谱曲,但还是曲子比词更易于流行;戏曲因为有相对固定的声腔,创作往往要依声填词,曲的重要性甚至会决定一个剧种的存亡。最近戏剧界朋友圈得到很多点赞的一篇文章写道:"一出戏要想立住,必须要有流行的唱腔,唱腔才是戏之根本。舞美再豪华、服装再美丽、舞蹈再好看,都是过眼云烟,几十年后,都会被世人遗忘,唯独唱腔才是永恒。唱腔是戏曲的灵魂,无论京剧,还是评剧、豫剧、黄梅戏、越剧、河北梆子等,亦是如此。没有了唱腔这个灵魂,这个剧种就谈不上所谓的什么发展,谈不上什么进步。"[1]

所以,"戏""曲"合二为一的"戏曲"本质上更多地属于音乐而不是话剧。做出了这个判断,我们对戏曲的期待就可以放心地和话剧区别开来了。绝大多数音乐要让观众听了心里舒服,最好是百听(哼、

---

[1] 筱钰展:《连一个唱段都没流行,就成功了? ——新戏如何才算成功之我见》,http://mp.weixin.qq.com/s/63yRBaA37eNEIezFC-JUXw,2017年8月11日查阅。

唱）不厌；一般情况下戏曲也是这样，所以不宜有过于残酷的情节。儒家对戏曲在内容上的要求和戏曲形式上的音乐属性这两个特点，也是互为因果的。音乐一向是儒家最钟爱的艺术样式，在此基础上又发展出"曲"的新形式，比纯乐舞增加了情节和人物，手段更丰富了，但并没有本质上的改变。"歌颂"好人好事好心情本来就需要"歌"，大型乐曲最后也多是金鼓齐鸣大团圆。所以戏曲的冲突再激烈也总要设法转过来，让好人得到好报；万一好人不得不死，也一定要让正义得到伸张。当然，欧洲中世纪那样纯粹的宣教是注定要被历史淘汰的。希腊罗马、文艺复兴、古典主义、启蒙运动都有话剧经典流传至今常演不衰，只有中世纪的宗教剧基本被人遗忘；这证明以冲突为核心的话剧作法之青春永驻、而以传教代戏剧的宣传表演必然速朽。但中国古人有独特的智慧，在话剧之外另辟蹊径，创造出对冲突要求不是太高但音乐水准很高的戏曲。有了悦人耳目的唱和舞，就能把观众的注意力集中到听唱看舞上来，不必像话剧主要靠"吓人"的情节来吸引人；要是剧情有点"吓人"，还要让音乐舞蹈这"一层纱"来让它朦胧些。当然，音乐也不是不能为冲突和斗争服务，但音乐的最高表现是solo独演；而话剧的最高表现是对话，辩证法的正题对反题。音乐并不擅长表现对等双方的角力，力量集中在一个方向上效果才特别强烈，也可以特别持久。这就是音乐的特点，也常是戏曲的特点——戏曲最重要的核心唱段往往是余音绕梁的solo，让人听了还想听。

　　然而自20世纪初以来，大多数新文化人都以话剧的标准来看戏曲，或者贬得一无是处，断言将被时代淘汰，或者要求脱胎换骨以适应时代需要。戏曲并没有被淘汰，但也一直在勉为其难地努力转型，就是真转好的作品并没有预期的那么多。也有不愿转型的，当年梅兰芳说得委婉，"移步不换形"，就是不想跟着话剧的指挥棒来"创新"。很多老戏迷不看新编戏，只要看老戏欣赏玩意儿。就像不少资深乐迷只爱听古典音乐一样，这样的戏迷也不应受到指责。那么，戏曲就不能学话剧吗？也不是，戏曲有很多种类，有很强的适应性（这方面远超日本的能剧），完全有可能发挥出更大的潜力，但前提是不能牺牲自身音乐方面的特长。学话剧必须看清其长处和短处，寻找最能发挥戏曲长处的话剧元素，扬长避短。

可以直接将合适的话剧经典嫁接到戏曲中来，例如我们和杭州越剧院、浙江京剧团、上海戏剧学院戏曲学院合作的越剧《心比天高》、京剧《王者俄狄》《朱丽小姐》，在焚稿、刺目、舞狮等独特的规定情境中，把戏曲载歌载舞的特色发挥到极致，用话剧舞台上不可能有的手段和表现力，最大限度地展现出主人公内心丰富的层次。《心比天高》的创作还有过点曲折，一开始曾有著名演员觉得易卜生的海达不可爱而不愿演，而杭州越剧院的周妤俊一看剧本就爱上了这个角色，在演了11年后终于以这个戏荣获梅花奖。浙江京剧团的《王者俄狄》应邀到各地热演了138场，但有一年春节去农村演出却遇到大麻烦。该剧的团长、导演兼主演翁国生记录下了那晚演出尚未结束时农民敲鼓冲上台阻止演出的情境：

> 老族长气愤地责问，你们怎么能在大过年的时候，在宗祠的祖宗牌位面前，演出这么一个乱伦还不停死人的戏？你们怎么能这样对待我们农民？而且，你们如果排在前面演也便罢了，还要

放在最后一晚演，要我们带着什么样的心情回家去啊？[1]

剧团反复道歉一个多小时，第二天又加演一场喜庆团圆的《包公打銮殿》以后，农民才让他们拿走扣押的戏箱。从此他们再也不敢在农村节庆期间去演这个戏。这两个戏遇到的负面故事（还有前引农村大妈对《美狄亚》的看法）提醒我们留意，西方经典话剧移植到中国会产生文化排异性，改编创作中确实需要根据国情而做修改，尽量让主人公的行动合理化，注入正能量——如强调俄狄为拯救国民而大义灭己。总体上这几个戏还是得到业内专家的高度肯定，特别是吸引了很多新的大学生戏曲观众。这又说明，随着时代的发展和跨文化研究的深化，再加上戏曲歌舞特殊的"蒙上一层纱"的魅力，某些文化排异性还是可以设法克服的。

魏明伦的川剧《中国公主图兰朵》看似改编，其实大大超过了那个歪曲东方人的18世纪意大利人高齐的话剧，也高于据此改编但更著名的普契尼歌剧。徐棻的《欲海狂潮》也是迹近原创的川剧佳作，奥尼尔的《榆树下欲望》只是提供了灵感。很多原创戏曲既成功地学了话剧模式，又充分发挥了戏曲"曲"的特色，例如陈仁鉴的《团圆之后》这个罕见的戏曲大悲剧先后死了很多人，但个个都有充分的理由——善良的人一个也逃不脱杀人的礼教，人人临死前的唱都催人泪下。他的《春草闯堂》也借鉴了情节密集、步步紧逼的话剧编剧法，但仍采用流动的场景结构，把大段精彩好戏放在"闯堂"的路上，让

[1]　潇霖主编：《中国京剧和古希腊悲剧的联姻：实验京剧〈王者俄狄〉创作演出集》，浙江人民出版社2015年版，第231页。

演员把舞蹈化的传统"轿功"耍得淋漓尽致。喜剧《春草》更受欢迎，全国六百多剧团移植演出。近30年来最突出的新编戏曲是陈亚先编剧、尚长荣主演的京剧《曹操与杨修》，把曹操这个原型形象的传统花脸表演手法与莎士比亚式细致入微的性格刻画结合得天衣无缝。

四、精英与大众

在中文语境中讨论现代之前的西方drama时一般不用"话剧"一词，因为以前那里的西方戏剧市场不像现在这么发达，音乐剧尚未定型成气候，舞台上还没出现两大类型分庭抗礼的局面，与戏剧相对的是属于音乐的歌剧及舞蹈，量都小得多，此外就是各种说唱杂耍式大众娱乐如music hall, vaudeville, burlesque等。20世纪初以来，这些大众娱乐形式进入正规剧场逐渐加工提高，升级成了音乐剧，欧美戏剧明确地成了音乐剧与话剧两大块；同一时期中国剧坛引进西方话剧，也形成了两大块——戏曲种类多，不但有京、昆、豫、秦、川等老牌剧种，还有不少在文化人帮助下从曲艺发展而来的越剧、评剧等不少与话剧一样年轻的剧种，其中沪剧和滑稽戏同时吸取了戏曲和话剧的营养，是最像话剧的戏曲，其形成过程与西方的音乐剧几乎平行。五四新文化的先锋很快意识到不可能用话剧来取代戏曲，只能和平共处；虽然精英主导的话剧基本上统领了戏剧的话语权，体量却一直远远落在戏曲后面。与此同时，在西方则是新起的音乐剧很快发展到超过了话剧，近年来还大举进入了中国。中国的话剧会胜过戏曲吗？

当下话剧舞台上引起较多关注的新戏多是翻译或原版的外国戏。

我们从西方学来了不少理论概念，诸如直面现实、揭露黑暗、挑战权威、宣泄净化等，其实很少在当代中国话剧中看到。这既是文化差别，也是因为时代变了。古希腊唇枪舌剑你死我活的话剧是和他们斗嘴辩论的独特民主制度相呼应的，舞台和论坛都是当时社会最主要的大众媒体——交流基本靠吼，甚至哲人的死刑都是吼出来的。《俄瑞斯忒亚》三部曲展现了阿伽门农一家人的连环杀戮，在最后的法庭上，却是雅典娜请"陪审团"来投票决定杀母的俄瑞斯忒斯是否有罪，终结了冤冤相报——这一做法成了西方法律制度的基石之一。在19世纪后期，戏剧仍然是最大众的媒体，易卜生在舞台上揭露的现实问题可以很快唤起中产阶级发声，通过辩论促成社会变革。如《玩偶之家》《海达·高布乐》反映男女不平等，《人民公敌》反映环境污染及政府勾结资本家捂盖子，都是当时社会突出的问题，曝光后引起舆论关注，得到了不同程度的解决。这样的戏也常引起争议，《群鬼》就因敏感词"梅毒"在各国被禁多年。易卜生本人自我流放了27年，主要的社会问题剧都是在国外写的，功成名就后才回挪威定居，转向超脱于具体问题的象征剧。近几十年来电视、网络和社交媒体飞速发展，在社会动员方面远比戏剧更为高效；还有那些直接走上街头"占领华尔街"之类的社会表演活动，更让虚构的戏剧艺术相形见绌。

新形势下，西方话剧也在努力拓展观众面，推出了各种类型戏剧，特别是悬疑剧和喜剧。喜剧观众最多，而且现在最流行的已不是莫里哀、果戈里那种有明确社会靶子的讽刺喜剧，而是以中产阶级的自嘲为主的世态喜剧，其主要代表是人类历史上可以证实确定最高产的剧作家艾伦·艾克本和尼尔·赛门。英国的艾克本爵士今年82岁，产量高达84部（1927—2018年间），而且几乎都是亲自制作、导演，大多曾在伦敦西区等地的大剧场演出；美国的赛门虽只有34部百老汇大戏，但还有自己改编的几乎等量的好莱坞电影。这两位通俗喜剧家成为拥有最多同时代观众的剧作家，并不是靠什么庸俗手段，而是靠不断推出老百姓喜闻乐见的崭新创意。例如艾克本20世纪80年代写的《从头开始》里已经出现几可乱真的机器人，探讨的却是易卜生在《玩偶之家》中提出的女性问题——妻子出走以后回来，看到老公有了个外貌很像她但比她能干的机器人"理想妻子"怎么办？这些既接地气又有前瞻性的戏不但是商业大剧院的最爱，也通过低价版权让社区剧团、业余剧团广泛演出，成为草根社群藉以社交、学习表演的理想媒介。

比起以斗争为纲、挑战社会的西方话剧及由彼脱胎而来的中国革命话剧，中国传统的"乐"似乎没有那么明显、直接的社会功用，相对散淡、悠闲得多；它更重要的功能是陶冶性情，有点看不见摸不着，但从长远看——用现在的说法，有助于提高全面素质。当然，乐的陶冶只有经常性长期进行才会有效。古代能经常享受到乐的只是少数贵族精英，贫穷老百姓只能蹭点皮毛——像阿Q那样学一句"手执钢鞭将你打"。现在教育普及了，大众也开始享受廉价的艺术——各地自发的广场舞、歌咏队、戏曲清唱群是最明显的例子。有了这个基础，政府和专业的精英不妨多想点办法利用陶冶型艺术，加以积极引导，通过艺术来帮助提高老百姓的表达能力、创造能力、团队合作能力，从欣赏艺术到参与艺术，再进而参与社会活动。相对于以残酷的冲突为核心、以话题为主导的净化型话剧，陶冶性情的艺术润物细无声，虽未必有急功近利的效果，但更可回味，作用更持久，绝不会因新媒体的冲击而被淘汰。在广义的"乐"中，歌唱、舞蹈、戏曲清唱和表演都大有可为。

广义的话剧也不会被淘汰，如果吸收更多的音乐功能，也可以成为陶冶性情、提高素质的艺术。过士行的《棋人》是个最好的例子。与此同时，被不少学者视为完全不同的西方音乐剧和中国戏曲其实有着很多相似之处，我们学起来应该还容易些。同为西方戏剧，音乐剧不但形式不同于话剧，内容也一直很不一样，更强调娱乐性，最早都叫"音乐喜剧"（musical comedy）。美国音乐剧黄金时代的佳作跟中国人最熟悉的英国几大豪华音乐剧不同，舞美相对简洁，突出以歌舞演故事，三者紧密结合，特别是主题积极励志，跟我们的戏曲接近得多。例如音乐剧历史上的里程碑《奥克拉荷马》1943 年首演就创下连演2 212 场的记录，几十年来不但多次重返百老汇，各地中学和社区剧团也无数次演出。该剧讲村姑、村民及城里来的牛仔、货郎之间的恋爱纠葛，充满民俗民风的有趣展示，最后是善恶有报大团圆。2002 年改编自电影的《摩登蜜莉》（*Thoroughly Modern Millie*，直译《彻底摩登的蜜莉》）里，外来妹蜜莉一到纽约就被抢走钱包，住进小旅店又碰到人贩子，但经历险境和误会后也认识了好人——体验穷人生活的大小姐，决心吃苦锻炼的富二代，最后有情人终成眷属，好人团结起来抓住了人贩子。蜜莉要是放在净化型话剧里，一定会是德莱塞式的"美国悲剧"，或者变成踩着情人尸首爬上去的"嘉莉妹妹"。这个皆大欢喜的《摩登蜜莉》显然更像让人看了心里舒坦的传统戏曲——毕竟是"音乐剧"，也是一种陶冶正面情感的音乐模式。

音乐剧中情节编得最妙的是《红男绿女》（*Guys and Dolls*），1950

年首轮就演了1200场，以后又不断重演。剧中一个超级赌徒吹嘘泡妞的本领，要勾引教会最古板的木雕美女；最后，沟通和爱情把两个极端的人都改变了，无赖赌徒改邪归正，木雕美人也露出了甜美笑容。光看梗概恐怕不容易相信这个故事能打动人——我们看多了"改造后进"的宣传剧，剧终光明的尾巴总像是硬扭的，"正能量"太正了就不真实。但《红男绿女》的转折一点都不觉得别扭，这就是得普列策奖的编剧的高明——还要编得能让音乐得到最出色的发挥。在取材于奥斯卡大片的音乐剧《人鬼情未了》（Ghost, 1990）里，纽约的白领山姆被人谋杀后，竟如愿回到人间，既成功保护了爱妻，又查明真相报了仇。比起戏曲中死前留下平反遗愿的窦娥和死后回到阳间报复的李慧娘，这个山姆甚至更彻底地满足了"人间还有正义在"的观众心愿；比起大学教授喜欢讲的"宣泄净化"，这样的剧情其实更配中西大众的胃口。现在的音乐剧不再全是喜剧了，也有了像《悲惨世界》《剧院魅影》这样的比较沉重的改编戏，但仍然是以恰到好处的正能量为主，主要体现在虽非完美无缺但只稍有缺点还是令人同情的主角身上——冉·阿让服苦役19年最初只是因为救孩子而偷了个面包，如果犯的是弑父娶母那样的罪，就当不了音乐剧的主角了。《罗密欧朱丽叶》也成了久演不衰的音乐剧经典《西区故事》，这是莎翁悲剧中的唯一，因为只有它在剧终有个明确的"正能量声明"：和解。音乐剧努力让演的人看的人都陶冶情操，演出和观众都越来越多，近几年更是出了个戏剧史上的奇迹——嘻哈音乐剧《汉密尔顿》。既以正面人物为绝对主角——美国国父之一亚历山大·汉密尔顿，又通篇讨论本属话剧的挑战性话题——移民、种族、阶级、革命；既用街头草根音乐贯穿始终，又实现了商业价值最大化，打破了票价（头两年合法价一千几百美元）、买票等候时长（正常价要等一年以上）和获奖数（16个托尼奖提名，得了11个；普列策戏剧奖）的所有记录。在奥巴马和特朗普治下被种族及党派政治严重撕裂的美国社会里，这个以有色人种演员为主演绎白人国父事迹的戏竟然一路绿灯一片阳光，得到各色人等的好评，简直难以置信，这很大程度上要归功于贯穿每行台词的嘻哈音乐这"一层纱"的奇特魅力，甚至可以说是核心魅力。《汉密尔顿》中也有很多明争暗斗，甚至决斗，无疑也有排毒净化的功能，但给观众的主要感觉是向上的，阳光的，更多的是正面情感的陶冶，而不是残酷暴力的宣泄和净化。

把戏剧分为"陶冶型"和"净化型"，是撇开了其他因素，主要看内涵的基本倾向所做的区分。中国戏曲和音乐剧中陶冶型的最多，还有不少突出"正能量"的话剧亦属此类，包括莎士比亚的浪漫喜剧和当代的世态喜剧，所以总量相当大；净化型戏剧量小但资格老，始于希腊悲剧，基于卡塔西斯心理，除了那个讲变态杀人犯的《理发师陶德》等极少数音乐剧，大多是西方话剧经典，尤其是悲剧。陶冶型聚焦于正面形象，更阳光更浅显，娱乐性强雅俗共赏，是广大群众更需要的"精神食粮"。一个有趣的例子是第一部摇滚音乐剧《长头发》(Hair)，20世纪60年代"造反有理"的嬉皮士聚集在草地上做瑜伽、骂政府、骂父母，可唱的大多是"阳光"极了的歌："早安阳光！""让阳光照进来！"很多被骂的长辈也喜欢上了这些歌，至少学会了哼，所以这个戏既是反叛的青少年最爱的学校演出剧目，又时不时回到百老汇，演给被骂的绅士淑女看，常常会台上台下几代人一起开心高唱。

相比之下，净化型戏剧强调厚重和深刻性，多半也更深奥，有的难免曲高和寡，属于精英更需要的"精神奢侈品"；有的因为残酷和暴力成分过多，可能还有一定副作用，必须标明"XX人群不宜"。

　　既然在中国和西方陶冶型戏剧的观众群都明显远多于净化型的，难道说，前面分析的中西文化的巨大差别其实并不存在吗？也不是。中西戏剧、文化比较这一领域很多人研究，但他们关注的大多是历史悠久的西方话剧和中国戏曲之间的差异；而如果着眼于当下，特别是审视一下西方戏剧中观众更多的音乐剧和喜剧，拿它来跟现在的中国戏曲比，那二者的差异就小了很多。这个视角会让我们发现，当今西方剧坛最值得我们研究学习的已经不是本来就有很大文化排异性、且已很难有效撼动社会的"残酷戏剧""直面戏剧"之类新瓶旧酒，而是更受大众欢迎却一直被专家忽视的陶冶型戏剧，特别是音乐剧和喜剧，又特别是其编、导、演方面的精深技巧和工匠精神。我们习惯的前一种比较是传统的精英主义的对比，更多地注意经典理论，特别是西方哲人的理论，从亚里士多德、黑格尔到德里达、福柯等，视戏剧为一种高雅的艺术，位于严格的等级世界之中，悲剧高于喜剧，西方话剧高于中国戏曲。我们还很少做后一种当下的比较——更多地着眼于当今愈益扁平化的世界上"性相近"的平民百姓，把戏剧看成一种容易跨界流行的大众修养。前一种比较更多地强调理性的重要，后一种比较更多地注意感性的魅力。这两种视角都有价值，但因为前者对很多学人来说已是习惯，而后者还没有太多人意识到，所以我在这里更多地强调后者。

　　这两种视角也会存在于同一个人身上而不自觉，处在社会转型期的文化人常常这样。例如话剧先驱田汉曾自称很排斥戏曲，1923年3月他在接待一位日本友人时，严肃地对他说："中国的旧剧对我们这些从事新文学运动的人来说，完全无关。我们完全不以现在剧场中的观众为对象，只有另外开辟一条新的道路。"但很快他又向这位友人推荐"大世界"游乐场："规模很大，到了那里，中国所有的演艺都可看到。……其中特别想让您看看的是大鼓。现在上海这个很流行。我觉得作为一种民众艺术，也有相当的价值。"几天后他请一群中日友人吃饭喝酒，竟主动唱起了家乡的戏曲。在村松梢风当时的记录中，那天先是一位日本友人唱了几首日本民谣，接着田汉就插进来："'现在我唱一曲湘剧《空城计》。'皮肤白皙的田君醉了以后脸色通红，于是认真地唱起了诸葛亮在城楼上弹琴的故事。他唱得很精彩，且使用了那种丹田之气发出来的哀痛的声调，最容易让人联想到中国古代的故事。"然后郭沫若也唱起了戏曲，但不如田汉唱得好，只唱了一半就停下了。[1]原来这些话剧先驱们在心底里并没有像他们当时慷慨声明的那样反对戏曲、反对"流行"的"民众艺术"。

　　理性与感性之间、精英与大众之间的悖论在西方戏剧界也普遍存在——我们的问题其实多半还是从那里传过来的。在中国是话剧主导着整个戏剧界的话语权（基本语汇源自西方话剧），西方也是这样；中国的戏曲和西方的音乐剧都有更多的观众，但代表它们发声的人却不多，学术地位都比不上话剧，还常要被话语权的主导者居高临下地批评——批评者最熟悉的是一些经典话剧的模式，却当成普遍标准来要

---

[1]　村松梢风："田汉先生与《创造》同人"，徐静波译，《文汇报·文汇学人》2017年7月14日，第2、4页。

求所有的戏，与之不符的就是陈旧落后。他们似乎忘了，亚里士多德根据希腊悲剧总结出来的净化型戏剧的模式才是人类最最古老的戏剧模式，都已经2 500多岁了，并未因其"老"而失去价值，关键要看当今当地的大众需要什么样的戏剧、什么样的艺术。在某些戏剧精英眼里，老百姓是"世人皆醉唯我独醒"，必须用残酷的让人看了不舒服的净化型戏剧来唤醒世人看穿世界的"黑幕"；而持乐观态度的人则认为，问题并不是世人"醉"了，而是某些戏剧人"疯"了，就爱没事找事丑化世界，为什么就不可以多演些陶冶型戏剧让人开开心？

这样的两种人对戏剧现状的看法也总是相反的。前者永远是批判性的，永远不满意，被很多国人仰望的西方戏剧在他们自己眼里，总是每况愈下。最近有一本奇书，封面就"黑"美国戏剧：《戏剧在美国的衰落——又如何在法国得以生存？》全书第一段话是："2005年2月，在阿瑟·米勒逝世的那个夜晚，百老汇所有剧院都拉起幕布，向这位剧作家致以一分钟的默哀……恰恰正是这些百老汇剧院，它们已经不再排演米勒的作品，甚至几乎完全终止了剧本戏剧的演出！……那一夜似乎也宣告了戏剧的死亡。"[1]这根本不是事实，但法国作者弗雷德里克·马特尔也未必是在凭空造谣，他去美国跑了很多地方，一定采访了很多"净化型"的美国"恶评家"，听了很多可与"弑父娶母"媲美的"黑"美国戏剧的话——他们就喜欢以毒攻毒，好像什么事不说得坏到底就不可能"净化"变好。

"陶冶型"戏剧反映的心态刚好相反：形势再严峻总会越来越好，

---

[1] 弗雷德里克·马特尔：《戏剧在美国的衰落——又如何在法国得以生存》，傅楚楚译，商务印书馆2015年版，第1页。

意见再严厉也必须有建设性，决不要动摇大家的信心，要看前景做美梦，好事多磨，柳暗花明，最后一定会成功！中西都有很多戏剧意在陶冶这种积极乐观的心态，如《摩登米莉》和《春草闯堂》，如《人鬼情未了》和《牡丹亭》，如《借我一个男高音》和《阳台》（陈佩斯编、导、主演的笑剧 farce，2005 年首演）。而净化型戏剧就是要揭开社会和人性的伤疤，《俄狄浦斯》《美狄亚》《麦克白》《李尔王》《晚安，妈妈》《杀戮之神》，欧美历史上数不胜数；中国不多但也很出色，《曹操与杨修》《巴山秀才》《窝头会馆》《白鹿原》，一律历史剧、年代戏，再借用曹禺的说法，需要"推到时间上非常辽远的处所……蒙上一层纱"[1]。

　　阳光下任何地方都有明暗两面，悲的阴暗面和喜的玫瑰色都可以是真实的，描画好两种色调的戏剧都有价值。大众文艺通常乐见的玫瑰色未必就是粉饰太平，知识精英特别关注的阴暗面也未必就是丑化现实。两种类型的戏曲、话剧、音乐剧都有很好的榜样，但我们广大人民群众能经常享用的还远远不够。现在的问题是太多的"应景戏"和"工程戏"既起不到净化的作用，也不能让人陶冶情操；有的劳民伤财演一两场就算完成"政治"或"公益"任务，有的靠公款支撑没人看也硬要填满场次；作为宣传收到的是反效果，作为产业只有浪费收益是负数。当前中国剧坛需求侧的很大一部分是由参与定货的官员、专家而不是由自主买票的大众决定的；指导创作的都是理应懂艺术的精英，要让定来的货提高点质量、减少点浪费，亟须专家们改变视角和思路。定货剧常常是纪念、歌颂某个由领导选定的人物或事件的，

---

[1]　曹禺：《雷雨·序》，人民文学出版社1994年版，第187—188页。

这和西方传统的净化型戏剧有极少相似之处；偏偏专家们又特别喜欢学西方理论追求深刻性，近年来广邀中外专家讲课，工作坊教的多是源于西方话剧的理论和做法——从古希腊的卡塔西斯到阿尔托的残酷戏剧及其各种衍生花样，用它们来指导我们的主旋律创作实在有点南辕北辙。定货剧大多属于陶冶型的模式，更应该学的其实是《摩登蜜莉》《人鬼情未了》《音乐之声》这样的既励志又好玩的"主旋律"音乐戏剧。

但是，在剧坛占了大多数的戏剧的陶冶机制在中国和西方都还没有得到深入的研究。西方虽然有很多戏剧学者，他们的研究大致分两大块：一块是基于古希腊模式的净化型话剧——从古典到当代的"严肃戏剧"；另一块是不要剧本的"后话剧"——从先锋戏剧到各色表现艺术（行为艺术）；最有大众缘也是我们最需要学习的中间一块恰恰很少有人研究。一个多世纪以来，我们的戏剧研究和教学局限在西方净化型话剧的精英模式里太久了——可还是没学出几部反映当代的净化型好戏来；何不跳出来一下，好好研究老百姓更需要的陶冶型戏剧——西方的音乐剧、喜剧和我们自己的戏曲，看看怎么才能吸引更多观众来看，甚至来演。

这方面更值得花大力气研究的当然首先是我们自己的戏曲创作的经验。

普通人的审美与经典的标准

　　在上海大剧院第一次看到杭州越剧院的《梨花情》时，我很是吃了一惊：这样的好戏，已经热演了十来年，而我这个还算是戏剧圈的人竟从来没有听到过。当然，原因之一是该剧成功首演时我还在国外没回来；但后来我还当了一个戏剧刊物的主编，经常看到评论、分析各种当代戏剧现象和作品的论文，一直就没看到学者们认真注意过这样一种我们期待了多少年但极难看到的戏曲作品——几乎百分之百地贴近现实，但又是古装戏曲，绝对遵循传统审美规范。《梨花情》就是这样一部殊为难得的作品，已经受到了大量观众的欢迎，可是，学界好像并没有充分地注意到它的深远意义。

　　近一百多年来，中国的文化人经常在争论有关戏曲的两个大问题：传统戏曲是否能够反映现实、服务现实？如果可能的话，如何才能有效地反映、服务现实？艺术家们做了无数的创作实验，但好像进展并不太大——比一比这一百多年来社会生活的所有其他领域就清楚了。应该说戏曲现代戏曾经有过相当大的成就，以那几个"文革"中定型的"样板戏"为高峰，但那以后的四十多年里，就不容易找到超过样板戏的现代题材的戏曲了。在传统剧目中，才子佳人的故事离现在年轻人的生活实在太远了点，例如《牡丹亭》这样的极为高雅的作品，今天的观众基本上只能当作博物馆里的精品，隔着相当的距离来欣赏。帝王将相戏还可以用来影射现实，或者用个正面的说法，叫"以史为鉴"；但是，新编历史剧从20世纪五六十年代的《海瑞罢官》《卧薪尝胆》到八九十年代的《曹操与杨修》《金龙与蜉蝣》，再到本世纪初的《贞观盛世》等，好像已经走过了又一个轮回。当代人——特别是年轻人——对高层政治斗争的兴趣日益淡化，宫廷戏的影射越来越不容易引起观众的兴趣。美国汉学家约瑟夫·列文森在其著作《儒教中国及其现代命运》中指出，在中国，儒家传统已经失去真正的价值，只能成为"博物馆"里的陈列品。[1] 五四时期不少中国的新文化人不但这样看儒释道，也是这样看戏曲的，然而戏曲并没有成为博物馆里的陈列品，仍然以草根的生命力顽强地生存了下来。但在政府大力主导戏曲改革、全面管理了半个多世纪以后，尤其是进入21世纪以来，在政府和专家联手打造"精品"强势导向的时代，戏曲真的面临着变成供在博物馆里的"遗产"陈列品的极大可能。我们有没有可能改变这一命运，让普通观众自自然然地来喜欢、来拥抱戏曲呢？能不能创作出既突出戏曲艺术特色、又贴近当代人心理的剧本？《梨花情》让我看到了希望。

《梨花情》里有四个一流演员出演的青春靓丽的青年男女，乍一看好像也是个才子佳人戏，但这个戏和传统的才子佳人戏有两点关键性的不同。首先是人物结构：传统戏里一般只有一对才子佳人——如

[1] ［美］列文森：《儒教中国及其现代命运》，中国社会科学出版社2000年版，第373页。

《牡丹亭》里的杜丽娘和柳梦梅，《墙头马上》里的裴少俊和李千金，他们之间的障碍多半是来自长辈和社会；即便有一个同辈分的"第三者"，一定是极不靠谱的另类怪人——如《西厢记》里的孙飞虎，《梁山伯与祝英台》里的马文才之类，本来戏就少，更重要的是引不起主人公任何情感的波澜，绝不可能形成三角关系，也就不可能引起观众的悬念与兴趣。传统爱情戏里年轻人之间的情感关系都极其单纯，其实是简单化的处理；但《梨花情》里却同时出现了两对男女，最难得的是相互间存在交叉关系，这就复杂得多、真实得多、也有戏得多——这个两对婚龄男女交叉的人物结构和我们改编自易卜生的《心比天高》不谋而合，但《梨花情》问世比后者早了好多年。其次，这四位男女的身份都突破了"才子佳人"的老套子，人人都有特色，也更可信。两位男子中孟云天倒是个书生，但并非才子，绝无希望考中，更别说状元了；另一个钱友良则是老戏中极少担当正面男主角、而在当今现实生活中不计其数的从商之人。两位女性论相貌都是"佳人"，但梨花因为私奔嫁给四体不勤又身无分文的读书人孟云天，不得已给人帮佣，几乎成了个"下人"；另一个"冷艳"恰好相反，家财万贯，但人如其名，一心要仗着钱财逼孟云天入赘。四位男女都面临着择偶的困境，会做出后来有可能后悔的选择。当孟云天不堪穷困，被冷艳以三百两银子收买过去，导致梨花痛不欲生意欲自尽时，当年曾因她逃婚而失去她的钱友良刚好撞见，这样来劝阻她：

　　小娘子！
　　（唱）只怨相公无情义，

　　　　　另攀高枝将你弃。

　　　　　这样的事儿古来有，

　　　　　你看那，庙台年年演苦戏。

　　　　　痴心女子一哭二求三上吊，

　　　　　自暴自弃人看低。

　　　　　世上做人不容易，

　　　　　有谁一生无风雨？

　　　　　我不说别人说自己，

　　　　　也曾被人来抛弃。

　　　　　别人弃我我不自弃，

　　　　　问心无愧照样活得忙忙碌碌欢欢喜喜有滋味。[1]

　　这段唱既是传统的越剧唱段，又暗藏着布莱希特的风格，表面上是剧中钱友良这个角色在开导另一个角色，事实上这还是编剧包朝赞在含蓄地批评传统戏曲中众多"苦戏"的陈陈相因，"痴心女子一哭二求三上吊，"脱离当今现实。除此之外，那些老戏还有一个更大的危险，它们真要是打动了人的话，社会效果很可能是负面的——让人"一哭二求三上吊"！《梨花情》另辟蹊径，塑造出钱友良这个罕见的与人为善的商人主角，既贴近了当今市场经济的现实，又为相对单调的戏曲舞台增添了一个大放异彩的艺术形象。编剧在全剧快结尾的时候还给了钱友良这样一段古今皆宜、掷地有声的台词：

---

[1]　剧本引文均引自杭州越剧院提供的剧本未刊稿。

（爆发地）什么大哥小哥！你以为我是个商人，商人就只认得钱吗？是的，我爱钱，我要赚钱，但父母从小教我，君子爱财，取之有道。该我得的，一分一厘我都要；不该我得的，金山银山我不贪！如今我遭灾落难，家破财尽，我是不愿连累别人受苦呀！你却说我是人贩子？不，我也是个有心有肝、有情有义的人呀！我这心里在流血，你看见了吗？你看见了吗！你们都给我滚吧！

这段台词颇有莎士比亚之风，跟《威尼斯商人》里饱受歧视的民间金融业者夏洛克那段声泪俱下的自我辩护异曲同工。但不同的是，钱友良是由女老生石惠兰俊扮出演，不仅容易得到观众的信服和同情，还是一个远比夏洛克更为可爱的角色。石惠兰在《心比天高》和《海上夫人》里都饰演戴胡子的老生，也十分出色，但在《梨花情》里摘去了胡子，增添了激情，可谓令人惊艳。《梨花情》在展示了今天的年轻观众都会觉得似曾相识的各种两难情境以后，最后给了大家一个相当阳光的"陶冶型"结局，却又完全没有经常在某些"主旋律"剧作中看到的强扭的痕迹。

《新狮吼记》和《一缕麻》是两部改编的剧作，但也和原创的《梨花情》一样，将古装的故事讲得能让现代观众忘记年代，仿佛剧中人谈论的就是今天的事情。《新狮吼记》的开场很有点西方女性主义的气派，让气壮山河的女主人公把丈夫管制得透不过气来；苏东坡上门来要给老友打抱不平，也被女主人狠狠一顿奚落，你就是大文豪又能有什么招？这就引起了强烈的悬念——不仅仅为剧中的角色，也为当今社会那些家有"妻管严"的丈夫担心。但夫妻俩只要有爱，矛盾终归是可以解决的。戏的最后是县官夫妇设计，喝令衙役把丈夫拉下去"毒打"来让妻子心疼，又给妻子灌"毒酒"（酸醋）来使丈夫懊悔，最后二人终于重归于好，皆大欢喜。这虽是只有古装戏里才可能用上的手段，但并没有失去它的现实意义，同样源于古人故事的"苦肉计"，不依然是当今社会里从家庭生活到政治斗争都经常可以看到的游戏吗？

　　《一缕麻》的改编幅度要大很多，这个梅兰芳也曾演过的旦角戏现在成了绝对的小生戏，而最奇巧的一点是，徐铭扮演的主角"呆大"是个弱智的青年——一个极其敏感、极其"危险"的人物类型，因为当今世界人们普遍反对歧视弱势人群，弱智人的形象很难塑造，尤其在喜剧中，一不小心就可能被人认为有嘲弄之嫌，就会"政治不正确"。近百年前梅兰芳演的《一缕麻》是根据包天笑的短篇小说改编的，那时候倒还没有"政治正确"的要求，但那是第一次请齐如山写剧本，并不成功。对梅兰芳来说那是个"时装新戏"的实验，他觉得观众好像不喜欢他演时装戏，后来就再也不演了。杭越版《一缕麻》走了一条全新的路子，大获成功，给了我两点启发：其一，现在看来梅兰芳那时候的"时装"其实是古代现代的服装混杂的，杭越这个戏的服装接近清装，其实是个古装戏，而古装比时装更便于发挥戏曲的魅力；其二，这个故事就应该是一个喜剧小生的戏，效果肯定超过梅兰芳演的悲情旦角戏。

　　杭越的《一缕麻》就是专门给演"呆大"荣鹏程的徐铭写的——这倒是很好地学了"梅兰芳体系"的创作模式，这个戏的喜剧效果几乎全在徐铭活灵活现地扮演的这个可爱的弱智人身上。弱智人的形象极难把握，国外也很难找到塑造得好的真正弱智人的形象——电影

《阿甘正传》严格说还不能算，比起《一缕麻》里的"呆大"，阿甘简直太正常了。我们的社会平时不大注意歧视弱势人群的问题，电视上小品中时常有拿残疾人以及"老年痴呆"开玩笑的例子，影响很不好；自从特殊奥林匹克运动会在中国举办过以后，大家越来越意识到要关心弱智人这个绝对弱势的群体，不能再有丝毫歧视。可如果要刻意用"正能量"来表现社会关心弱智人的好人好事，又很不容易营造出感人的戏剧性，弄得不好反而会损伤弱智人的自尊心。《一缕麻》的构思就很绝，写的不是健全人如何去关心弱智人的好人好事，反倒是一个弱智人来关心非弱智人的好人好事——荣鹏程舍命服侍患上烈性传染病的新娘，这是一奇。更妙的是，这个好人好事一点也不做作，因为弱智人天生就不会做作，他做事完全是出于真心；正因为写的是弱智人所做的好人好事，就一点也不落俗套。我第一次看戏时就觉得，这个古装戏简直就是为当时从世界各地前来上海参加特奥会的那些单纯可爱的特奥运动员而写的。

但荣鹏程又有着十分鲜明的中国特色，剧中并不避讳"呆大"这个似乎"政治不正确"的称呼，这样的贬义词按特奥会的要求来说也许并不合适，但是极其真实有趣，关键在这个"呆大"非常可爱。喜剧人物不像需要多层次多侧面展现的悲剧正剧的主人公，一般性格都比较单纯，因此，荣鹏程这个"一根筋"的好心弱智人非常适合制造喜剧效果。他染上传染病死去，可是最后又活了过来，如果在正剧里会显得不真实，但按喜剧的逻辑就毫无问题。戏里有一个反复出现的双关语，"人之初（吴语"绳子粗"）性本善（绳子细）"，十分符合主人公幼儿式智商的性格，说出来总是出彩，同时又富有深意，成为全剧那个严肃的主题曲的喜剧变奏。

我们的剧坛由于缺乏成熟的市场，国营院团剧目的选择很大程度上被各类评奖机制牵着鼻子走。评奖的标准无形中在强化着作品类别的歧视，得奖和"冲奖"的剧目与老百姓的兴趣之间距离越来越远，导致了喜剧的长期缺席。戏曲中本来是有不少喜剧的，关汉卿就有《救风尘》等好几个杰作，但学者教授们往往只提他的《窦娥冤》。明清传奇中汤显祖、洪升、孔尚任的正剧悲剧不断上演，李渔的喜剧就极少看到。20世纪七八十年代曾经出现过一批新编或改编的优秀喜剧戏曲，如《春草闯堂》《七品芝麻官》《徐九经升官记》等等，极受欢迎，但近年来这样的新剧目越来越少了，运作了很多年的精品工程剧目中有几个是喜剧？所以杭越的《一缕麻》《新狮吼记》等一批喜剧的集群出现特别令人兴奋。

但是，当下剧坛"严肃才算好戏"的潮流对《一缕麻》的作者可能还是有些影响，作为一出喜剧，这个戏还不够纯粹，主要是开头有点尴尬。女主人公素云娶荣鹏程原来竟是封建包办婚姻的结果，乍一看还以为又是个"反封建"的故事，既了无新意，又和后面的情节发展拧着。素云那个从小青梅竹马的男朋友在素云父母命令之下挥泪远去，后来就再不提到，不如干脆删去，为素云娶"呆大"荣鹏程找个其他的理由，最好是个偶然性、喜剧性的理由。如一开始就让素云父亲在某种情况下撞见荣家人，由于他的某种迷信，当场就决定下这门亲事。可以嘲讽她父亲的封建迷信，却不应落套地贴上一个反封建的"真正的爱情"，因为那段很快就失去意义的爱情与男主角相对立，把我们可爱的主人公置于何地？那是一个放在头上的蛇足。

此外，打磨时间最长、相对最完整的《梨花情》也还不能说已经臻于完美，瑕疵之一是在冷艳这个角色的结局，让孟云天用两句唱词交代冷艳因酗酒而死，给他留下三万两白银的遗产，有点过于简单省事，这就使全剧像一张四条腿的桌子瘸了一只脚。总的来说，杭越这一批古装剧目确实还不如《牡丹亭》那么精美，但她们本来就不想成为博物馆橱窗里珍藏的展品，她们洋溢着清新可人的青草气息，能让观众自然地联想到自己和很多你身边的人。在我看来，《梨花情》和《一缕麻》距离当代经典其实只有一步之遥。

可能会有人大感诧异，他们会问我是不是把经典的标准降得太低了。按照传统的标准，杭越这些作品虽然挺好，很受面向平民的市场的欢迎，但似乎艺术的档次还不够高，还算不上"精品"，要论经典更是差得很远。所以在讨论"杭越现象"的研讨会上，好几位发言者在高度评价杭越成就的同时，也提出希望，期待他们今后能打造出精品和经典来。也就是说，杭越现在那二三十个观众欢迎、经常演出的保留剧目，离"精品"和"经典"还距离很远。那是因为，"精品"和"经典"的传统标准是大剧种、大题材、名主人公。要是严格执行剧种的等级标准的话，越剧根本就入不了围，现在已经算是放宽了一点；但是按照这个思路，杭越也只有最近推出的《红楼梦》可以考虑。杭越引进徐派高足郑国风，重演当年曾经红遍大江南北的徐玉兰、王文娟版《红楼梦》，这是非常好的事；与此同时，我以为杭越对中国戏剧的贡献更大、意义更为深远的还是《梨花情》等诸多新剧目；这些剧目已经构成了一个前景无限广阔的新模式，既可以给全国众多的戏曲剧团很大的启发，也应该刺激学者们重新思考艺术审美标准的问题。

在人类文明史上现代以前的千百年里，文艺作品并没有太明显的经典作品和通俗文化的分野。从《诗经》到唐诗、宋词、元曲都是口头文学的产物，古希腊的荷马史诗《奥德赛》和《伊利亚特》亦然，在问世的当时大多相当流行，是后来的学者们把它们放到了文学经典的位置上；戏剧更是如此，莎士比亚戏剧的观众中既有包下楼座包厢的皇家贵胄、爵士显要，也有只要花点小钱就可以在天井里站着看的市井百姓。小说领域里，中国的四大名著是这样，19世纪的西方大家如雨果、巴尔扎克、狄更斯、托尔斯泰、斯托夫人（《汤姆大叔的小屋》作者）等也都是这样；文化高的自己买书或借书来读，不识字的围着说书人听故事，或者围着舞台看故事。"高雅"与"通俗"的明显分流始于经济大发展、文艺也日渐繁荣的现代社会；这时候文艺理论也开始热闹起来，学者们为这样的分流推波助澜，把艺术分成三六九等。艺术的理论分析本来是好事，可以帮助各类艺术提高；而且，因为早期的理论家大多和艺术创造贴得很紧，不断与时俱进，不至于对艺术创作有什么负面的影响。一百年以后，讲究分清雅与俗的西方现代艺术又被"后现代"所取代，雅与俗又变得越来越分不清了。

但中国的情况比较特殊，20世纪50年代大学院系调整以后，研究理论的学者都是所谓学院派，大多与艺术创作脱了节，也与艺术的消费脱节，他们探讨理论时所做的分类导致了过分的厚此薄彼。前三十年的标准基本上是阶级政治和"路线"，后三十来年里政治标准淡化了一些，取而代之的大致上是从亚里士多德到黑格尔的古典西方理论，厚的是高雅、厚重的精品——往往是那些题材宏大但观众很少、论文很多但演出罕见的剧作，例如《桑树坪纪事》和《金龙与蜉蝣》等；

薄的是真正贴近当今的观众，能让老百姓掏钱买票来看、引起他们共鸣的"俗"戏。我读过的当今最好的编剧理论家罗伯特·麦基在他的畅销教科书《故事》中指出，故事可以分为"大情节""小情节"和"反情节"三大类。[1] 在戏曲领域里，反情节对于绝大多数老观众来说过于先锋，可以暂时不予考虑；而大情节和小情节的区分意义非常大，就像音乐一样，"大调""小调"两大类各有所长，大调的《英雄》交响曲和小调的《致爱丽丝》都是贝多芬的经典，不该厚此薄彼，但应该注意到两类作品的不同功能。中国的多数学者只看重便于旁征博引写论文的大情节的作品，而轻视小情节的作品，但事实上大多数观众更喜欢的是小情节的戏。

在世界范围内，可以看到一个题材从大到小、情节模式也从大到小的演变路径。从两千五百年前的古希腊戏剧到四五百年前的莎士比亚，占据中心舞台的一直是各国的"帝王将相"——大题材、大情节，而从18、19世纪起，普通人逐渐取代了帝王将相，先是市民阶层中有钱的资本家和白领，如易卜生剧中的主人公，再后来穷人也可以当主角了，如高尔基的《底层》、奥尼尔的《送冰的人来了》等等。1949年阿瑟·密勒推出了《推销员之死》，一个题材小、挖掘深，人物小、主题大的性格兼社会悲剧，在百老汇大获成功。但他发现很多人还是习惯于用古典悲剧的标准来衡量戏剧，竟不肯承认他这个戏是悲剧，于是专门写了一篇论文《悲剧与普通人》，文中宣称："在我们没有帝王的时代，应当把历史的这一条光明的主线把握起来并沿着这条主线到达

[1] 罗伯特·麦基著，周铁东译：《故事——材质、结构、风格和银幕剧作的原理》，中国电影出版社2001年版，第53页。

它所指引的唯一的地点——普通人的内心与精神。……我认为普通人与帝王同样适合于作为最高超的悲剧的题材。"[1]这是密勒六十多年前的声明，现在早已成为当代戏剧界的常识，他那部以一个极其普通的推销员为主人公的《推销员之死》也早已成了公认的当代经典。但在中国的戏曲创作领域里，我们过多的新创剧目还是停留在前现代的帝王将相大情节的阶段，评判精品和经典的标准也还过于陈旧。

其实我们的社会已经在不少领域进入了后现代的阶段，但我们的创作还需要补上现代戏剧的课，首先应该眼光朝下，把普通人请到舞台上来，展现他们的苦恼、他们的快乐、他们极其丰富的内心世界。即便是苏东坡那样的大文豪，也只需把他当成一个聪明的普通男人来刻画。才子佳人最好也降低点身份，佳人未必都要是官宦之女，也可以下得厨房，甚至能做洗衣妇；才子未必要中状元，甚至未必想要去考——曹雪芹笔下的贾宝玉早已走在舞台上的诸多才子之前，摒弃了功名之梦，《红楼梦》这部中国古典中唯一有现代精神的小说其实可以给我们的戏曲创作很多的启示。除了徐玉兰、王文娟版的这一部已成经典的红楼戏，小说里众多的其他各色人等，包括那些远更普通的小角色，如丫鬟、佣人、戏子、园丁，也完全有可能——甚至更有希望成为下一部戏曲经典的人物，如果创作者找准了某一组古装角色和当代人之间的连接点的话。

---

[1] 密勒："悲剧与普通人"，《阿瑟·米勒论剧散文》，三联书店1987年版。

文人情怀与宗教题材的民间土壤

在所有艺术门类中，戏曲和曲艺是最接地气、最需要依靠老百姓而生存的，因为必须与现场观众合作才能实现。前面提到鲁迅曾说梅兰芳"是士大夫心目中的梅兰芳。雅是雅了，但多数人看不懂，不要看，还觉得自己不配看了，"这个批评并不准确，因为梅兰芳并不只给士大夫唱堂会，他绝大多数的演出是在剧场里，剧场既有买高价票的精英分子，更有不少买廉价票的普通老百姓。梅兰芳首演的剧本只是"一个暂时的定本。演出以后，陆续还要修改"[1]，就是因为他十分关注观众的反应，连世界顶级的梅兰芳都这么顾及一般观众的反馈，就不用说一般的戏曲剧团了。然而，戏曲的一大悖论是，为大众服务的编剧、导演自身必须是有学问的文化人，而很多文化人并不满足于只是让草根老百姓喜欢，他们还希望自己的作品有更高的品格，能帮助提升老百姓的趣味；但真能做到这一点又不"间离"大众的戏曲人并不是很多，导演郭晓男是一个难得的代表——既追求雅趣又能雅俗共赏。

郭晓男的成名导演作品是1993年的《金龙与蜉蝣》（罗怀臻编

---

[1] 梅兰芳口述，许姬传、许源来、朱家溍整理：《舞台生活四十年——梅兰芳回忆录（上）》，团结出版社2006年版，第237页。

剧），该剧被制作方冠以"都市新淮剧"之名，似乎要洗去来自苏北的该剧种原来的乡土味。当时听到这个名字时我很有点疑虑，《金龙与蜉蝣》这个发生在远古的寓言故事与当今的都市有什么关系？在那个剧情发生的年代，大概全世界都还没有什么地方可以称得上是"都市"。其实郭晓男非常清楚，戏曲的土壤主要还是在乡土；但是，他导的戏曲确实别具一格，与一般人的很不一样，是需要有一个新的名字。那应该叫什么好呢？

有人说，郭晓男导的话剧有点像戏曲，而他导的戏曲又有点像话剧，那就叫"话剧化的戏曲"？这里"话剧"两个字听起来有点贬义，因为有太多的导演只学到了话剧写实的皮相，喜欢在舞台上堆太多太实的布景，把本该行云流水的戏曲弄得死板呆滞——这几乎已经成了当今戏曲界的一个通病。在我看来，郭晓男导演的戏曲是有浓重的话剧味，但他的话剧概念远远超越了大多数中国戏剧人的认识。郭晓男心目中的"话剧"并不只是一百多年前问世的写实话剧，而是拥有两千五百年历史的人类戏剧文明，其间大量的西方经典和我们的戏曲在形式上颇有异曲同工之妙。《金龙与蜉蝣》就是这样一个明证。心狠手辣杀死恩人的金龙也许会让人想起老戏里的曹操，但他最关键的动作却是阉割恩人的"儿子"——他不知道这其实是他自己唯一的儿子，因此最后导致了他的王位后继无人。这是个很有古希腊悲剧风的故事，其舞台呈现则保持了戏曲的开放和流畅，唱腔还是淮剧的基调，视觉上又极具莎士比亚的神韵。这样的"话剧味"比起那些只是习惯在舞台上堆满五六场写实布景的"话剧化戏曲"，立意不知要高出多少。

因此，我虽然十分欣赏郭晓男戏曲特别的韵味，却不赞成把他的导演风格说成是"话剧化",那很容易引起曲解。借用中国绘画中"文人画"的概念,郭晓男导演的戏曲可以说是一种"文人戏曲"。有人可能会说,现在的戏曲不都是文人在写剧本吗?哪还有不是文人写的戏曲?事实上,目前最大量的戏曲演出是在乡间,编剧的文人未必会在那里注入多少文人情怀;而最能得到主流媒体关注的则是官方组织的演出,虽也有不少文人参与,却甚少真正反映文人的理想。就像美术界与文人画相对的是民间画和宫廷画一样,郭晓男的戏曲独辟蹊径,在民间和官方之间走出了一条殊为难得的追求文人境界的道路。在导《金龙与蜉蝣》时,他还是用文人的眼光来冷静地审视历史上的宫廷之争;到了创作越剧《孔乙己》的时候,他和主演茅威涛干脆跳进了剧中,把文人的梦和痛一并揉到了主要角色之中。

《孔乙己》可能是郭晓男作品中最有争议的一部,主要因为茅威涛扮演的孔乙己已经没有了鲁迅笔下的潦倒和无赖,却明显多了几分清高和志向,换句话说,就是多了许多文人的气质。与其说这是对鲁迅小说的曲解,不如说是郭晓男在孔乙己这个"孔夫子的末代弟子"身上倾注了对千百年文人的同情和现代人的梦想。孔乙己不再是那个诡辩"窃书不算偷"的小人,更没在狼狈逃窜时被打断腿骨;他面对小寡妇的洁身自好,对吃人血馒头的大声反对,以及怀念夏瑜时的载歌载舞,无不让人怦然心动,肃然起敬。这个戏大概不能算是对鲁迅原著的太忠实的演绎,但却是对清末民初文人性格的极具独创性的刻画。在郭晓男导演、茅威涛演绎的越剧舞台上展现绍兴咸亨酒店的故事,难道还有比这更好的选择吗?尽管这样的戏不容易得到一部分越剧老观众的赏识,也未必会被政府作为主旋律来推广,我们毕竟生活在偌大的中国，这样的文人戏剧不是多了，而绝对是太少了。

在创作《孔乙己》八年以后，郭晓男又一次回到了他钟爱的那个对于中国文人来说极为重要的题目——科举考试。这次他导的是话剧《秀才与刽子手》，那个秀才可以说是孔乙己的翻版，剧中还加了个和秀才一样大感失落的刽子手，因为同是在1905年，朝廷不但废除了科举，还禁了刽子手擅长执行的好几种酷刑。在这个戏里，秀才在梦中总是哀叹，"不考试，人活着有什么意思？"刽子手喜欢说秀才是个"好"人，竟是因为他在无数死刑犯身上研究过人体解剖，看得出秀才身上的肉长得特别好。这部话剧明显有着戏曲的影子，台上十一个演员有八个从头到底戴着夸张的面具，走着大头娃娃式的舞步；布景主要是明显夸张的房子的浮雕，透出中国年画的色彩。这个秀才要比孔乙己"高明"多了，他不但能改行卖肉，还从剔骨割肉中发现了学问，将切肉的刀舞出了诗意。晓男凭借他多年戏曲导演的经验，把这个剧本中并没有多少情节推进的话剧导得极为灵动。

郭晓男的文人情结不但凸显在《孔乙己》这样另类的戏曲中，就是在《梁山伯与祝英台》这个可算是郭晓男、茅威涛最传统的剧目中，也得到了独特的展现。他们的《梁祝》一开场就是一个新角色——卜卦先生，他来向祝员外进言：让女儿英台去杭城求学。员外正要质疑，先生脱下了男装，原来"他"就是英台！这个女扮男装的开场为主要剧情作了个绝妙的铺垫。祝英台到了学堂里也是个顽皮的学生，一看到先生不在就想溜出去放彩鹞，这个性格更加反衬出梁山伯的老成和儒雅。英台的活泼带来的更大的反差是在全剧后半部，当祝员外不允许女儿嫁给山伯时，从来伶牙俐齿的英台竟然立时失语。这是不是人物性格不一致？显然不是。看到这里我突然发现，"梁祝"这个熟得不能再熟的故事第一次让我生出了怒其不争的感慨。祝英台既然时时憧憬着"身心放飞"，为什么到了关键时刻却又"难舒展"了呢？这不正是多少中国读书人的悲剧性缺陷：梦想的巨人，行动的侏儒！

对于梁祝之死，以往我们习惯了归罪于马文才家的阶级压迫和祝员外的封建专制，但在郭晓男别出心裁的解读和茅威涛如泣如诉的吟唱中，我却听出了创作者对于残缺人性的"哀其不幸"和"怒其不争"——他们在这个本来好像与鲁迅全然无干的故事中，也非常贴切地注入了鲁迅精神，把一部老套的赚人眼泪的苦戏变成了同时还能发人深思的经典的悲剧。梁山伯、祝英台和孔乙己都逃不脱悲剧的命运，就因为他们都是只会做梦的文人！

很多媒体说，郭晓男和茅威涛在走了好些年的新路以后搞《梁祝》是回到了老路上去，此话不假。大多数戏曲观众还只能欢迎梅兰芳那样的创新，"移步不换形，"还不太希望一下子步子迈得太大，但他们对郭晓男版《梁祝》的新意是欣然接受的。文人戏曲只要不脱离大多数观众的土壤，就有着广阔的前途。

戏曲还有一大悖论是与宗教的关系。本书开头就提到，我在福建农村看的戏都是在附属于庙宇的戏台上，而城里就几乎完全没有这种情况。难道只有下里巴人才跟宗教有关吗？宗教人士在大部分国家的文化中都位于高端，但又往往能保持和草根百姓的密切联系。中国的传统文化长期以来儒、释、道三教合一，戏曲要反映人生、反映历史，不可能无视宗教的存在。世界历史上宗教题材的文艺创作数不胜数——欧美博物馆里收藏的千百年流传下来的艺术品中，大多数时代的展品都和宗教有关。这么看起来，宗教题材作品好像几乎是外国人的专利？其实我们的敦煌壁画也一样是人类文明的宝贵财富。创作题材是没有任何人可以垄断的，中国的戏曲人也应该发出我们自己的声音。

当今世界上大多数国家明确规定政教必须分离，不让宗教团体干预政治，但有时候某些宗教人士还是可能起到相当关键的作用——例如美国20世纪60年代人权运动中高呼"我有一个梦想"的马丁·路德·金牧师。1968年金牧师被暗杀，毛泽东主席因此立刻写了《支持美国黑人抗暴斗争的声明》。历史上中世纪的教会严重地压制了戏剧，使得西方戏剧史在古希腊罗马和文艺复兴的两大高峰之间似乎消失了一千多年，但事实上这期间宗教界的人们自己也在用神秘剧、奇迹剧等戏剧形式宣讲教义。在后来的文艺复兴和启蒙运动中，都有很多批评教会的声音，但代表这两大运动的戏剧大师们并不是简单地排斥宗教，有不少作品就直接探讨宗教问题，特别是反映现实世界中不同宗教之间的差异和矛盾，以及如何来解决这些矛盾。例如莎士比亚的《奥赛罗》《威尼斯商人》，莫里哀的《伪君子》，伏尔泰的《默罕默德》《札伊尔》《阿尔齐尔》等等，而且剧作家的立场往往是站在被排斥的弱势人群一边，批评占统治地位的基督教徒，也包括趋炎附势伪装虔诚的伪君子。

19世纪美国最畅销的小说是《汤姆大叔的小屋》，几十年中在各地被搬上舞台演出——20世纪初还为中国的第一部话剧演出《黑奴吁天录》提供了故事脚本。书中描写南方黑奴汤姆大叔虔诚地皈依了他的白人主人宣讲的基督教，却还是厄运连连；然而，小说中汤姆的悲惨遭遇感动了无数北方的白人，帮助林肯总统下了打仗的决心，以至于林肯在南北战争结束后见到小说作者斯陀夫人时感慨地说，没想到是这么一位小妇人，促成了那么大的一场战争！可是到了60年代，"汤姆大叔"的含义却变了——主张用和平方式争取民权的马丁·路德·金牧师在被暗杀前，被一些激进的非洲裔美国人斥为只会逆来顺受的"汤姆大叔"；但是，作为民权运动最著名的领袖，金牧师的教堂宣教式的经典演讲打动了千百万人的心，最终为广大黑人和其他少数族裔争得了平等的权利，民权运动取得了胜利。

中国历史上触及宗教题材的戏曲演出也相当多，既有《目连救母》那样直接宣讲佛教的能连演几天几夜的大戏，更有大量的如鲁迅在《社戏》等文章里多次讲到的他喜爱的折子戏，他在《无常》一文中的描写特别详细：

> 我相信：我和许多人——所最愿意看的，却在活无常。他不但活泼而诙谐，单是那浑身雪白这一点，在红红绿绿中就有"鹤立鸡群"之概。只要望见一顶白纸的高帽子和他手里的破芭蕉扇的影子，大家就都有些紧张，而且高兴起来了。
>
> 人民之于鬼物，惟独与他最为稔熟，也最为亲密，平时也常常可以遇见他。譬如城隍庙或东岳庙中，大殿后面就有一间暗室，叫作"阴司间"，在才可辨色的昏暗中，塑着各种鬼：吊死鬼，跌死鬼，虎伤鬼，科场鬼，……而一进门口所看见的长而白的东西就是他。……
>
> 在庙里泥塑的，在书上墨印的模样上，是看不出他那可爱来

的。最好是去看戏。[1]

老一辈戏剧家郭汉城出生于鲁迅故乡绍兴附近的萧山，也对他小时候喜欢看的那个可爱的无常有着特别清晰的记忆：

> 无常一气，干脆坐下来骂狗一顿出气。心里舒畅一些，才去捉人。捉谁呢？当然是恶人。如果这本目连戏的底本是《东窗事犯》，那被捉的一定是秦桧，再加上一个秦桧的老婆、长舌妇王氏。无常手中的锁链一抖，把这一对汉奸夫妻拉了下去。戏到此结束，群众也就散场。我们那里的群众有一个习惯，不见无常捉人绝不散场，他们一夜气愤郁结中等的就是这一个结局。……从头天太阳落山开锣，到第二天东方吐白结束，演出时间的规制叫做"两头白"，是民间演出中自然形成的美学要求。[2]

这说明涉及"迷信"形象的戏曲未必就一定是在宣传宗教，骨子里是反映了劳动人民对于惩恶扬善的社会正义的朴素向往。鲁迅、郭汉城当然都是文化精英，他们不仅在幼年时喜欢混在不识字的农民中看无常，在接受了马克思主义以后还写了不少回忆文章，仍然十分肯定这个雅俗共赏的舞台形象，这就很能说明问题。当然，我们的戏曲舞台上也有过根据鲁迅小说改编的越剧《祝福》这样的揭露封建迷信无用的现代新戏；二十年前还有过一个反邪教的上海滑稽戏《活菩

---

[1] 鲁迅：《无常》。

[2] 郭汉城：《偶入红尘里，诗戏结为盟》，《文艺报》2020年4月27日，第5页。

萨》，改编自17世纪莫里哀讽刺伪善的天主教徒的《伪君子》。可见，涉及宗教题材的戏曲可以是多种多样的，都是对于社会生活的多侧面多角度的反映。除了"文革"那样的非常时期，一般情况下老百姓的生活是不可能完全离开宗教的。但在当今舞台上，很少看到涉及宗教题材的戏曲了。有趣的是，这一现象在国外也存在，那是因为他们所谓的"政治正确"使得不少艺术家刻意回避宗教题材以免麻烦——法国《沙尔利》杂志因为发表对伊斯兰教不恭的漫画而遭到恐怖袭击就是一个极端的例子。但现实生活中大量存在的现象是具有社会责任感的艺术家不应该回避的。就在我们国内，事实上寻求宗教的人现在并未消失，甚至可能还有增多之势，这是人们对当今社会物质主义盛行、精神生活贫乏的不健康状况一种自然的反应。和宗教有关的种种社会现象有必要得到反映，要把涉及宗教题材的作品和"宣扬宗教"严格区别开来，我们不妨主动想点办法，让宗教和文艺结合起来，使之发挥正能量，帮助大家一起来建设和谐社会。

由于宗教政策和文艺政策的特殊中国国情，这件事说起来容易，做起来难度相当大。考虑到直接触及当今社会宗教问题的敏感性，不妨先从外围做起，例如，先探讨古代和外国的宗教问题。这本来就很正常——主要的宗教都有长远的历史，不是从古代传承而来，就是从国外传进来的，探究其源头，也可以有助于弄清现实的问题。1987年，我和费春放在创作后来引起广泛关注的写意话剧《中国梦》时，借一位研究中国古代道家学说的美国哲学博士之口，提出了一个在当时还有些超前的理念——不能只追求现代化的物质生活，还需要关注永恒性的精神世界，把"中国梦"和传统文化联系起来。自2009年起，我在上海戏剧学院戏曲学院策划创作了戏曲短剧系列《孔门弟子》，并推向世界各国，吸引了很多外国戏剧人和学生来学习演出。我们用一系列虚构的寓言故事，展现以孔子为代表的儒家学说（国外学者常称之为"儒教"）和其他哲学、宗教观念之间的对话，常常遇到一个问题：中华文化博大精深，向外国人介绍时有人会问，最能代表中华文化的是什么？是四书五经呢还是四大名著？央视的《百家讲坛》两样都讲，有趣的是，于丹们讲庄子孔子，告诉我们如何去达到和谐，符合当今"和谐社会"的要求；而易中天们喜欢的《三国》《水浒》却告诉我们如何勾心斗角，争权夺利。其实这就是辩证法，和谐理想和计谋权术综合起来，才构成了伟大的中国传统文化。但要全面认识中国文化，最好还是要考察二者乃至多者之间是如何对话的。譬如，兵家讲兵不厌诈，津津乐道的是田忌赛马这样的"妙计"。有人说这体现了中国古人的智慧，其反例则是那个"仁义"到迂腐的宋襄公——只关心敌方士兵是否排好了队列，让人排好阵势来打败自己。可也有人说，田忌的军师孙膑可谓"厚黑学"之源，中国人嗜好赌博、作弊的劣根所在。前者说中国文化了不起——所以西点军校都在苦学《孙子兵法》；后者说那是酱缸一坛——难怪国际上对来自中国的产品和留学申请都不信了，那是个以骗术为荣的国家！

应该说田忌赛马并不能"代表"中国文化，因为比兵家影响更大得多的儒家和道家不会赞同孙膑偷改等级的诡计。那么，要是孔子遇到孙膑，或者被请来担任田忌赛马的裁判，他会怎么做？他会叹一句"君子遇到兵，有理说不清，"扭头就走吗？这问题不好回答，我们就发挥想象，给戏曲《孔门弟子》系列专门创作了一出《比武有方》，让孔子带着三个虚构的弟子来到一个"兵家之国"。这里执政的将军信奉"先军为上"，怕孔子说服其国君改变国策，将之挡在城外，宣称只有比武胜了他三个门将方能进城。因为只有通过比武才有可能面见国君，孔子只得答应，但坚持比武须有规则，要按体重分三级一对一打。将军嘴上答应，却偷偷改变了三个门将的体重量级，结果是一输二赢得胜。孔子正色指他作弊，将军哈哈笑他迂腐，连兵不厌诈都不懂，还谈什么治国？道不同不相为谋，孔子好像只有落寞地离去一条路。如果三个学生也来怪老师——对这种人根本就不该讲什么诚实，只有以毒攻毒，这时候孔子又该怎么回答他的学生？就像写了"辩证剧"的布莱希特那样，这个戏展示了对立双方的碰撞，却没有提供令人满意的答案，要让导演和演员在排练过程中试一试、找一找，或者在演出中请观众一起来寻找答案。这个寓言剧反映的问题老百姓应该都熟悉，因为像"孔子"那样讲规则的人和"将军"那样耍计谋的人，在我们的生活中每天都可以看到。

　　近年来，我把对中华文化中各家对话的探索进一步拓展到国际上，在上海戏剧学院及其多年合作伙伴米兰皮克洛剧院的支持下，创作了京剧《徐光启与利玛窦》。意大利人利玛窦不仅是耶稣会教士，还精通科学技术，通中文和儒学，他移居中国28年，最后葬在北京，对中国的文化、科技、宗教的发展都做出了巨大的贡献。徐光启被余秋雨教授称为"第一个上海人"，是精通科学的明朝大臣，也是利玛窦最好的中国朋友和合作者。二人都是既信天主又信孔子的儒者，这两位百科全书式的文化巨人的友谊与合作是中西交流史上最好的正面例子。但是，两个顶级文人的故事怎么能写成有趣的戏曲呢？历史上他们俩的主要交往是大量的讨论与合作翻译，但如果让他们在台上讨论宗教或者科学问题，肯定会曲高和寡，一般观众不会要看，也没法让京剧演员发挥出唱念做打的本领。所以，一定要找个能让普通观众也会感兴趣的切入点。

我读了大量关于这两位历史名人的史料，从《利玛窦日记》中发现一个有趣而且感人的"暴力与反暴力"的故事，稍加裁剪拼贴就可以变成一个"情节剧"的贯穿事件。因此剧本的起始事件是，一个贪官得知利玛窦给皇帝带来了珍奇的宝物，但皇帝一直没见他，就指使强盗前来窃取。全剧一开场就是三个强盗持刀到耶稣会院来抢自鸣钟，利玛窦和他们打起来，赶走了强盗，但也失去了自鸣钟。后来州官抓住强盗要杀，利玛窦闻讯却又赶去为他们求情，反被州官以"闹公堂"为名抓起来。徐光启救出利玛窦后与其成为至交，开展科学翻译与戏剧艺术等方面的文化交流；他们在如何处置强盗以及如何救治病儿等问题上，也出现了基于不同文化背景的分歧。最后双方取长补短，中国人学到了西方的科学和人文精神，利玛窦也更深刻地理解了中华文化的精髓并向西方介绍。

几年前该剧刚做出策划方案，皮克洛这个意大利最大的剧院就报告了外交部，外交部长当即给剧院写信表示祝贺。2015年7月该剧的简版已赴米兰演出，还去了利玛窦的家乡马切拉塔及维罗纳歌剧院演出。2017年5月下旬，我们再赴米兰以及都灵大学，演出了该剧的四分之三版，都得到很高评价。中国意大利两国元首领衔的"中意文化合作机制"于2017年2月在北京及2019年4月在罗马两次举行大会，习主席与意大利总统都接见了包括上戏领导在内的与会代表，两次会上两国文化部长都提到上戏与皮克洛剧院的京剧《徐光启与利玛窦》这一合作成果。接下来我们将带改进后的完整版第三次去米兰演出，随后还要去迪拜世博会的意大利馆演出。

《徐光启与利玛窦》中有一曲出现多次的唱段，似乎反映了戏曲与宗教的关系：

> 徐光启　　请看这光——（手持利玛窦带来的三棱镜，对着
> 　　　　　一缕阳光，唱）
> 　　　　　赤橙黄绿青蓝紫，
> 　　　　　何其多彩又多姿。
> 　　　　　阳光看似全一律，
> 　　　　　实非一色览无余。
> 　　　　　大千世界多绚丽，
> 　　　　　天下万物浴云霓。
> 　　　　　家父为我名"光启"——
> 　　　　　岂不正是七色"光"彩之"启"迪！
> 利玛窦　　惊遇天人名"光启"——
> 　　　　　于我亦为七色"光"彩之"启"迪！

像这样从剧本故事和人物关系的内容入手来体现"人类命运共同体"的戏曲现在还不多，希望将来有更多、更好的跨国界、跨文化、跨宗教的文艺创作，来为我们建设和谐社会作出贡献，也为世界上国家与国家、人民与人民之间的交流合作服务。

第三章

主题与技巧

给谁写、写什么想清楚以后，就要考虑怎么写的问题。戏曲剧本是最难写的一种文学体裁，规矩特别多；在诗歌、散文、小说甚至影视剧本中，时间、空间乃至人物多少都相当自由，但舞台对剧本有极大的限制——如果不想成为"案头剧"而真要演给观众看的话。既然这么难，为什么还有那么多人写剧本呢？李渔写道："天地之间有一种文字，即有一种文字之法脉准绳，载之于书者，不异耳提而命，独于填词制曲之事，非但略而未详，亦且置之不道。……此理甚难，非可言传，止境意会。想入云霄之际，作者神魂飞越，如在梦中，不至终篇，不能返魂收魄。"刚说完写剧本之难，立刻就说写剧本给人带来的极大心理满足。但光有天马行空的想象并不足以写好剧本，因此他的《闲情偶寄·词曲部》主要还是探讨编剧的技巧问题："填词一道，文人之末技也。然能抑而为此，犹觉愈于驰马试剑，纵酒呼卢。孔子有言：'不有博弈者乎？为之犹贤乎已。'博弈虽戏具，犹贤于'饱食终日，无所用心'；填词虽小道，不又贤于博弈乎？吾谓技无大小，贵在能精；才乏纤洪，利于善用。"这一章就将讨论这方面的问题。

人物设置：一、二、三、四……

一二三四，什么意思呢？人数。编剧在确定了题材和大致的故事以后，正式进入写作的第一步就是，确定人物设置。这个戏需要多少个角色？都是些什么样的人？他们之间有些什么样的关系？

一

有只需要一个人的戏吗？英国大导演彼得·布鲁克曾经说过，有的："给我一个空的空间，我可以称之为空的舞台，一个人在别人的注视下走过这个空间，这就足以构成一幕戏剧了。"[1]这个理论在20世纪60年代的欧美振聋发聩，贫困戏剧、大规模观众参与就是那时候火起来的；只是很快社会语境就变了，这个极而言之的理论错是没错，但好像并没有太多实际意义。一个人的戏毕竟太少了，台上要再加个人，至少两个人才好做戏。布鲁克后来在写《敞开的门》时果然改口了："我曾经说过，戏剧开始于两个人相遇，如果一个人站起来，另

[1] Peter Brook, *The Empty Space.* Simon & Schuster Inc. First Touchstone Edition, 1996, p.9.

一个人看着他，这就已经开始了。如果再要发展的话，就还需要第三个人来和第一个人发生遭遇。这样就活起来了，还可以不断地发展下去……"[1]

一生二，二生三，三生万物，《道德经》这么说，那时候中国还没有戏剧。也许并不是巧合，而是老子天才的猜测？差不多就在那个时期，远在希腊雅典的人类最早的戏剧就是这样诞生的。历史上有记载的"第一个演员"是古希腊的忒斯庇斯，他从集体朗诵的歌队中站出来，成了领诵的，有时候还可以和歌队对诵，但那还是不能算真正的戏剧。"希腊悲剧之父"剧作家埃斯库罗斯再加上一个演员，有了主角和反角（protagonist 和 antagonist——未必是反面人物）演对手戏，这才算有了戏剧。《空的空间》说一个人的表演只要有人在看也可以算戏剧，那是因为西方没有"曲艺"的说法，而我们早已习惯了把曲艺和戏剧分开。一个人可以说书，唱大鼓，或者像周立波那样讲"海派清口"，但那不叫演戏而是曲艺；如果真要演戏，就还得加至少一个角色。

这么说剧作法不是应该从"二"开始吗？但"一"还是很值得关注的，因为中国的戏曲中就是有很多戏是要突出一个人的表演的，编剧必须重视戏曲的这个特点。如前文所说，相比话剧，戏曲更接近音乐的模式，而音乐家表演的最高形式往往就是 solo——独唱或独奏。可惜中文里没有 solo 这样一个词，可以涵盖器乐家的独奏、歌唱家的独唱、舞蹈家的独舞、一个人演戏、一个人说书——所有的单人表演。戏曲和几乎全世界的戏剧一样，都源于说说唱唱"讲故事"——在中

---

[1]　Peter Brook, *The Open Door: Thoughts on Acting and Theatre.* Theatre Communications Group, Inc. First TCG Edition, 1995, p.16.

国就叫"曲艺",现在虽说早已超越了一个人的说唱,但还是常有solo表演。布鲁克对非西方戏剧很有兴趣,知道亚洲和非洲的传统戏剧基本上都是歌舞剧,而歌舞剧常会在最重要的场景中突出一个人的表演。

举个例子。沪剧《挑山女人》(李莉编剧)讲一个25岁的寡母美英,以"挑山"为生养活三个孩子。就一个人能"挑"下一出大戏吗?孩子还太小,不方便做戏,一般的编剧会为主角安排一两个对手来展开剧情,这个戏的开头果然有个难弄的婆婆。因为她家有困难,领导照顾给了个机会,美英可以去省城做事;婆婆却怀疑有野男人要勾搭她,坚决不许她去,她就只好守在山脚下的家里带孩子,同时挑山挣点苦力钱。这样安排剧情,婆媳关系本来是很可以做戏的,可是婆婆以后却不见了,这条线就断了。挑山是一个人干的活,但美英在路上遇到个暗恋她的挑山男子,似乎又有戏可做了,可是也没有发展,失望的男人去了城里打工。女儿长大后知道有这么个叔叔,进城去找他,他又因救火已然牺牲。所以整出戏基本上就是一位伟大的妈妈solo到底,这好像很不符合一般的剧作法,著名剧作家李莉为什么会这样编剧呢?原因之一,这是根据真人真事写的,不能给那位众所周知的好妈妈编出任何稍微有损形象的戏——开始连加那个暗恋者都有点顾虑。原因之二,这是专为功夫出众的名演员、宝山沪剧团团长华雯写的戏——又有点像前面提到的"梅兰芳创作模式"。剧作家歪打正着,把剧情的劣势变成了表演的优势——挑担上山不像开汽车那么受局限,可以让主角载歌载舞,倒是个理想的戏曲表演的载体。这个剧本让华雯难得地一个人挑起了一出solo到底的戏——也不真是独角戏,剧中有几个其他人物,但孩子、婆婆、暗恋男人的功能都只是"伴奏"，而不是话剧必需的"对手戏"，"以歌舞演故事"的戏曲正好充分发挥特长。

我写的京剧《王者俄狄》是改编自希腊神话，没有任何涉及真人原型的顾虑，但也遇到过相似的剧作和表演的悖论。我把希腊神话中已有四个成年子女的老俄狄浦斯改成一个没有孩子的少年天子，淡化了命运色彩，强化俄狄"大义灭己"的理想主义——为拯救国民而彻查凶手，哪怕最后必须牺牲自己。考虑到这样的形象很可能会英雄气有余而地气不足，就加了一条副线，让老奸巨猾的国舅（克瑞翁）教俄狄——不要再查了，一切我帮你搞定，从此你就乖乖给我做儿皇帝。俄狄不甘受他的要挟，这才下定决心把自己端出去，宁为玉碎不为瓦全。但这场戏在现在的演出中看不到，原因也在戏曲表演的特点上。京剧演员的等级区分比话剧严得多，演俄狄的翁国生是浙江省京剧团团长，还兼着导演（和卢昂合作），是个得过国家所有戏剧奖的全才名角，团里有这么高水平的演员只有他一个，演国舅的演员换过几个，都很难和他演最重要的对手戏；所以全剧最主要的场面都是他一个人的 solo，又唱又舞。神话中本来是派人去求神示，京剧舞台上是俄狄亲自骑马去找神算子，大展趟马的身段并加以发展。最后俄狄得知真相，亲手挖出自己的双眼——这在写实话剧的舞台上是没法做的，翁国生用舞蹈来表现，他超长白色水袖的前端加上了红色，舞起来足以震撼全场。所以，编剧的些许遗憾成就了表演的亮点，这在戏曲里是完全合理的。

大段的单人表演在戏曲里很多，往往也很重要，在话剧里就很少见到，因为日常生活中极少一个人独自说一大段话的情况；但一旦话剧舞台上出现大段独白，就一定是特别重要的戏。我在给长江人民艺术剧院写的关于老战斗英雄的话剧《张富清》里，为了表现他与多年未见的母亲的深厚情感，设计了一个十分特殊的情境，让他对着电话讲很长一段话，好像是在跟舞台上看不到的人"对话"，事实上是一大段独白——我写过的所有剧本中最长的一段台词：

　　张富清：（冲上去抢过手摇电话机）接线员，请你帮我转陕西汉中洋县马畅镇，求求你了！同志！我是三胡区的张富清，求你一定要想办法帮我接通这个电话，我一定要跟我的老娘说句话！她没有多少时间了！求你了！她的病……她病得……我本来早就该回去看望她的，我多少年都没看到她了！可三胡遭了大旱，有的地方颗粒无收，都要饿死人了，我这副区长实在走不开！刚刚帮乡亲们找到了救命的水源，我马上回家来看我娘！要她一定等着我来！啥？你试试？太谢谢你了！接线员同志……你跟她说啦？太好了！她说一定等着我？她说看到我来她就会好了？太好了！太谢谢你啦，同志！你看我娘是个多好的娘呀！当年转业我没回老家，就去看了一下，马上就来了更艰苦的来凤，我知道娘心里不情愿，可从没听她露出过半个不字，她就是吞下眼泪笑眯眯地做好吃的给我吃、送我走。她心里牵挂我，过年想要我回去看看，我兄弟说她连做梦都在叫我的小名，可就不许他写信叫我回去，她说她知道我在忙，在为老百姓的温饱忙着，她说我工作离不开就不要我回去。是的，我是离不开……可她是我娘呀！再离不开也要去看一下我的娘！娘，我就要来了，马上！娘！我还要谢你呢，是你帮着我在洞子里挺了过来！那几天真是暗无天日，我们找水源的地方在地底下，几十里的大溶洞，吃的喝的都没了，火把、手电也快完了，踢到死人骨头，脑子里一闪——只怕我们也要走不出去了？这么一想，就没力气走路了！……可怎么又走出来了呢？我想到了你呀，娘，我的亲娘！一想到你我就有了力气！我对自己说，怎么能死在这洞里呢？我还要去看我娘呢，我娘还在家等着我呢！我立刻就能从沟里爬出来，跳上丈多高的石崖！我还把这办法教给了同伴，娘！你还帮我带着他们都挺了过来，你真是个伟大的娘亲！……啥？你不是我娘？你……还是那接线员？什么！……我娘没等到我回来，她已经……已经走啦！她……她为啥不等我回来？你为啥不告诉她要等我回来！（气得砸了电话）对不起，我对不起你呀……

这一大段独白如果在戏曲里一定全是唱，很可能就是一整场戏，但文字必须重新构思为诗的语言，精炼很多。

完全一个人的戏在中国戏曲的折子戏里有不少，话剧就很少。达里奥·福的单人剧《只有一个女人》属于一种特别的类型。编这样的剧很重要的一点是，这个唯一的主角其实也是有对手的，就是他的说话对象，往往还不止一个，虽然观众看不见，也一定要写在戏里。这一点和曲艺不一样，单人表演的曲艺的说话对象就是观众，可以把观众当成对手，而《只有一个女人》的主角多半是在跟隐身的角色说话。这又印证了布鲁克在《敞开的门》里说的，如果要让台上活起来，还是要两个人的，有了两个人才能创造出各种各样的戏剧情境。

二

　　两个人的话剧其实也不太多，美国比较多些。国内近年来常演的有《两只狗的生活意见》《爱情书简》，都很特别。前者主要是酷爱戏剧的演员陈明昊和刘晓晔通过大量即兴表演做出来的——他俩甚至玩着把全本《雷雨》都演过一遍，并不需要常规意义上的编剧；后者的剧本全是两个美国中学同学几十年的来往书信，不需要常规意义上的演员，两个人坐在两张书桌前朗读本子就可以——只读信不见面，没有真正的对手戏。爱德华·阿尔比的《动物园故事》（*The Zoo Story*）和戴维·马麦的《戏剧生涯》（*Life in the Theatre*）可以代表两种结构类型：都是两个男人的戏，前者高度集中，一小时的故事完全围绕着纽约中央公园的一条长椅展开，从两个陌生人搭话开始，最后竟出了命案；后者拉得很散，讲一老一少两个演员几十年的故事，但不同于《爱情书简》，这俩演员全是面对面的对手戏。

　　最著名的二人剧是玛莎·诺曼的普列策奖剧本《晚安，妈妈》，既充满亲情又不留情面地剖析母女俩的心理——尖锐到深入骨髓。与《动物园故事》相似，这也是个剧情长度和演出长度一致的独幕剧，但长度却有多幕剧的两小时。还有，舞台时间跟剧情时间完全吻合——纽约演出八点开始，剧情也从八点开始，可算是超级现实主义的演出。女儿一开始就告诉妈妈：我安排好了后事，一会就要自尽，不会连累你的。晚安，妈妈。这个开场真可谓石破天惊，彻底"剧透"不留任何秘密，反而激起了最大的悬念。传统的戏剧性几乎都要靠点秘密来吊观众的胃口，而这个戏竟然一来就全说清楚，妈妈难以置信地看着马上就要从容自杀的女儿，怎么办？谁想得到会有这样生死攸关的情境？但又完全符合人物的逻辑！这样独特无比的揪心故事，一定会抓住每一个人。妈妈用接下去的整整两小时竭力想要阻止她，就是阻止不了，最后眼睁睁看她走进房间锁门开枪！两个人的戏很难写，《晚安，妈妈》这么精辟的人性故事太难碰到、太难想到了。

戏曲里从头到尾两个人的大戏几乎没有，但两个人的折子戏不少，《坐宫》（《四郎探母》的一折）、《杀惜》（讲宋江杀阎惜娇的《水浒》戏，有很多不同的版本，有长的也有短的）、《萧何月下追韩信》等都还很有名。我写京剧《徐光启与利玛窦》时也设计了一场两个人趟马追赶的戏，利玛窦急着回家去应付包围了他的会院的官兵，徐光启骑马追来。这段唱腔有独唱，有对唱，句式和曲式的总体结构就是学的《萧何月下追韩信》；有些写景、抒情的唱词又借用了一些《徐策跑城》的词稍加改动，当然叙事的词是完全新写的：

　　　　利玛窦　　跃上马快挥鞭跄跄而行，

　　　　　　　　闻急报奔回程两手发麻汗一身我腿颤心惊。

　　　　　　　　正沉醉戏曲世界探奇梦，

　　　　　　　　孰料想梦醒要去挡官兵！

　　　　　　　　我的马要快，我的脚不停，

　　　　　　　　我的嘴要快，我的眼要明，我的对答要机灵！

　　　　　　　　若问我家住哪国哪座城，

　　　　　　　　为何来中国惹事混虚名？

　　　　　　　　为何将那有罪的盗贼迎？

　　　　　　　　　我应当如何回答给他听?

徐光启　　先生过虑乱方寸,

　　　　　　大可不必你放宽心。

　　　　　　西域带来真学问,

　　　　　　算学天文钟自鸣。

　　　　　　过目不忘好记性,

　　　　　　声名已然传朝廷。

　　　　　　全怪李二那孽种,

　　　　　　断不能为他去与官府争。

利玛窦　　如若是抓去即斩不留情,

　　　　　　我只能坚守家门拒放人。

　　　　　　要给天主神威树明证,

　　　　　　定教强盗改过又自新。

徐光启　　既不出世便入境,

　　　　　　入乡随俗千万记在心。

　　　　　　当地律法要尊敬,

　　　　　　无论如何须令罪犯服完刑。

利玛窦　　说千道万先救命,

　　　　　　不许官兵打进我家门。

徐光启　　往日踱步慢吞吞,

　　　　　　今朝骑马快如风。

　　　　　　事关重大须谨慎,

　　　　　　三思而行你听不听?

利玛窦　　四腿代我两脚奔，

　　　　　两步当作一步行。

徐光启　　脚乱手忙你休冒进，

　　　　　待我去帮你踩点将路铺平！

这两个"追赶"的故事背景完全不同，但基本情境很相似。追赶就是要阻止，一个跑一个追，戏剧行动十分强烈；话剧很难表现这种室外流动的情境，编剧常常只好把它推到幕后去；但戏曲一定要明场展现，只需要一个空舞台——有营造气氛的灯光当然更好，演员发挥起来特别顺手，趟马载歌载舞如鱼得水。

三、四

现在年轻人对戏曲有兴趣的不多，原因之一是故事的吸引力不够，爱情故事都太简单，从来没有"三"角关系，就两个老一套的才子佳人，离现实生活太远了。按说《西厢记》和《梁祝》里都可算有个"第三者"，孙飞虎和马文才都看上了女主角，搅了一下局，可这俩男人都太离谱了，只能当作笑柄。中国传统文化里，女孩决不允许吃着碗里想着锅里，追祝英台的马文才究竟有多坏？观众其实并不清楚，但祝英台对马文才想一秒钟都是绝不允许的。这样的"第三者"没有情感和情节上的实质性意义，不能让当事人有一丝一毫感情的波动。既然主人公从来没有二选一的纠结，也就不可能让观众为他们而纠结了。

相比之下《白蛇传》故事的层次比较丰富，有可能被大胆的改编者或导演发展，突破陈规。青蛇也可以喜欢许仙，甚至法海也可以卷入他们的感情纠葛，但那是田沁鑫和她的改编搭档的创新，并不是原故事或田汉剧本中的人物和情节。身为丫鬟，《白蛇传》的小青虽然比《西厢记》的红娘和《牡丹亭》的春香都更大胆主动，毕竟还不至于勇猛开放到成为自家主人的情敌的地步。传统戏曲的爱情故事就只能有两个人，任何障碍都是完全外部的——不是父母就是社会，没有实质意义上的"三"，也就没有两个人之间感情的纠结。《牡丹亭》更加极端，实际上连两个人都不能算——杜丽娘是"单"相思病死的，死之前竟从未真的见过柳梦梅，也不知道有这么一个人，严格说还不知道她相思而死时"思"的是哪位帅哥！古典文学中只有《红楼梦》有现代精神，大胆写了宝、黛、钗三人的感情纠葛，20世纪60年代创作的越剧《红楼梦》终于突破了才子佳人不能超过"二"的那个陈规。

我们根据易卜生的剧情为杭州越剧院写的《心比天高》《海上夫人》都是聚焦于三个人之间的纠葛，女主人公都必须在两个男人之间做选择，要丈夫还是要前男友？非常纠结。《朱丽小姐》刚好也是三个人，已有未婚妻的男仆遇到小姐主动调情，面对着一主一仆两个女人的选择。在西方经典文学里，爱情故事的悬念和趣味总是来自至少三个人，光是一男一女太简单很难抓人——托尔斯泰的《安娜·卡列尼娜》和《复活》最典型。有趣的是，在这一点上中国戏曲和西方经典中的例外《罗密欧与朱丽叶》倒有点像。《罗朱》中算是有两个"第三者"——罗密欧的前女友罗瑟琳和要娶朱丽叶的巴里斯，但基本上也没有起作用，多数观众都不会记得还有这么两个人。相比之下，莎士比亚的喜剧里大多有重要的第三者，而《罗朱》之外的悲剧其实并没有真正的爱情悲剧——悲剧的重点不在爱情，而是探讨人性和社会的问题，所以有没有情感纠葛无所谓。《罗朱》跟戏曲最像，传递的是直白的"正能量"——最后让老人出来点个题下个结论：不许再打下去，从此两家和好。莎士比亚别的悲剧都没有这样直截了当地说出主题的，都要让观众自己去领悟。

人物的三角关系还可以不断变化，无穷无尽，"三"不但便于制造悬念，任何主题、任何道德、任何理念、任何情感，都可以通过三角关系来体现。如果想要两个三角，未必需要六个人，两个三角叠起来只要四个人，既节省人物，还更紧凑。例如《心比天高》里两男两女四个年轻人，构成了两男一女和两女一男紧紧相扣的两组三角关系：海达甩了劣习难改的天才文柏，嫁给平庸的好人思孟不久，文柏却在西娅的无私照顾下成功了。自视最低的西娅和志得意满的文柏分别来找海达，海达怎么办？深刻的人性挖掘和社会批评全在这个精巧的人物结构中展开。易卜生的剧作法跟莎士比亚很不一样，他学了法国人的佳构剧，极其经济地运用场景和人物，一堂景只要四个人就可以编出那么厚重的情节来，又不像莎剧里一大堆人那样复杂，不会让观众理不清，主要角色就四个，很容易记住，但是人物刻画得几乎深不可测，社会批判不露痕迹：在女性毫无地位的社会里，智商出众如海达者只能靠选男人、帮男人来争取上进，最后还是难逃悲剧。

用四个主要人物编出两组富有思想深度的三角关系，这样经济有效的结构在中国戏里还不多。前文提到的越剧《梨花情》是我看过的戏曲中最贴近现代人的，虽是古装，讲的却是年轻人完全能产生共鸣的故事；巧的是，那也是个四人叠合成两组三角关系的结构。这个戏不同于传统的才子佳人戏，两对男女关系交叉，这就有质感得多、真实得多、也有戏得多：梨花逃婚离开了并不了解的商人钱友良，私奔嫁给穷书生孟云天，落得给人帮佣为生；孟云天却禁不住冷艳的金钱诱惑，弃梨花而入赘冷家；梨花几欲自尽，被钱友良救下，终成眷属。和《心比天高》相似，这四个男女都面临着择偶和择业的困境，会做出后来可能后悔的选择。《梨花情》罕见地以一个好心的商人为主角，为戏曲舞台增添了一个精彩的新形象。就内容而言，这个古装戏的故事完全对应着今天的社会，剧中的各种两难情境年轻观众都会觉得似曾相识；而从剧作法来看，位于全剧核心的四个人物的设置打破了传统才子佳人戏曲只能聚焦两个人的陈规，写出了人的情感的复杂性，充满了现代精神。

当然，四个人的戏未必一定要这样来结构，前面说的三个人、两个人的戏也一样；这里只是根据经验和观察，提供一些相对有效的模式，绝不可能是唯一的编剧模式。总的来说，剧作法的第一步是决定，全剧要写几个角色；一、二、三、四个角色相对来说都有些模式可以归纳，这里引用的例子可以作为参考。如果要加更多的人物，可以在上述的基本模式上再拓展、叠加，也可以组织另外的故事线——像莎士比亚多线条的剧本那样。当然，在学习这些前人的成功模式以后，好的剧作家一定还会创造出新的模式来。

剧情冲突：激化、淡化、深化

一、素材与加工

　　戏剧故事的素材主要是人际关系，特别是存在着矛盾冲突的人物之间的关系；无论是直接来自生活的原料还是间接来自别人作品中的故事，在剧本创作中如何寻找、选择、展现矛盾冲突，体现出不同时代、不同文化、不同作者的不同特色，在全球化的今天，这更是对艺术家眼界、眼力和功力的考验。

　　《朱丽小姐》的话剧原作者奥古斯特·斯特林堡是和易卜生齐名的另一位欧洲的"现代戏剧之父"，1912年逝世。他的戏本来就一直在世界各国演出，2012年百年纪念时更是多出了不少纪念演出活动。那一年我跟京剧《朱丽小姐》剧组去了六个国家演出，在朱丽的祖国瑞典，听到一个令人惊讶的故事，开始反思对编剧来说最重要的一件事——处理戏剧冲突的方法。我们的传统戏曲偏好大团圆，几乎从来没有西方式的大悲剧——就是最像西方悲剧、死人最多的《赵氏孤儿》，最后也还是让好人程婴和"孤儿"报了仇；而我这些年来采用西方经典的素材写成的戏曲剧本中，除了《海上夫人》是一个例外，大多数都是最后死人的悲剧故事——《俄狄浦斯王》《安提戈涅》《海达·高布乐》《朱丽小姐》[1]，《李尔王》（杭州越剧院《忠言》）和《女仆》（上海戏剧学院戏曲学院《红楼佚梦》）。难道好故事必须是冲突越激烈越好的悲剧吗？除了一个劲地激化矛盾，写剧本还有其他有效、有趣的叙事方法吗？

历史上不少欧美作家喜欢把源于生活的平常故事悲剧化，希腊神话和戏剧中充斥着一般人闻所未闻的骇人故事，诸如弑父娶母（《俄狄浦斯王》）、杀子报复（《美狄亚》）、全家相残（《阿伽门农》）。好莱坞发明了"灾难片"，票房号召力极大，其他的类型片也大多生着法子激化日常生活中的冲突。与此同时，从古希腊的亚里士多德一直到当代西方，理论家还一直在强调艺术摹仿生活的本质。但"生活"真有那么可怕吗？有那么多可怕的悲剧吗？莫非西方文人全都不安好心，唯恐天下不乱？

恐怕还不能那样去批评西方人，我们现在学人家，有时候已经青出于蓝了——电视剧编剧的不二法门就是想方设法激化矛盾冲突。半个多世纪前曾经流行一种"千万不要忘记阶级斗争"的说法，那时候的文艺理论是：文艺要居安思危，未雨绸缪，冲突随时可能发生，敌人随时会来破坏。而一个流传更广得多的说法则是亚里士多德的"卡塔西斯"，要用艺术宣泄内心的恐惧，达到净化。两千五百年来多少艺术家、学者和记者都习惯性这么说，仿佛成了永恒的规律——艺术中多一点悲剧，生活里就可以少一点悲剧；但是近年来，我对中外教科

---

[1] 这几个剧本都收入了我与费春放合著的《心比天高：中国戏曲演绎西方经典》，文化艺术出版社2012年版。

书里这个源自西方的艺术"公理"产生了怀疑。

2012年秋，上海戏剧学院戏曲学院一行人去瑞典巡演京剧《朱丽小姐》的过程中，听到一个关于该剧原型的故事。斯特林堡穷困潦倒时曾在一个"廉租房"住过一段时间，房东两口子有点特别，一个是穷二代，一个是有钱人家的小姐。两个人难免有些龃龉会让访客听到看到，再加他们本来就门不当户不对，这就让斯特林堡产生灵感，构思出了后来被认为是"自然主义经典"的《朱丽小姐》。既是自然主义，似乎应该贴近生活的本来状态；可是在他的剧本里，朱丽和那男仆只有一段"半夜情"，一走出他的陋室就意识到，和那莽夫根本没法子相处，很快就被逼得拿起他的剃刀下去自杀了。但在现实中，那对房东在一起过了很久，没准白头到老亦未可知。斯特林堡一定听到过房东两口子的口角——哪对夫妻从来没有矛盾呢？但剧作家基于他对阶级关系和性别之争的理念，用点编剧技巧把他俩生活中的小矛盾一加工一激化，就做成了个大悲剧。

我们的京剧《朱丽小姐》穿的是古装，既没有那把现代人用的剃刀，也没把朱丽的自杀展示得"太吓人"，只是让一条白色绸布飘下来，落在慢慢卧鱼倒地的朱丽身上，暗示了上吊的结果。紧接着，男仆项强与未婚妻思娣拉起这条被灯光变成红色的绸布，又暗示他俩举行了婚礼。这个结局富有朦胧的诗意，但不熟悉原剧情节的观众未必能看明白，就是熟悉原剧的专家也可能会疑惑京剧版是否改变了结局。该剧在上海戏剧学院与美国名校合办的2012年首届"冬季学院"演出，安排了一个演后讨论，耶鲁、布朗、纽约大学的戏剧教授纷纷发表对该剧的解读，他们不能确定这个朱丽是否像斯特林堡写的那样自杀了。但一位来自耶鲁的斯特林堡研究专家指出，原剧本虽然用那把剃刀暗示了朱丽的自杀，但因为舞台指示要她拿起剃刀后立刻下场，并没要她直接在舞台上自杀，这就给导演留下了选择不死的可能。至于改编，那是在原剧素材的基础上再加工，就更自由了。她认为我们的结局是一种美丽的诗意的模糊，未必非要明确让她死去不可。

那次讨论给了我很大的启发，后来又在百老汇看到易卜生《玩偶之家·第二部》，立刻想到让朱丽小姐起死回生，也给这个19世纪的现代经典写个"续集"。朱丽在"上集"的最后是因为听到"老爷回来了"，走投无路而用绸布上吊的，上吊不会马上就死，老爷一回家当然会立刻把女儿救下来。续集中项强和思娣结婚生了孩子，老爷去世了，他们三人还是住在同一个庄园里，独身的朱丽还成了孩子的家庭教师。这样《朱丽小姐》就变成了《朱丽先生》。这四个人之间除了原来并未解决的阶级、性别矛盾，又搅进了代沟问题。结局应该是悲剧还是喜剧呢？如果要死人，死几个人为宜？这是反复改写中考虑得最多、和剧组讨论得最多的问题。直到本书截稿，该剧还在排练和修改之中，因此，暂时还不能剧透。

二、自杀与团圆

京剧《朱丽小姐》在国内演时，很多观众觉得挺新鲜，因为现在的戏曲舞台上是看不到地主小姐和长工的感情故事的。但听老人说，以前是有过一些这种戏的，因为有"粉戏"之嫌，后来不让演了。那样的老戏会有什么样的结局？作家程乃珊写到有个当年在电台连播火得很的评弹《黄慧如和陆根荣》[1]，讲上海的富家小姐和家里雇佣的黄包车夫私奔，活脱脱一个上海滩的"朱丽小姐"，但最后却是大团圆。这俩人也是有生活原型的，程乃珊说那"黄包车夫就是个流氓！自己在乡下有老婆有小人，还常常向黄慧如讨铜钿……但评弹将他讲得很好，勤劳、善良、淳朴……那是为了要维护劳动人民的形象而做了艺术加工。"

"艺术加工"是任何艺术家在把素材变成作品时都必然要做的，关键在了了什么、怎么加工。程乃珊说这个评弹这样加工是为了"维护劳动人民形象"，那未必是唯一的原因；因为在共产党提出"劳动人民"这个概念之前，中国历史上就有过无数淡化冲突、美化人生的艺术作品。古时候丢下妻子进京赶考的并不都是陈世美那样的负心汉，《琵琶记》刻画的就是蔡伯喈这个出奇的好男人：舍不得离开新婚妻子，被父亲逼迫着才去赶考，一考中状元就急着要回家，是硬被皇帝留下才娶了宰相之女。宰相千金得知郎君在家已有贤妻，不但不恼不闹，还主动劝他回家看望。伯喈之妻赵五娘历尽千辛万苦，终于找到丈夫，最后与宰相千金一起欣然接受"二女同事一夫"。这个戏被皇帝朱元璋大力推崇，完全不是因为它维护了"劳动人民的形象"，而是因为它维护了从最高领导到穷苦百姓各个阶层的形象，有助于社会的和谐——那当然首先是皇帝的看法，而喜欢戏曲的老百姓多半也会点头。

不仅古代作家和受众常常这样想，一些严肃的当代作家也有这种心理。作家梁晓声在复旦大学的讲座上解释自己为什么要改写屠格涅

---

[1] 程乃珊：《南京西路花园公寓——我的海派文化的启蒙课本》，《上海文学》2013年第2期。

夫等人的经典小说：如果说文学对人性有塑造作用，那么文学作品应有怎样的人文关怀？他不能接受几部欧洲小说里小狗的悲剧命运（连狗的悲剧都受不了，人的悲剧何以堪？），毅然颠覆了屠格涅夫的名篇《木木》和莫泊桑小说《小狗皮埃罗》的结尾，让故事里原本或麻木或冷漠的人类良心发现，使木木和皮埃罗逃过悲惨的结局，以此表达他对文学中应有的人性关怀的期待。梁晓声坦言，他这样改写的冲动缘自一次目睹小狗被残忍对待的经历，也缘于对文学的理想主义："谈文学的人文关怀，无非就是希望文学中多一些人性的温暖，以此来提升人的心性。"[1]

屠格涅夫和莫泊桑肯定不会喜欢梁晓声的"篡改"，西方戏剧家更不会赞同这种过于"理想主义"的"艺术加工"。当然喜欢大团圆结局的西方人也不少，莎士比亚的悲剧就常被人改写。譬如《李尔王》，本来就是改编前人的故事，但莎翁把这个故事几个老版本中李尔复位的"理想结局"改成了李尔抱着心爱女儿考狄利娅的尸体死去。在他身后的一二百年里，一直有很多人反对他的这个残酷结局，1681 年纳赫姆·泰特（Nahum Tate）又把它改为李尔复位，连考狄利娅也活了下来，并和剧中仅有的好男人埃德加成婚，皆大欢喜。18 世纪的英国文坛领袖、第一本《英文辞典》的编撰者、大文豪塞缪尔·约翰逊（Samuel Johnson）在编注《莎士比亚戏剧集》时，也决定不用他写的《李尔王》结尾，而支持泰特那样"理想化"的改写本。他说："自从泰特以来，考狄利娅始终是胜利返回。如果我自己的感觉也能在大众反

---

[1] 吴越、刘剑、李凯旋：《改写名著结尾为哪般》，《文汇报》2013 年 7 月 29 日。

馈中算上一票的话，我必须承认，多年前看到她的死给了我那么大的震惊，使得我在下决心当编辑改写这个剧本之前不敢再看那最后几场戏。"[1] 他这心理和梁晓声想让"木木"起死回生如出一辙，但是，他和泰特改写的《李尔王》后来都消失了，留下来的还是莎翁那个写了"残酷"结局的经典悲剧。

　　相比较而言，东方人老爱编织出比现实美得多的童话，梦想生活也能那样好；西方人却喜欢展示比现实惨得多的噩梦，似乎能对比出生活还不那么坏。可以拿《琵琶记》和一个讲述同类故事的西方经典做个比较：古希腊悲剧《美狄亚》的主人公得知丈夫要抛弃自己另娶新欢，不但决不妥协，还设计害死了一连串人——先是情敌公主和她的国王父亲，再是自己跟丈夫生的两个孩子，来报复她的负心汉。讽刺的是，美狄亚竟是西方经典中最早出现的"东方人"形象之一，按《东方主义》作者爱德华·赛义德的说法，西方人眼中最早关于"东方人"的刻板印象竟是那样"凶残的野蛮人"。两千五百年以后，这个印象彻底地颠覆了，人们不难看到，美狄亚其实是为了自己的利益毫不妥协的西方女性形象自身的投射；至于东方女性，现在不但有中国传统经典中赵五娘那样忍辱负重的贤妻的原型，还有了西方人从真实故事中提炼出来的"蝴蝶夫人"那样的宁可优雅自杀也要成全孩子的东方弃妇的原型。其实蝴蝶夫人的素材"菊子夫人"一点也不悲剧，还很有点喜剧色彩。这个日本女人本来就是个签了短期合约的"新娘"，法国海军军官洛蒂包了她几个月，分手时还有点伤感，她却早已在喜

---

[1]　http://en.wikipedia.org/wiki/King_Lear.

滋滋地数钞票了！洛蒂的半自传体小说《菊子夫人》引起了当时的美国戏剧大家戴维·贝拉斯科的浓厚兴趣，受启发写出话剧《蝴蝶夫人》并于1900年亲自制作、导演搬上百老汇。普契尼在纽约看了这个话剧，立刻冲到后台向贝拉斯科买下版权写成了歌剧，大获成功，竟让人彻底忘了同名话剧。

赛义德1979年的《东方主义》风靡世界，现在后殖民批判理论的信奉者经常批评这个"蝴蝶夫人"，说这是西方人编造出来的东方女性的"刻板印象"（stereotype）；但既能成为流传一百多年被人反复搬演改编的"刻板印象"，说明这个形象还是很能吸引观众，确能反映相当的生活真实的，要说她是个艺术"原型"（archetype）也不过分。但从冲突结构的模式来看，这毕竟又是一个东方经典中很难找到的属于西方模式的不死人不落幕的大悲剧。在热衷激化的西方经典和偏好淡化的东方模式之间，还有其他处理矛盾冲突的方法吗？有一个极好的例子可以拿来比较一下，一个跨越了好几个国家的"小姐与下人"的故事——现代日本作家谷崎润一郎的《春琴抄》。

三、施虐与受虐

在纽约林肯中心看了英国人赛门·麦克伯尼（Simon McBurney）编导、日本演员演出的《春琴》（Shun-kin）一剧之后，立刻找到谷崎润一郎的文学原著来读，发现这是一个比较艺术学的富矿。小说看上去很像一部日本20世纪30年代的纪实作品——作者记录主人公的生卒年月（1829—1887）、地点（大阪市内下寺町的净土宗）不厌其详，还言之凿凿地写道，这个故事是根据好几个当事人的口述及书面材料综合而成。但麦克伯尼在写剧本前研究那小说时发现，20世纪30年代有不少日本作家喜欢这种"仿纪实小说"的写法，故意把小说中的"我""收集、整理材料"的过程也写进小说，很像后现代"元叙事——关于叙事的叙事"（meta-narrative），但其实那个所谓的"调查过程"完全是虚构的。

"春琴"在小说故事的发生地大阪查无此人，倒是被七十年后的英国戏剧家麦克伯尼查出了一个源头，竟是远在他的祖国。[1]19世纪英国小说家汤玛斯·哈代以悲剧小说《德伯家的苔丝》一书及其电影版闻名，他还有一部在中国并不很出名的姐妹篇《葛瑞伯家的芭芭拉》（*Barbara of the House of Grebe*，1890），两个书名对仗工整。这个"芭芭拉"和1888年问世于瑞典的《朱丽小姐》是同时代人，也是欧洲农庄的贵族小姐，但她比朱丽勇敢，也更有计谋。她也拒绝了"富家子"爵士邻居的求婚，瞒着有钱有爵位的父母，和一个世代做工的漂亮男孩爱德蒙私奔去了城里——也是在一个大家一起来跳舞的夜晚，但这里竟是在她父母亲自操办的家庭舞会之夜！他们的私奔倒是成功了，可惜好景不长，几个月后芭芭拉就发现很难生存下去，写信去向父母求饶。父母还很开通，觉得女儿跟下人出走既然木已成舟，而且尽人皆知，不如顺水推舟，先让他们回家，再对那个女婿提出要求——必须跟着岳父选派的导师去欧洲游学一年，从外在仪表到内在学问都好好提高一步，才配回来做葛瑞伯爵士家的女婿——这个条件比中国古

---

[1] Simon McBurney. *Searching for Shun-kin*. Lincoln Center Festival July 6-28, 2013 Playbill.

人往往对准女婿要求的考中状元要容易多了。小两口虽然不想分离，
还算是爽快地接受了。爱德蒙一路上不断从各国写信回来报告所见所
学，从信中的文字可以看出，他的学识和文采确实一步步大有长进。
至此，这几乎是个和《苔丝》截然相反的喜剧性故事。但是，爱德蒙
在意大利看戏时剧场失火——那个时代欧洲剧场还用蜡烛照明，失火
事故时有发生。但哈代并没有简单放大这一偶然事件，失火并没烧死
太多人，更没烧死爱德蒙；相反，因为他英勇地多次从火中救人出来，
大大减少了伤亡人数。但就在他救火时，被一根烧断的横梁砸中头部，
不但烧伤还破了相——故事真正的特色这时才开始显现。芭芭拉得知
丈夫受伤破了相，在等他回家的日子里做了最坏的心理准备，但还是
在他摘下面具的一刹那被那恐怖的面容彻底击垮。爱德蒙也再没踏进
她的房间，留下张纸条就走了。几年后芭芭拉得知他已死去，咬牙嫁
给了曾被她拒绝的爵士邻居。她本来就不爱这个丈夫，对爱德蒙的忏
悔和思念更使她度日如年。一天，爱德蒙生前在意大利定做的全身雕
塑送到她家，她立刻爱上了这座完美体现前夫之美的"替身"，每天夜
里都悄悄到壁柜里去抱着他倾诉。丈夫发现了这个秘密，偷偷找来工
匠用凿子给雕塑破相，同样破到惨不忍睹，再放到床前，强迫芭芭拉
睁开眼连看了几夜，直到她说出他要听的话："我不爱他，我爱你！"

　　哈代笔下的这个施虐狂丈夫是个负面形象。他虽然制服了不堪
受虐的妻子，但妻子由此而变成的病态依恋又使丈夫烦透了。芭芭拉
八年里生下十一个孩子，却死了至少一半，没一个男孩活下来。这个
结尾很有点像是东方式的报应故事，但芭芭拉是无辜的，她的命运也
是个悲剧：从物理上到心理上两次失去真爱的人，最后落得心理变

态——正是这一点引起了谷崎润一郎特别的兴趣。这位曾经访问中国，和郭沫若、田汉等人结下友谊的谷崎上大学时读过外文系和日文系，他的创作既受西方影响，又极有日本特色。主人公的"破相"在哈代的小说中是坏事，到他的笔下却成了好事；哈代写的是个偶然现象；现在成了贯穿全剧的主线；两个主人公的施虐和受虐也从彻底负面变成了基本正面的行为。《春琴抄》里的春琴和佐助是住在同一屋檐下的小姐和下人，和《芭芭拉》及《朱丽小姐》都不同的是，这对主仆情人无需私奔出走就得到了小姐父母的允许，相依为命白头到老，谱写了半个多世纪的动人乐章。最奇特的是，这个故事又不像《黄慧如和陆根荣》那样甜蜜光明，因为他俩之间的阶级鸿沟从未消失；而且，最能体现这条鸿沟之深的恰恰是《芭芭拉》里最后才出现的施虐和受虐。

这种特殊的两性关系在很多地方都不易被常人接受，而在日本文化中却有着久远的渊源，《春琴抄》中施虐的主体竟是可爱的女主人公，作者为了让她的这一癖好合理化，一开始就做了个关键的铺垫，让她一出场就是个受害者——小时候受人之害双目失明。男主人公佐助是东家派到她身边照顾她的几个下人之一，但春琴就喜欢他，只要他一个人贴身照顾，几年后渐生情愫，还怀上了孩子。她父母心知肚明，让她和佐助结婚算了，她却坚决否认说：我怎么能跟个下人好！《春琴抄》还有一点和《芭芭拉》的故事很像：男人因为地位比女人低，必须先当学生以提高修养；佐助没被派出去留学，而是就地跟春琴学三弦。这对"师生恋"十分反常，"师傅"对佐助经常恶言相向，甚至拳脚相加，说的话句句显出她骨子里的阶级偏见；但在日本文化的语境中，她的虐待同时又是一种特殊的示爱方式。佐助数十年乐此不疲，既因为这个下层阶级的伙计安守本分逆来顺受，更由于他在春琴面前就是个"受虐狂"——中文对 masochist 这个中性词的贬义翻译显出我们对这种现象的严重偏见。而佐助出于对春琴的爱，不但几十年心甘情愿接受她施虐，更在春琴遭到毁容后，为了让她相信自己永远不看她破相的脸而主动施虐于自身——用针刺瞎了自己的双眼。

《春琴抄》有过一个中国的戏曲版，曾在日本留学的导演郭晓男请熟悉日本文化的剧作家、上戏教授曹路生为浙江小百花剧团写了越剧《春琴传》，保存了小说里这对恋人间基本的主仆关系，又根据中国观众的心理需求和越剧唯美的特点做了相当的美化和"糖化"处理。越剧中春琴对佐助的"虐待"更多地是一种掩人耳目的假象，以及娇女子对痴情男友的"作"，而不是养尊处优的富人的阶级习性；这是对中国以前的"阶级斗争戏"的矫枉过正，淡化了原著中依然存在的阶级鸿沟。相比之下，麦克伯尼的《春琴》更接近原著，全剧没有一点正面的爱的展示，两人之间几乎全是言语和肢体的施虐和受虐。导演手法上最大的亮点是用了日本文乐的手法——小时候的春琴由两个木偶师操纵的木偶来呈现，长大后木偶换成了真人演员，但身边那俩木偶师依然还在一招一式地"操纵"着她，凸显出阶级社会里难以逾越的角色规范。

但春琴事实上是巧妙地突破了这些规范，争取到了极大的自由，她嘴上永不承认和佐助的关系，却跟他生了四个孩子，只是始终绝口不提父亲是谁，全都送给别人收养。自由这一主题被一个出现多次的象征意象点破。跟朱丽小姐一样，春琴也喜欢鸟，但她养的鸟运气好太多了——也就意味着她的运气很好。朱丽只有一只金丝雀，出场没多久就被骨子里与她格格不入的男仆凶狠地拧断了脖子，由此让朱丽产生了死的念头；春琴则让仆人帮她养了许多鸟，最后全都飞向了自由的天空。也许有人会说，春琴从小瞎了眼，有了心上人又不能真的去爱，还要害他刺瞎双眼，这命运多么苦。但剧作家让我们看到的是，就是在那么严酷的世界上，她还是找到了自己独特的道路，进入了爱和艺术的自由王国——和英国人写的芭芭拉恰恰相反。春琴和佐助之间既残酷又相爱的这种奇特的人际和阶级关系——既不是斯特林堡《朱丽小姐》那样的你尊我卑恒久不变，也不是《黄慧如和陆根荣》那样的你好我好皆大欢喜，在充满矛盾冲突的叙事艺术中可谓独辟蹊径。

四、合作与敌对

在激化矛盾和淡化冲突这两条道路之间寻找第三条道路，有可能创作出比传统的东方艺术更有深度的东方式作品。这方面李安的电影《少年派的奇幻漂流》提供了又一个独特的例证。少年派的故事跨了好几个文化——既非中国功夫"藏龙"，亦非美国牛仔"断背"；李安也在把创作素材戏剧化的过程中，独辟蹊径，走出了一条借鉴、扬弃、超越东西方传统编剧套路的新路。少年派和他的旅伴遇到轮船沉没的大灾难，漂流了两百多天才获救，这个每时每刻都生死攸关的漫长旅程中有着无数的冲突，改编中如何选择、展现这些冲突，就要看编剧和导演的眼力和功力了。小说相对容易，因为容量大得多，而且几乎没有任何技术方面的限制；而李安把电影在篇幅、技术方面的限制转化成优势，从小说提供的大量素材中做出了独到的取舍，令人叫绝。

　　"少年派"无疑是个悲苦之极的故事：一艘大船沉没，家人和动物几乎死光，一个人九死一生才活下来——悬念就在他是怎么活下来的。小说提供了两条线索：人和动物的矛盾以及人吃人的冲突。这两组故事很像《罗森门》——也很像《春琴抄》里列举出来的并不一致的"故事来源"，真假难辨，但却是来自同一个人的回忆。这十分符合经历过如此险恶磨难的人的心理，小说家聪明地呈上两个故事系列，让读者自己来选择信哪个，而只有两个小时的电影导演就必须为他的观众当好向导。照西方编剧的常规，肯定是人与人的你死我活更加扣人心弦；按东方传统的理念，则是人与动物的患难与共更能催人泪下。前者是戏剧的特长，也是影视常用的手段；后者则更适合用文字来表现，几乎没法在舞台上展示，银幕上还有点可能，但也很难保持长时间的张力。李安拍《少年派》之前不久，已有人拍过一个人落难后独自苦海余生的故事（*Cast Away*《荒岛余生》，2 000年），虽以九千万美元投资得到四亿票房的业绩，却主要应归功于当时好莱坞最有号召力的演员汤姆·汉克斯的魅力——他为此得到奥斯卡提名。就故事而言，这部"独角戏"影片的大部分镜头并不很吸引人，原因很简单：一个人面对大自然的奋斗故事哪怕再英勇，也难以造成两个以上角色方能造成的戏剧张力。汉克斯也知道他的角色一定要有一个"对手"，就在他找到的一个排球上画了几笔，做成一个神灵般的图腾，把它挂在筏子的头上。但那毕竟是个不会动的形象，不能对人构成任何实质性的冲突；所以，塑造这样一个"角色"，虽然对主题和人物形象很有帮助，对于构成戏剧张力基本上于事无补。李安拍《少年派》之前肯定看过《荒岛余生》，会感到同类故事带来的压力，也看到了那部片子叙事手法的问题。他很淡定，既没有望而却步，也没有刻意反其道而行之，去加人加戏强化冲突。他的选择好像很"中国"，虽没有完全删去那个人吃人的故事，却只是轻描淡写一说而过，似乎根本就没打算要观众相信。

李安拍电影的最大特点是一部一个样，其中唯一曾反复出现的潜在母题就是中国式的"亲子情结"。与美国戏剧中最经典的爱恨交织的父子情结（例如奥尼尔的《进入黑夜的漫长旅程》和密勒的《推销员之死》）相比，李安的亲子情结更多的是对长辈的深藏不露的敬畏和敬爱；因此，小说素材中少年派吃掉母亲而生存下来这种"可能"绝对属于匪夷所思。李安集中全力浓墨重彩地聚焦于那个动物的故事，特别是那头在中国文化中享有特殊地位的老虎，把它变成了一个不可或缺的对手角色。但是，他并没有给我们一个"天人合一"的和谐故事——对中国文化一知半解的人很容易想到那种淡化冲突的童话。李安的电影里贯穿始终的是派和老虎的"合作性敌对"，或曰"敌对性合作"——不是相濡以沫共渡难关，而是以死敌的存在作为自己生存的必要条件。这个寓言更具先哲风范，既始终保持了剧情的张力，更对人类世界做出了令人警醒的解读；既不为吸引嗜血的眼球而盲目激化冲突，也不去迎合传统的观众而淡化矛盾编织童话，李安用他对人性的独特认识深化了故事的矛盾冲突。老虎和派相处了227天，直到最后分手也没有一丝一毫情绪的流露，让期待着传统催人泪下结局的观众大失所望。用戏剧界的话来说，这个看起来很"斯坦尼"很真实很抓人的故事，其结局竟比布莱希特还冷静还理性；李安要观众全神贯注看到最后，才跳出故事来细想它的寓意，这显然比二者都更高明。

　　剧作家在创作前总是会面对一大堆素材，传统西式的激化矛盾未必最佳，更不是唯一的方法，有时候适当淡化亦可以独辟蹊径；但淡化并不意味着只能抹平冲突，捧出一片虚假的和谐，或者像传统戏曲那样安一个让人心里舒坦的尾巴；好的"淡化"只是表面上淡了，最重要的是有深化的底蕴。艺术家如果有对人生的深刻而独到的见解，就能在熟习古今中外艺术加工的方法之后，超乎其上。

两类主题："揭黑"与"照亮"

　　看戏喜欢大团圆是中国人或者说很多亚洲人的传统心理；西方的戏剧人似乎心狠得多，只怕角色心太软。从古希腊弑父娶母的俄狄浦斯和手刃亲子的美狄亚，到莎士比亚动辄死一大堆人的悲剧、历史剧，再到现当代剧坛的"残酷戏剧"和"直面戏剧"，中西文化的巨大差别显而易见。英国剧作家马丁·麦克多纳的两部"直面戏剧"近年来在北京、上海的舞台上演过好几轮，都是讲的家庭残杀的"深黑"故事。《枕头人》充满了巧妙设计的悬疑，那个毒杀老母的"丽南山的美人"就直白得多；两个戏有个关键的共同点是，杀死家人的主角还并不是坏人。这一点和希腊悲剧是一样的，戏的核心情节是描写人性的黑暗——而不是个别坏人的恶行。相比之下，2015年在文化广场演了十五场的《人鬼情未了》（Ghost）似乎是西方文化中一个罕见的例外。在这部改编自同名奥斯卡得奖大片的英国音乐剧里，一个银行白领萨姆被人谋杀后，竟能如愿回到人间，既成功保护了爱妻，又查明真相复了仇。比起中国舞台上那位在死前留下遗愿要人为她平反的窦娥和死后回到阳间报复负心郎的李慧娘，这个纽约人萨姆甚至更"杀根"地满足了"人间还有正义在"的观众心愿。

《人鬼情未了》这样编故事，难道是在学中国文化？并不是，其实西方文化的传统中也一直有这样一条线，追求在舞台上实现人心中的正义——比起从亚里士多德到弗洛伊德的"宣泄·净化"的悲剧心理说，这条要求艺术"照亮"人性的贯穿线不仅仅是当权的机构所需要的，常常也更配老百姓的胃口。尽管现在的大多数大学教授不大欣赏这种大众心理，以前还没有那么多文学、戏剧教授的时候，无需理论的戏剧人往往更容易和老百姓的审美趣味保持一致。究竟是戏剧人在迎合观众，还是引领了观众的趣味呢？这个因果关系就像鸡生蛋、蛋生鸡一样，人言言殊。一方面，戏剧是那时候唯一能影响老百姓的大众文化媒体，所以戏剧引领了观众口味的可能相当大；另一方面，戏剧要有人出钱有人看才能生存，所以编剧的人也一定会根据看戏人的心理来编，绝不敢随便得罪顾客。

西方人的戏剧观其实远比我们现在书上读到的要更多元，我在研究、改编莎剧的过程中特别体会到这一点。2015年我去阿布扎比纽约大学参加"全球莎士比亚"研讨会，那个会虽说地处阿联酋——一个戏剧传统并不长的阿拉伯国家，却是大腕云集，俨然国际莎学界的最高论坛。以前我很少参加莎学研讨会，看到与会者的名单不免一愣——在这样的学术会议上，讲自己的改编剧本合适吗？而且是个"离谱"的《李尔王》！

会上大家最期待的是当今国际莎学研究泰斗、哈佛顶级教授斯蒂芬·格林布莱特——他不只是莎学家，还是最权威的大学文学读本《诺顿文集》的总主编和文化研究领域"新历史主义"的创始人，还以非关莎学的学术著作得到过美国国家图书奖和普利策奖。请他演讲的时间当然最长，他在讲了一个微观的研究课题以后，就转到自己的改编项目上来，其改编幅度之大，还只有他这样的大师才可能想得到、做出来。他研究了三十七个莎剧之外尚未被大家认定但很可能是佚失莎剧的《卡丹纽》（Cardenio），确认这是晚年莎士比亚受塞万提斯小说的启发，与年轻的剧作家弗莱切合作而成。大学者格林布莱特也请了个剧作家跟他合作，写出一个改编的剧本；然后又请好些国家的莎学家、剧作家来进一步改编他们的英文剧本，推上各国的舞台——其中还有个中文的客家戏，名曰《背叛》，是我国台湾的彭镜禧和陈芳两位教授写的。

《卡丹纽》的故事充斥着欺骗、背叛和夺人之爱，但不同于那个也讲兄弟阋墙的名剧《哈姆雷特》，它的结局竟是和解；在十二个国家的各色改编中，和解的方式是五花八门。格林布莱特讲了戏剧中的和解在不同历史时期的遭遇，还特别提到《李尔王》演出史上的种种不同结局，这让我更有了勇气在发言时直言不讳：我们在为杭州越剧院写《忠言》剧本时，照顾了越剧老观众的心理，最后让李尔那唯一忠心的女儿考狄利娅活了下来。

讨论中有人表示惊讶——中国人到了21世纪还是这样要求戏剧的结局？但更多的人支持我们这样改。纽约大学盖勒腾学院的院长苏珊·沃福德（Susanne Wofford）说，莎剧已是全人类的共同财富，故事结尾谁死谁活事关"正义感"（sense of justice），这是每个社会都要面对的问题，戏剧人当然要考虑。她这个概念在西方学术著作中通常叫"诗的正义"（poetic justice），出自17世纪英国剧评家汤姆斯·莱默（Thomas Rymer），指的是艺术作品中的善人恶人各自得到报应，以鼓励现实生活中合乎道德的行为——这是自古希腊柏拉图、古罗马贺拉斯开始一脉相承的另一种主流文艺理论，idealism，既可以像我们的哲学教科书上那样译成"唯心主义"，也可以译成"理想主义"，主张艺术去模仿"应该如何"而不是"本来如何"的生活，这倒与东方传统的艺术观有点不谋而合。信奉这种"照亮"生活理论的人曾对莎士比亚的某些剧作有过严厉的批评。17世纪后期起的一百五十多年里，英国戏剧人不断地给《李尔王》改结局，甚至还演过连李尔都不死的彻底大团圆的《李尔王》。相比之下，我们的《忠言》还不算太"离谱"：年迈的李尔一开始就已经病危，没办法只好把国土分给女儿，退下来专心治病，反倒缓解了病情，但最后还是被两个坏女儿害死了。李尔的好女儿战胜了欲壑难填自相残杀的两个坏姐姐，但她和来自边陲部落的夫君根本无意争权为王，最后还是回到了青山绿水的"小国寡民"那里去。全剧的结尾是这样的：

李耳　　（颤巍巍走到所有晚辈面前，一个个看过来，唱）

　　　　治国责任重如山，

　　　　心力交瘁何以堪？

　　　　痛定思痛难上难，

　　　　如何鉴貌辨色将人心来看穿？

　　　　翱伯珂娣阿桑一二三，

　　　　疾风劲草国事重任你们来承担。

珂娣　　（唱）谢父王重信任不胜感慨，

　　　　但求你随我俩返乡把树栽。

阿桑　　（唱）小国寡民无大才，

　　　　　　　虽有甲胄远兵灾。

　　　　　　　安其居兮享其斋，

　　　　　　　鸡犬相闻不往来。

珂娣　　（唱）绿水青山多自在，

　　　　　　　父女同归莫徘徊。

李耳　　女儿呀，为父多想能跟你们去呀——（唱）

　　　　　　　看遍世态之凉炎，

　　　　　　　人生恶善地比天！

　　　　　　　都怪我眼睛只看谄媚脸，

　　　　　　　聋子耳听不进逆耳忠言。

　　　　　　　都怪我悟道太晚悔不及，

　　　　　　　只能用爱女忠言慰心田。（倒在珂娣怀里）

珂娣　　太医！求求你再施妙手回春之术，救救父王！

　　　　【众人下跪。

太医　　（给李耳掐人中、点穴均无效，下跪大哭）回天乏

　　　　术，吾王去矣！

　　　　我对不起吾王，对不起国邦！

倡优　　（对太医磕头）父亲，你尽力了！

　　　　请你留下来，辅佐新王翱伯。

翱伯　　吾国臣民，老王驾鹤仙去，本人不得不负起治国之

　　　　责任。先人给了我们人生的教训，后辈须抚陈迹而

　　　　时时谨遵：擦亮眼睛，兼听则明，忠言逆耳，良药

治病，善奖恶惩，为国尽忠——

《忠言》并未动用任何鬼神的力量，就实现了一种十分中国式的
"诗的正义"；《人鬼情未了》则必须借助于鬼魂，但剧中的鬼又和生活
中常见的算命人"灵媒"紧紧连在一起，显得很真实——当然，这是
一种在现实生活中不可能实现的"诗的真实"。善恶有报的故事在百
老汇音乐剧中并不鲜见——早期美国音乐剧的大名就叫"音乐喜剧"
（musical comedy），大多数也确是喜剧。出自美国的经典音乐剧如《俄
克拉荷马》《国王与我》《红男绿女》《摩登蜜莉》等都以令人解颐的和
解结尾，只有那个改编自《罗密欧与朱丽叶》的《西区故事》是悲剧。
这些戏多半还是相当写实的，但生活中难免也有导致悲剧的激烈冲突，
写实的喜剧往往只能避开它们；长此以往，就会让人觉得舞台上的和
解与正义来得过于容易和廉价——这就是大学教授们多半对之不屑的
原因之一。《人鬼情未了》的独到之处在于，它其实也是一种"直面戏
剧"，毫不回避生活中的罪恶和残酷；但它在直面现实冲突的同时，又
巧妙地用"诗的真实"放大了生活中的"灵媒"现象，实现了舞台上
的"诗的正义"，最大程度地满足了观剧大众的审美心理，使得演绎这
个故事的电影、音乐剧都成为既叫好又叫座的典范。

"灵媒"不是迷信吗？在生活中可能是，在舞台上就可以是诗——
如果艺术家营造出了足够的诗意，就像梁祝的"化蝶"，就像窦娥唤来
的"六月雪"。在拥有无数这类诗意传说的中华文化中，为什么很少看
到《人鬼情未了》这样的反映现代"诗的正义"的佳作呢？很多人过
于狭窄地学了西方文艺理论，过于强调中西文化的对立，而且一看到

有些不同就忙不迭地弃旧图新，弃中图洋。殊不知，中外历史上都有至少两大类艺术，那些愤世嫉俗的艺术家固然有充分的理由如实甚至加倍地"揭黑"——揭露展现生活中的黑暗和残酷；而矢志于用"照亮"生活的艺术创作来争取"诗的正义"也是有道理的，也应该得到鼓励，因为最大多数的人民群众需要，因为诗的正义甚至还有可能引导出生活的正义。谁说今天在舞台上放光的诗就一定不会成为明天的现实？

两种视角:"写真"与"秀假"

　　古往今来，戏剧家几乎都把"真实"视为戏剧最重要的优点甚或是标准，从亚里士多德的"摹仿"说到莎士比亚的"镜子"说，再到易卜生、契诃夫、斯坦尼斯拉夫斯基的现实主义理念，甚至还包括反现实主义的阿尔托"残酷戏剧"和格洛托夫斯基的"圣洁演员"说，莫不如此；不同之处只在于，有的强调外部世界的真实，有的注重内心世界的真实。中外戏剧史上的经典剧作，从《俄狄浦斯王》到《哈姆雷特》，从《玩偶之家》到《推销员之死》，从《窦娥冤》《十五贯》到《蝴蝶君》，最常见的一个编剧套路就是一步步戳穿层层假象、最后揭露出深藏的真相。长演的类型戏剧中如阿加莎·克里斯蒂的《捕鼠器》等层出不穷的侦探悬疑剧就更不用说了。只有布莱希特惊世骇俗地尖锐地指出，舞台上的故事其实并不真实，一切的"写真"都是刻意编出来的；而且，他理想中最好的戏剧就不应该让人误以为台上讲的故事是真的；但是，他提倡"叙事体戏剧"的最终目的，还是为了让观众能够更加真实地认识人生，并进而改变人生。

　　法国人让·日奈走得更远。这个另类作家从小被错抓入狱，坐牢时搞起了创作，后来被萨特等大知识分子联名保了出来，但他一点也不感恩；对他来说"惊世骇俗"早已经是生活的常态，既不"惊"，也不"骇"。他和所有的知名戏剧家都不一样，在戏剧史上第一个公开提出了一个完全相反的观点：去他的"真实"吧，不仅舞台上的戏剧是假的，就是人生也全是假的！我就是要通过我写的戏剧，来让大家看看清楚人生的"假"！萨特在为日奈的剧本写的序言中说："是人造、冒牌、作假这些成分把日奈吸引到戏剧中来的。他之所以成为剧作家就是因为戏剧之假是最显豁也是最迷人的。"[1]

有趣的是，在萨特发现日奈那个前无古人的"秀假"戏剧观几百年前，在中国被认为是最现实主义、最真实地描摹了中国社会的小说家曹雪芹早就提出了他"秀假"的小说观。《红楼梦》的主要人物群体贾府一家都姓"贾"，作家还怕读者看不出其谐音之意，第一回就引出了一个反衬人物"甄"士隐，以"甄""贾"相对来点题，还特意让这位甄士隐（"真事隐"）读出为全书提纲挈领的"太虚幻境"牌坊上的对联："假作真时真亦假，无为有时有还无"。

这两位公然标榜"假"字的大作家，不但用他们的奇特作品极其真实地反映了事实上"假"无处不在的人类社会，而且描摹并预示了越来越多的人对生活中绝无可能彻底根除的"假"所采取的一种人生策略：将计就计，以假对假——Measure for Measure。*Measure for Measure*是莎士比亚的一个名剧，这个剧名很难翻译——我见过的译名就包括《量罪记》《一报还一报》《请君入瓮》《将心比心》等；我把它译成《将计就计》，莎士比亚其实还是在讽刺虚伪、揭露真相。而曹

---

[1]　见Jean Genet, *The Maids and Deathwatch*, New York: Grove Press, 1961, p.8.

雪芹和日奈这两位作家更感兴趣的其实是人生的游戏——你假我也假，似无伤大雅。当然他们笔下的游戏也很不一样，《红楼梦》里的游戏几乎无时无处不在，大户人家精致的礼仪、格律韵脚严整的诗词，以及各色各样的隐语及谎言使得整个大观园就像一个永不谢幕的戏台——难怪一位较早描述中国文化的西方人明恩溥会在一本名为《中国人的气质》书中指出："中国人是个具有强烈演戏本能的民族"，他这本书得到了鲁迅的大力推荐。鲁迅自己创造的那个被很多人认为代表了中国人民族性的阿Q也是一个例证，论地位这个穷光蛋连《红楼梦》里的焦大都不如，但他竟也总是活在"戏文"的梦想世界里，直到临死前还要对着涌来刑场看他掉脑袋的观众明星般地大声唱上一句——"我手执钢鞭将你打！"一心要为他的一生画上一个"圆满"的句号。相比之下，日奈剧中的角色所做的游戏有着甚为明确的时间和空间的框架，更像必须遵守严格的开幕闭幕规则的现代戏剧——而三百多年前的《红楼梦》里的游戏更像是融合了艺术与天籁的音乐。同样是生活中的游戏，在《红楼梦》里因为边界模糊，人们常常视而不见，或者心照不宣——绝大多数中国人并不知道我们原来"是个具有强烈演戏本能的民族"，要被因为"陌生化效果"而"旁观者清"的西方人点穿以后才会意识到这一点；而日奈戏中的游戏从头开始就是毫不掩饰地以假对假、以毒攻毒。这听起来好像是一种不负责任、甚至反社会的人生态度，但是，如果把它放在人类社会和戏剧的历史背景中来看，就能看出其特别的意义。不妨以日奈的《女仆》为例来做一分析。

《女仆》集中探讨的是主仆关系。主仆关系是古今中外文学作品中最常见的阶级关系，舞台上尤其多；因为舞台要求人物集中，较易于展现同处于一个屋檐下的两个阶级。虽然社会上更大量存在的对立阶级是佃农和地主、工人和老板，但他们在日常生活中距离比较远，不容易编织到要求集中的戏剧情节里。所以，在古典戏剧中可以看到很多主人身边的仆人角色，却几乎从来看不到农夫或工匠；从18世纪启蒙运动起仆人甚至可以升为主角、胜过主人，例如博马舍的《费加罗的婚礼》和哥尔多尼的《一仆二主》。从19世纪开始才有了工人当主角的戏，如霍普特曼关于工人反抗工厂主的群戏《织工》，但远不如易卜生聚焦主仆关系的《群鬼》有名，演出也少得多。曹禺受《群鬼》启发写《雷雨》时，想放进一个当时左翼提倡的劳工形象，就把周朴园面临的劳资冲突和主仆纠葛结合到一起，把他手下的工人鲁大海和儿子周萍设计成同母异父的兄弟，但劳资关系这条线的戏明显比家庭戏弱得多。这不仅是因为曹禺本人不熟悉工人，还因为老板周朴园和矿工鲁大海在现实中极少有见面的机会，要给初次见面的两个人物写戏，自然很难写到像两个相互熟悉的人物——如周朴园和鲁妈、周萍周冲和四凤那样深入；如果鲁大海是在周公馆干活的车夫、园丁之类，他的戏就好写了，但那样一来他就不能代表矿工的群体了。在最早的中国歌剧和后来的舞剧《白毛女》里，佃农杨白劳和地主黄世仁的冲突只能是副线，杨卖给黄抵债做奴仆的闺女喜儿跟东家黄世仁的冲突才是最主要的戏。在中国传统戏曲中仆人几乎全是配角（只有一个《红娘》例外，那是为演花旦的名演员而改的），话剧电影中以前常见的主仆关系多是硬碰硬的阶级斗争，鼓动受压迫者直截了当用暴力革命打倒，甚至杀死主人。在与《白毛女》同为"革命样板戏"的现代芭蕾舞剧《红色娘子军》（改编自同名电影）里，南霸天和吴清华（电影原名吴琼花，更像仆人的名字）一开始也是主仆关系，吴也是逃脱了主人的魔爪，后来参加了红色娘子军，也是最终击毙了不共戴天的前主人。西方名剧中很少有这样黑白分明的主仆戏，剧中可能也会死人，但往往不是因为不共戴天的阶级斗争，反而是因为他们想要走到一起而遇到了障碍。斯特林堡名剧《朱丽小姐》的结局告诉人们，主仆关系是如此难以变更，他们也许可以水乳交融于一时，仆人甚至会骑到女主人的身上，但最后还是只能在回家的老爷面前低头哈腰做奴才。美国19世纪最畅销小说《汤姆大叔的小屋》曾被无数次搬上舞台，成为那个世纪全世界最火的"畅销剧"，其主人公是一个白人奴隶主眼中的"理想奴仆"。1907年中国最早的话剧《黑奴吁天录》就是接续了那本小说的余绪，但中国改编者看中的是书中其他黑人的反抗压迫，因而淡化了汤姆的逆来顺受——他的这个性格在60年代的民权运动中被不少激进的黑人领袖当成了奴隶性而痛加批判，以致把"汤姆大叔"变成了贬义词。现在多数中国人对《白毛女》《红色娘子军》里那样你死我活的阶级斗争兴趣不太大了，但也难以接受《朱丽小姐》《汤姆大叔》中的仆人逆来顺受永做奴仆的形象。不同于那两种剧所反映的两个极端，日奈的《女仆》和他后来的《阳台》一样，用调侃的态度提供了一种全新的思路——折衷于暴力革命和低头顺从之间的游戏态度，以及试图和平取代的权宜之策。

《女仆》中的两姐妹完全没有用暴力革命取代主人的想法——这对她们是不可能的，她们仿佛是被"封闭"在了女主人的家里，没有任何外部的联系，直到后来明知灾难马上就要降临，也完全没有考虑过想办法出逃；但她们又不像所有主人的"理想奴仆"汤姆大叔那样安于终日为仆，所以想出了一个轮流穿上女主人的衣服扮演一下她的游戏，来给自己暂时的心理满足。用扮演游戏的方法来短暂地实现生活中不能真正永久实现的愿望，是日奈五个剧本一以贯之的母题：《女仆》是其中较早、规模较小的一个，完全没有触及后来的《阳台》和《黑人》里触及的"革命"和"复仇"那样的宏大主题，这个独幕剧的场景全部限定在巴黎的一个公寓里，人物只有一主二仆三个人——刚好与《朱丽小姐》巧合，情节极为集中。事实上这三个女性角色的戏里还有着相当微妙的同性恋母题，但我们的视角聚焦于剧中最为突出的主仆关系。

我们的新编京剧《红楼佚梦》（上海戏剧学院戏曲学院，2012年）把《女仆》里的主仆关系嫁接到了《红楼梦》的三个著名女性身上——王熙凤、尤二姐、尤三姐。这三个人物都曾在京剧的红楼戏中出现过，但《红楼佚梦》的剧情完全不同于以前的红楼戏，在小说里也找不到那样的故事，可以说是一个"续集"。之所以会想到做一个这样大幅度的跨国嫁接，既因为《红楼梦》中有着大量错综复杂的主仆关系的故事——都不像用来诠释阶级斗争理论的《白毛女》和《红色娘子军》那样黑白分明；更因为曹雪芹的真假观与日奈如此精准地不谋而合——假作真时真亦假。

大观园里的不少女仆都在做着"变成女主人"的梦——虽然其必经之路是先要做妾，但这条路上毕竟还是有着"白毛女"喜儿和吴清华不可能有的"梦幻空间"。平儿就是这样一个成功的例子，她先从王熙凤的陪房丫鬟变成贾琏的通房丫鬟，后又升为贾琏之妾兼丫鬟；在高鹗续的后四十回里，还在王熙凤死后被扶正了，终于修成正果。严格说尤二姐并不是仆人，她因为是个外来的妾而遭到王熙凤的特别嫉恨，地位甚至比平儿这个先前的奴仆还要低。所以我们的京剧给凤姐设计了一个临死前回光返照做的梦，让尤二姐以仆人的身份出现来伺候她；而尤二姐生前最大的梦想就是取代王熙凤——她的这个愿望要比平儿更强烈得多，同时恰恰又与《女仆》中的扮演游戏异曲同工。

《红楼梦》里的丫鬟们每天都在打理女主人的服饰，还要帮女主人梳妆打扮，自然对她的服装十分熟悉，也很容易会钦羡、摹仿主人，若有机会让她们自己学应该特别容易。然而，中国古代社会又是按"君君臣臣父父子子"的严格规范建立的等级制度，任何人不许随便违反僭越。所以丫鬟们只能在头脑中做做白日梦，并不敢真的偷出女主人的衣裳妆扮起来，大观园里丫鬟的地位和环境也决定了她们没有一点可以关起门来自己玩的私密空间。这就是《红楼梦》跟《女仆》很大的不同，所以我们写的《红楼佚梦》不能是写实的场景展现，而只是大观园破败后王熙凤临死前做的梦——她因为被众人认为害死了尤二姐，最怕的是死后那冤鬼会来勾她的命，一心要在断气前看到尤二姐自己指认死因，为凤姐撇清罪名。这样一个梦的设计也可以为导演和演员打开极大的艺术想象和技巧展示的空间。与生活中的等级社会相对应，戏曲舞台上所有角色也都被分成不同的行当，各有各的规定程式动作——放大和美化了各类社会角色的日常生活动作，相互间的区别十分严格，演员不能随意跨越。女主人和女仆的角色分属不同的行当，按日奈的剧情让女仆做游戏扮演女主人，意味着一定要跨越行当，而且要在台上当场跳进跳出，这对传统戏曲演员是个很大的挑战，也会凸显出戏中戏的扮演之

"假"——绝不是间谍、卧底那样的社会表演所必需的天衣无缝、万无一失。戏曲写意夸张的艺术特色恰好歪打正着，可以相当"忠实"地体现日奈的故事及其揭示的社会真相：设身处地的假扮游戏或许可以缓解被压迫者的痛苦，但假扮远不可能是真的取而代之。

自从日奈被马丁·艾思林在《荒诞派戏剧》一书中和贝克特、尤涅斯库、阿达莫夫归为一类以后，"荒诞派"常常成了日奈戏剧的标签，其实这个归类并不准确。日奈的全部五个剧本和《等待戈多》《终局》《秃头歌女》等都很不一样，一点也不荒诞，他的剧情逻辑极其严密，悬念十分强烈，语言也足够理性。把他和皮兰德娄、布莱希特、迪伦马特三人归为一类还更恰当，这四位剧作家都发明了独特的叙事策略及剧场手段来体现其独特的哲学思想。就理念而言，皮兰德娄、迪伦马特和日奈都对他们剧中人物之"假"表示了前人作品中很少看到的同情和背书——《六个寻找作者的剧中人》里的演员和《物理学家》里装疯的科学家甚至比谁都更"真"。就形式而言，日奈和布莱希特都对面具有着特别的兴趣，《四川好人》里沈黛戴上面具扮演表哥隋达和日奈剧中角色的诸多扮演游戏很有异曲同工之趣——尽管布莱希特强调的是社会的压力而日奈突出的是个人的选择。他们也都喜欢中国戏曲中超现实的韵味，这方面众所周知的布莱希特就不用说了，日奈曾于1955年在巴黎看了一场京剧，包括《秋江》《大闹天宫》和《三岔口》，以后他在笔记和书信中多次提到对它们的深刻印象。[1] 他特别对《三岔口》在大白

---

[1]　见 Leonard C. Pronko, *Theatre East and West*, Berkeley: University of California Press, 1967, p.65.

光下纯以表演来展示黑夜的手法印象深刻，那之后写的三个戏都受到影响。虽然《女仆》是在那之前写的（1946年），但他对"假戏剧"的理念是一贯的，在看到京剧之前他就曾经写道：

> 和我所听说的日本、中国和巴厘的娱乐形式以及那些在我脑子里也许是膨胀了的想法相比，西方戏剧的公式简直是太粗陋了。人们只能梦想这样一种深刻的艺术：它所孕育的活跃的符号不必说话就能向观众传达一切。[1]

为了让《女仆》在形式上也显得更假，他竟要求导演用男演员来符号化地扮演剧中的三个女角色——就像他"所听说过的"京剧一样。把日奈的"秀假戏剧"观和布莱希特的"陌生化效果"理论，以及中国戏曲的"虚戈做戏"放在一起来看，各自的出发点完全不同，却竟然殊途同归，在程式化的剧场性这一点上碰到了一起。日奈最喜欢的是戏剧从内容到形式全面反映出来的人生之"假"，布莱希特强调的是刺激观众采取行动以改变人生的舞台之"假"，而戏曲中最突出的是作为艺术程式的行当化扮演的非写实性。这三种理念刚好都可以在戏曲的舞台上得到呈现，由不同的观众"各觑所需"。

《女仆》并不是《等待戈多》和《秃头歌女》那样的荒诞剧，最关键的原因是，日奈并不喜欢荒诞剧最典型的循环结构——在那样的模式中角色的扮演游戏应该无休无止地延续下去，但日奈的五个剧本中

---

[1]　转引自 Robert Brustein, *The Theatre of Revolt*, Boston: Little Brown, 1964, p.378.

没有一个是那样结构、结尾的。可以说，仅就叙事结构而言，日奈还是不能"免俗"——他总是忍不住要用亚里士多德式的"结"与"解"来推进戏剧行动，最后还要把剧情推向高潮，来个极其强烈的"突转"与"发现"。对我们来说，这正好完全合乎戏曲观众的期待，而且最重要的是，日奈对于人生之假的理念，最突出地体现在这个关乎生与死的真或假的动作之中——在这个既极传统又极先锋的"突转"中，克莱尔穿上女主人最漂亮的衣服，喝下了那杯本来是给女主人做的毒茶。她"发现"了什么呢？观众又"发现"了什么？死去的是女仆自己还是女主人？毒死她的又是谁呢？是克莱尔把女主人毒死了？还是她变成女主人以后服毒自杀？也许这个问题曹雪芹最有资格来做抢答——假作真时真亦假，这时候克莱尔已经不可能弄清自己所谓的"真实"身份了。

我们的《红楼佚梦》是这样结尾的：

【凤姐拒绝二姐、三姐送上的茶，下。

二姐　　（绝望地看着那杯毒茶，走向衣柜，挑出凤姐最漂亮的华服，认认真真穿上，唱）

花为内里无人惜，

雪为肌肤哪堪口啐脚踩泼污泥。

一辈子锦衣华服不过是做戏，

二十载朱门为奴命中注定难脱离！

（慢慢走向那个茶杯，轻轻抚摸）

香茗浓浓奶奶吃喝要好生打理，

氤氤清清芳香四溢闻得心旷神怡。

【三姐上，正看到二姐端起茶杯欲喝，急忙上前阻止。

三姐　　饮不得，二姐！

二姐　　（用太太的威严命令道）放肆！小奴才，忘了你的身份！

三姐　　不！这茶里有……

二姐　　（用凤姐的威严命令道）放肆！还不给我滚！

【三姐悲伤下，二姐唱出最后的感慨。

二姐　　老爷说爱上了我这淑女，

　　　　奶奶她忒体贴好得出奇。

　　　　笑眯眯将奴家请进府邸，

　　　　懵懂懂全不知女人心机！

　　　　未数日爱巢变伤心之地，

　　　　甫开口便遭人反唇相讥。

　　　　多亏有三妹来陪我游戏，

　　　　扮凤姐二人转将心病医。

　　　　谁道咱天生就只配受气？

　　　　做奶奶我比她岂止不低！

　　　　锦绣衣上我身方显映丽，

　　　　谁说像可怜虫折翅雏鸡！

　　　　爹娘生我花为内里，

　　　　老天佑我雪为肤肌。

　　　　命中应一辈子锦衣华饰，

　　　　笃悠悠向归途莲步轻移，

笃悠悠向归途莲步轻移……

【鸟飞到二姐手上，二姐逗鸟，然后优雅地端起茶杯，给鸟喝一点，再自己从容喝下。

我们的这个克莱尔/尤二姐肯定是自以为变成女主人以后服毒自杀的，这一点比《女仆》更清楚。因为《红楼梦》太有名了，在中华文化圈里几乎人人都知道尤二姐是自杀的，这个结局不好改变。问题只在她是被人逼迫着自杀的还是完全"自愿"地自杀的，被迫自杀必然会极其痛苦，自愿就可以心满意足——对这个难题，文学批评家尽可以用"开放"二字模糊作答；但对导演和演员来说，如何回答非常关键，必须明确。《红楼佚梦》的选择是后者。女主人王熙凤当然希望看到二姐"自愿"自杀——这个梦本来就是王熙凤做的，是她的内心世界的投射，在她看来，尤二姐为了能做假的王熙凤，就是真死也心甘情愿；给尤二姐找到这样的死因，她就可以安心瞑目了。这样的解读可能比原来的《女仆》简单了些，但是，对戏曲老观众来说，因为《女仆》里有真真假假的诸多层次，最好适当简化一些才能看明白。而对不熟悉戏曲的国际观众来说，因为戏曲彻底非写实的服装和化妆已经给人物又加了一层"假相"，就像日奈要求用男演员来演女角色的是一样的效果；而且他们既然不熟悉尤二姐这个人物，也就未必会认定她这是自杀。正因为日奈和曹雪芹笔下的人物都真真假假，所以，观众怎么看这个嫁接起来的戏里的人物及其内心行动，只怕不是剧作家可以完全预设的了。

《红楼佚梦》表面上是把《女仆》的故事推到了古代，但这个新故事所能引起的联想却是后现代的。"假作真时真亦假"并不仅仅是古人的生活经验，更可以看作是曹雪芹和日奈无意中先后对我们所处的当今社会所做的一种天才的预测。问题是，看出了"假"又怎么样呢？今天的世界上，各种各样的机器模拟和真人扮演的"虚拟现实"层出不穷，人们每天介入的虚拟生活时间已经或者即将超过真实生活时间。应该如何看待生活的真与假？如何从虚拟现实中寻找真实的满足？戏曲创作还只能强调"写真"一条路子吗？如果也有一些"秀假"的戏曲会怎么样？生活中种种虚拟的满足更多的是像《女仆》那样戏剧性地悲剧收场呢，还是像《等待戈多》一样无始无终地循环延续着？有没有可能使扮演游戏成为一种有效的戏剧陶冶手段？——这是不是意味着应该修改《红楼佚梦》的悲剧结局？或者把它做成一个开放式的论坛戏剧，让大家一起来实验各种不同的方法？

活用经典：红楼人物秀

一、喜剧？悲剧？

　　《红楼梦》也可以做成喜剧？还记得越剧电影《红楼梦》的人大概会觉得匪夷所思，"文革"结束后电影一开禁，那片子火遍全国，传说很多地方都有多少人看了十几遍，看一遍哭湿十几条手帕，可以算是影响最大的催泪戏。浙江艺术职业学院推出的《红楼人物秀》由四个系列短剧组成，其中也有悲的，如四个短剧中的头和尾：《紫菱絮》说的是迎春遭恶丈夫虐待的故事，《葬花吟》则将大家熟悉的黛玉、宝玉、宝钗的三角关系做了两个视角的展示——对宝钗来说也是个悲剧。但中间两出就有不少喜剧因素。《幽江梦》中，赵姨娘的身份介于夫人和下人之间，在舞台上是个俊扮的丑角形象，一开场牢骚满腹，很是搞笑；但随着女儿探春认生母情节的一步步推进，喜剧逐渐变成了含泪的正剧。《答宝玉》一出则是完全的喜剧，风格上和一般人印象中的《红楼梦》反差最大；从主题来看，似乎有点《春香闹学》的味道，但剧中八个小厮的"团体操"般的动作设计不但把"闹学"的气氛做得更足，更重要的是折射出这些90后小演员身上的灵动之气，最容易和现在的年轻观众接通。在全部四个戏的总体布局中，把一个完的喜剧放在第三出，反衬出最后的《葬花吟》之悲，很像古希腊戏剧节的演出模式，悲剧三部曲的中间要夹一个羊人剧（喜剧），恰恰暗合了人类戏剧审美心理中某种共同的需求。

从这个角度来看，《笞宝玉》还可以更大胆更喜剧些——最好把原著中宝玉挨打的原因换掉。现在贾政生气打人是因为金钏之死，无论宝玉的真正责任多么小，父亲因为死了人而责打儿子，不能说是专制的表现，反倒显得他体恤下人。一个人的生命毕竟不应该是玩笑的由头，本来应该是很可爱的孩子们在死了人之后还玩得那么开心，形象和喜剧效果都难免受到影响。其实，今天的观众对喜剧的需求越来越大，而舞台上却极难看到大型喜剧。《红楼人物秀》这个悲喜交集的剧目总体上还是以正剧、悲剧为主调；如果从观众的角度考虑，也许可以尝试一下用刘姥姥来串起四个小戏？如果让她闯进大观园来当个游园的"主持人"，一定更能发挥喜剧效用，甚至可以在幕间引起观众互动。

二、空舞台

近年来戏曲舞台饱受话剧式厚重舞美之累，有些名牌导演往往喜欢借重眼花缭乱的大舞美，喜欢靠平台斜坡、声光电化来先"色"夺人。《红楼人物秀》的总导演之一杨小青也是这一级别的大导演，但她却别出蹊径，用了一个基本上全空的舞台来呈现这四个戏，给予演员最大的平面空间来展示舞技、表达情感。在这里，舞台美术的主要功能不是营造规定情境，甚至也未必需要暗示故事的环境；而只是为演员提供一个能让他们最大限度发挥演技的基本中性的平台。《紫菱絮》只在台中央放了一把太师椅作为支点，既可以指代迎春的婚床，又成了她后来遭丈夫毒打的"砧板"。《幽江梦》里换了一棵树和一块大石头做支点。《答宝玉》干脆不用任何支点，代之以八个小厮的集体动作。《葬花吟》也是一个空舞台，但在地上撒了很多字纸——在我看来这却是多余的。满台的纸给演员的舞蹈埋下了滑倒的隐患，无形中限制了演员的表演。而且，这又是走到了"营造规定情境"的话剧舞美的路子上去了，仿佛演员的载歌载舞还不足以在观众的头脑中造成"焚稿"的印象。如果诗稿一定要用实物来展现，那么烧纸的火怎么办？

三、教学范式

《红楼人物秀》最大的成就还不是在现在的这四个小戏本身，这些戏还可以进一步加工提高，然而远更重要的是，它们已经成功地预示了一个极其适合戏曲院校采用的新的教学范式——以文学经典为依托，创作大批系列折子戏。这个范式和传统的"学折子戏"不完全一样——以前的"学戏"只是一招一式地模仿老师，而《红楼人物秀》的起点却是创作；但这一范式也不同于以排演经典或原创大戏为终极目标的话剧表演系的方法。近年来戏曲院校似乎也变得热衷于"排大戏"，舍弃了戏曲编演、教学多以折子戏为主的传统；从教学方法上看那是盲目地学习西方来的话剧教育方法，更主要的原因在于政府主导的演艺市场以及评奖方法越来越罢黜折子、独尊大戏。事实上对于学生来说，折子戏更为重要得多。因为让他们演大戏的主角可能还早了些，而跑龙套的大多数又难以学到本领。因此，老式科班以折子戏为教材，是便于因材施教的好办法；然而一直只教老的折子戏又难免导致因循守旧，学生学不到创造新角色的方法。创作新的折子戏似乎可以解决这个问题，但要弄好一个都谈何容易？

时任浙艺戏剧系主任支涛（现在她是浙艺的副院长）在和杨小青联合担任总导演的过程中，发明了一个一箭双雕的绝妙办法：一个折子戏不好弄，干脆弄一组！从文学经典中寻找人物，做一组系列剧，反而比追求所谓"原创大戏"（"精品工程"的要求）更容易些。演员不擅创作，就请中国戏曲学院戏文系的老师指导学生来"打本子"——正好给了那些写了很多案头剧找不到出路的学生极其珍惜的演出机会。学编剧的学生也一直遇到一个和学表演的学生类似的问题：写大戏没有那么多剧团来演，写小戏又会被当今的演出市场排斥。而依托经典的系列剧则可分可合，既可以作为折子戏分给多个、多组学生来写、来演，又可以在时机成熟的时候合起来作为"大戏"推向市场。

《红楼梦》对于以越剧为主的浙江艺术职业学院戏剧系来说，显然是文学经典中最合适的一个。而这个教学范式对于其他的戏曲院校也完全适用，别的学校的不同的剧种就可以选择其他的作品，《三国》《水浒》《聊斋》《儒林外史》都可以为戏曲系列剧提供很好的文学基础。这些名著中的不少故事已经有了多种舞台版，但我们完全可以根据当今的需要来重新选择故事，重新创作。如果浙艺在这条路上继续走下去，一边修改提高，一边创作新的作品，几年之内可以积累起一系列的既能用作教材、又能对外演出的剧目，与此同时，还可能创造出与之配套的表演程式来。这是专业剧团都很难做到的。

四、演出范式

我还希望，这个教学范式对目前流行的演出市场也能产生影响。戏曲界有一个重要的传统演出模式，就是以折子戏为主，现在早已被大戏一统天下的局面所取代，近年来"大戏"的概念变得越来越"大"，场面要大，投资要大，最好主人公的名气也要越大越好，都想做成搏奖的大戏。那多是些做给领导、评委看的戏，基本上不考虑买散票的普通观众，大多是经过无数次专家研讨，最后弄成四平八稳、面面俱到，但很难让人激动兴奋起来的正剧故事。如果要戏曲回到以折子戏为主的模式，看来不大现实；现在有了《红楼人物秀》这个系列折子戏的新范式，可能就大得多了——因为还是可以作为"大戏"来营销，但其中的具体剧目并不需要定死。

这个范式一旦移植到演艺市场上，将会形成一个可持续发展的模式，而且能有纵和横两个方面的发展。纵向的发展是人物、剧目的不断增加，假以时日，一部文学经典衍生出几十甚至上百个折子戏并不是不可能的；当然，随着时间的推移，也会有许多会被淘汰掉，那些保存下来的就会成为经典剧目。横向的发展就是让各个剧种相互移植。这也是以前戏曲的一个好传统，但是被一味鼓励"原创"的评奖规则压下去了。

《红楼人物秀》开了个很好的头，不仅为浙艺越剧班的老师和学生，也为各地戏曲院校的师生们，更为全国的戏曲剧团和戏曲观众们。大观园已经打开了，让我们看看更多的人物、更多的秀吧。

重读经典：两个汤显祖

上海昆剧团把很少有全剧演出的汤剧《紫钗记》整体搬上舞台，让大家看到了一个与传统印象大异其趣的汤显祖。多年来，因为《牡丹亭》的极高知名度、极频繁的演出，也因为他那句了不起的名言，"情不知所起，一往而深，生者可以死，死可以生"，汤显祖成了浪漫主义的最佳代表，在很多人心目中好像也只能代表浪漫主义。现在，《紫钗记》为我们呈现了一个"梦"的味道很少、而人间烟火气十足的另一个汤显祖。

《牡丹亭》可以说是中国戏曲中最优秀的剧本，近年来在国际上也声誉日隆，但如果人们因为《牡丹亭》人人说好，就以为中国古代女子全都像剧中的杜丽娘那样苦恼，出嫁前只能见到父亲（杜宝）和教师（陈最良）两个老男人，只有做梦才能遇到从未见过的白马王子，那就太可怕了。《紫钗记》给观众呈现了一个完全不同的古代中国：霍小玉也是个富家千金——汤显祖特意替唐人小说和自己的旧作《紫箫记》中的娼妓霍小玉改了身份，让这位好人家的小姐也可以在元宵节走上熙熙攘攘的大街去观灯，和萍水相逢的公子李益当面交谈——这又是一处重要的改动，原来的故事中他们是经人撮合的，现在则几乎成了自由恋爱，也没有父母来横加干涉，二人欢喜成婚，比喜剧《西厢记》里的张生和崔莺莺还要轻松得多。

不但霍小玉和李益的结合十分顺利，李益婚后赴京考上状元后，也丝毫没有变心，他比《琵琶记》里的蔡伯喈硬气得多，坚决顶住了卢太尉招婿的命令，哪怕要被贬去边关。就是到了边关以后，他还是没有受到什么特别的挫折，胜利完成任务。麻烦是在胜利以后，卢太尉这才强行要招李益为婿，两位主人公这才遇到最大的危机，不过还是有惊无险，因为有个来路不明的黄衫客从旁相助，霍小玉担心的一切全是误会，结局还是皆大欢喜。

如果说《紫钗记》反映的也是中国古代女子的真实生活，那她们岂不是相当幸福，根本不需要像杜丽娘那样去死死生生？其实只有把这两个剧合起来，才能让人大致看到中国古代社会的全貌。以前我们总是一心一意到古典文艺中去寻找反封建的"主旋律"，所以一定要把杜宝和陈最良两个老男人当成封建社会主流的代表，杜丽娘和那个"闹学"的春香俨然成了反封建的好榜样；现在各地兴起了国学热，特别强调传统文化的价值，在这个背景下，《紫钗记》也许倒是个更合适的"教材"。《紫钗记》一开场就是出一派喜庆的气象，各色灯彩表演为霍小玉和李益的相遇造足了气氛；二人一见钟情，心心相印又落落大方地调情、相约。黎安与沈昳丽的表演十分出彩，在看惯了他俩的柳梦梅、杜丽娘以后，更觉分外清新可喜。李益后来被派到边关，这就给了小生黎安一个难得的充分展现阳刚之气的机会。黎安本来身有武功，但在传统的小生戏里很难有用"武"之地，李益这个被迫去当将军的状元角色终于让他过了把武将瘾——要是能有再多些开打就更好了。黎安的才能在《紫钗记》中得以全面施展，从开头拾钗寄情的风流书生，到镇守边关的英武将军，最后是听到妻子嫁人后内心激烈冲突的成熟男人，一步步展现出角色的各个侧面。

相比之下，女主角沈昳丽好像没有黎安这么幸运，她的表演也很到位，但霍小玉这一角色的多面性不如李益，临近结尾时病中相思一场是她的重头戏，但这样的戏一方面比较常见，另一方面由于观众全都知道李益对她的真情，误会很快就会解开，因而显得有点小题大做。看到这里我突发奇想，如果更大胆地干脆把《紫钗记》当作喜剧来处理，把开头紫钗定情时展现的基调一直贯穿下来，把霍小玉改为一个敢于嬉笑怒骂的喜剧性格，全剧就会更有特色，也更有意思。

《牡丹亭》讲的是一个"情"字，《紫钗记》讲的也是"情"，这一点并无不同。但汤显祖写《牡丹亭》的时候是带着对社会的极度愤懑，而之前写《紫钗记》时心情显然要乐观得多。巧得很，和他同时代的莎士比亚也是先写喜剧，后写悲剧。《牡丹亭》把杜丽娘和柳梦梅的情放在极端压抑的社会环境中来表现，而《紫钗记》的社会环境却并不是那么压抑，与《牡丹亭》相比甚至可以说是相当宽松，卢太尉的"恶行"一点也算不上严重，被黄衫客轻松搞定，而且全是暗场处理。这一来李益与霍小玉的互相思念就只能各自"正面"表现，而"正面"表现情比在严重的冲突中表现要困难得多。这大概也就是《紫钗记》的演出比《牡丹亭》少得多的原因之一吧。还有一个原因就是，不少精英人士习惯了看低喜剧的价值，总觉得喜剧档次要低一点，所以《紫钗记》也没有被明确定位为喜剧。其实《紫钗记》的喜剧性故事非常有价值，不如干脆在风格上就把它定成喜剧，把它排得更阳光，更有趣；而更重要的是，最好让《紫钗记》和《牡丹亭》结对一同去巡演，让大家看到一个更完整的汤显祖。

第四章

中国与世界

《牡丹亭》是1930年梅兰芳访美后引起西方戏剧界高度关注的又一个戏曲事件，这次不是一个演员的演出，而是一个剧本带动的一系列演出和研究。汤显祖的《牡丹亭》让全世界看到，中国戏曲不仅演技无与伦比，文学上也有着惊人的独特魅力。20世纪末以来，国际上各种《牡丹亭》演出层出不穷，还有西方人制作的版本。2016年莎士比亚和汤显祖两大剧作家逝世四百周年的纪念活动让国际上对汤显祖和戏曲的认识达到了高潮。戏曲是我们中国土生土长的艺术形式，我们需要在意外国人怎么看吗？其实"戏曲"一词与西方还真有点难解难分，这个中文词以前的意思就和现在不一样，是在国人接触了西方戏剧并引进中国以后，才有了现在这个与话剧相对的"戏曲"的定义。一百多年来，戏曲人既抵制了极端西化派取消戏曲的主张，也从西方戏剧中学来了很多好东西。近年来还出现了另一方向的交流，戏曲开始更多地走出去，也吸引了越来越多的外国人来中国学戏曲。我们怎么来更好地开展多样的文化交流？怎么让跨文化的戏剧交流为习近平总书记倡导的"人类命运共同体"的建设作出贡献？

"国剧运动"与爱尔兰

　　这里的"国剧"二字并不是指京剧，甚至也不是指戏曲，而是九十多年前的一个新名词，指的是一种并没能真正成形的关于中国戏剧的理想。自1919年"五四"运动大力引进源自欧美的新文化以后，中国的文学艺术发生了脱胎换骨的变化；在主要的三种传统文艺样式：小说、诗歌、戏剧中，戏剧受到的冲击最大。小说在"五四"之前已然出现了不少程度不等的白话文本，形式上新旧小说之间的差异并不是那么尖锐，过渡或融合也就相对容易。古典格律诗词和自由体新诗的差异巨大，难以平缓过渡或融合，颇有点类似旧剧与新剧之间的对峙；但诗歌属于主要由文人欣赏的精英文艺，新诗的革命尚未影响到太多的老百姓。而戏剧就不同了，那是当时影响最大的大众传媒，识字不识字的老百姓都爱看；而且，不像可以独自欣赏的诗歌和小说，戏剧演出必须让很多观众同时接受，因此，要把旧剧改成新剧，比旧体诗改新诗难得多。刚好《新青年》宣传的"易卜生主义"出自欧洲的"现代戏剧之父"，被批判的旧文化中和老百姓关系最大的又是戏曲。所以，新文化人在抨击旧剧上着力最重，他们要用话剧取代"封建遗形物"的主张虽未实现，但近百年的角力没有断过，可谓步步惊心；他们虽没能占据中国大部分的戏剧舞台，但是一直掌握着戏剧讲台的话语权。现在回过头去看看一百年前那个"文化革命"的风潮，好像很难相信，那些那么博学睿智的新文化人，竟然会那么头脑发热，那么短视地相信了机械的、线性的"文学进化论""文化进化论"。

　　不过，中国这么大，新文化人毕竟还不是铁板一块，"五四"的热潮刚过去没多久，很多文艺青年怀揣着求取真经的渴望，踏上了去欧美留学的旅途。余上沅、赵太侔、闻一多等人在美国求学的过程中，对西方戏剧的多元发展有了比较全面的了解——那里除了易卜生的写实社会问题剧，还有象征主义、表现主义等各种先锋流派；远离了国内新旧之争的文化与政治的漩涡，他们对祖国的传统戏剧和文化也有了新的认识。于是，还在国外的时候，他们就提出了一个国内的新文化人从未提过的口号——国剧运动。"所谓'国剧'"，梁实秋后来解释说，"不是我们现在所指的'京剧'或'皮黄戏'，也不是当时一般的话剧，他们想不完全撇开中国传统的戏曲，但要采纳西洋戏剧艺术手段。不只理论上的探讨，他们还希望能有一个'小剧院'来做实验"[1]。余上沅认为，中国现代戏剧应该兼取写实的西方戏剧和写意的传统戏曲之长，不一定要和西洋的写实戏剧相同，更不必把现代话剧运动等同于"易卜生运动"："中国人对于戏剧，根本上就要由中国人用中国材料去演给中国人看的中国戏。这样的戏剧，我们名之曰'国剧'"[2]。还在异国他乡他们就迫不及待地开始了创作演出的实验，推出了三四个

[1]　梁实秋："悼念余上沅"，《戏剧》（中央戏剧学院学报）1996年第3期，第12页。

[2]　余上沅编：《国剧运动》，新月书店1927年9月初版，第3—6页。

新编剧目——全都取材于国内新文化人不屑的古装"旧剧"！它们是《牛郎织女》（洪深编剧）、《长生殿》（余上沅编剧，闻一多英译为《此恨绵绵》）和《琵琶记》（余上沅和赵太侔导演）。这些都是精研西学的新文化人，在国内力推欧美的新剧，到了国外却专演中国的旧剧，反差何其巨大！须知余上沅在出国之前对"旧戏"是极为鄙视的："现行的旧戏本身，第一个问题就是它能否列为戏剧，有人牵强地认它为歌乐剧，然而歌乐剧和戏剧之间的差别，简直是不可以道里计。误认歌乐剧为戏剧的人，实有不小的罪过；况且旧戏还够不上歌乐剧呢。"[1]出国前后的态度有如天壤之别，为什么呢？

在"国剧运动"这个口号的背后，还有个一般人不容易想到的原因：一心去学西方的留美学人竟在西方国家的主流文化之外发现了一批最值得中国人学习的榜样——爱尔兰的文化人。爱尔兰是英国唯一接壤的邻国，也曾是英国最古老的殖民地，自12世纪后期起就被英国殖民者侵占，直到中国"五四"以后的1922年才完全独立。国家的独立和文化人的抗争是分不开的，但是，政治上的独立并不等于文化的独立——爱尔兰人原有的语言文化经过几百年殖民，早已被英语及其文化挤压得只剩下吉光片羽了，这比刚被西方列强打败几十年的中国文化更惨得多，还有可能找回来吗？以威廉·巴特勒·叶芝、奥古斯塔·格莱戈瑞夫人和约翰·辛等为代表的一批文人志士，在强邻英国的眼皮底下，努力摆脱殖民身份，提出爱尔兰文艺复兴的目标，把自己的民族戏剧搞得有声有色。在国外努力寻找学习范本的余上沅他们了

---

[1] 余上沅编：《国剧运动》，新月书店1927年9月初版，第201页。

解到当时正方兴未艾的爱尔兰文艺复兴运动，如获至宝。

　　翻开世界文学史不难发现，其实很多一流英文作家都来自爱尔兰。17、18世纪就有写了《格列佛游记》的小说家乔纳森·斯威夫特、写《屈身求爱》的喜剧家奥利弗·戈德史密斯等，19世纪末爱尔兰文艺复兴开始以后，更是涌现出了奥斯卡·王尔德、乔治·伯纳·肖、詹姆斯·乔伊斯、威廉·B.叶芝、塞缪尔·贝克特等一大批诺奖级的大文豪，其成就甚至明显地超过了他们的英国同行。一个殖民地邻国的文学成就长时间大面积地超过咫尺之遥的宗主国，这在历史上是仅见的一例。但如果再问一句，这些成就是在哪里取得的呢？爱尔兰人又要摇头叹息：这些大师们大多已经离开故国，搬去了伦敦等地。因此可以说，爱尔兰的大作家都是在用英文写作、被英国文化同化后才取得那么大成就的；也可以说，他们成功的诀窍在于结合了爱尔兰和英国文化二者中最好的东西；还可以说，他们的成功证明了，当时中国的文化洋务派提倡的"以夷制夷"也完全可行，要先把敌方的好东西学扎实了，才可能最后胜过人家。究竟哪个说法最有道理？这个问题对中国文化与西方的关系可以有很大的启示，我一直很感兴趣，但一直没有足够的底气来回答，直到2012年有机会趁艺术节邀请演出的机会到爱尔兰亲眼看了一周，这才心里有了点谱。

　　爱尔兰首都都柏林的"三一学院"与英国的牛津、剑桥大学齐名，是斯威夫特、戈德史密斯、王尔德、乔伊斯、贝克特共同的母校——估计很难找到培养过更多世界顶级作家的大学了。在这个四百多年的古朴校园里，看到刻着这些作家大名的石碑，想起国内曾广为流传的

"大学不培养作家"的训条,不禁莞尔。牛津和剑桥大学早在16世纪就出了一批剧作家,文学史上叫做"大学才子"(University Wits),包括和莎士比亚同年生的克利斯托弗·马洛等六个人。没上过大学的莎士比亚是跟在他们后面才写起剧本来的,虽然老莎的剧本后来超过了所有大学才子,但英国人并没有说大学从此不要培养剧作家了。三一学院的才子比牛津、剑桥的更牛,尽管当时的大学完全是贵族式的,他们却并没变成书呆子,大学教他们熟习传统之后大胆变法,成为前无古人的创新艺术家。爱尔兰的文艺大家几乎都是学者型的艺术家,用中国的说法,都是些"文化更高"的大师,但他们又绝不是喜欢掉书袋的学究,而是一心接地气的真人。一百年前欧洲流行随着工业化现代化而来的都市现实主义,但爱尔兰文艺复兴却提倡回到浪漫主义偏爱的民间乡土传统。工业化城市一般来说大同小异,都柏林和伦敦的很多建筑物都很相像;要是搞写实戏剧,多半也就是易卜生那样讨论时事的客厅剧。有志于文艺复兴的爱尔兰人不想简单地拾人牙慧,毅然做出一个困难得多的文化选择,在祖国被英国殖民、母语被英语取代了近四百年后,要重新捡起母语的民间文化来进行再创造。

诗人剧作家叶芝与他的两位同道共同发起了爱尔兰民族戏剧运动,一位是文学活动家格莱戈瑞夫人,一位是剧作家约翰·辛,他们着重开发的是乡土题材——和我们"五四"时一心"弃旧图新""弃中图洋"刚好相反。叶芝还嫌当时的乡土生活已经不够古朴永恒,特地去日本古老的能乐里寻找意象,写了一组融进爱尔兰传说故事内容的"仿能剧":《四个舞者的戏剧》。他其实并不熟悉舞蹈——从没看过能乐的演出,也讨厌当时主流的芭蕾,他之所以要借鉴"能"的形式专门"为舞者"写戏，就是为了突破当时戏剧舞台上的主流形式——易卜生中后期模仿都市日常生活外表不断说话的客厅剧。现实主义戏剧的一个关键理念是，从当今社会中如实地削下"一片生活"（a slice of life）展现在舞台上。叶芝的理念完全针锋相对：他在寓言剧中突出的不是"生活"而是"死亡"，剧中人常像"能"剧角色一样以鬼魂的形式出现；而且，他通过死亡向观众呈现的是人生的"整体"，而不是"一片"，例如耶稣之死的永恒的意义。在他最有名的仿能剧《鹰泉》里，一个老人等在干涸的泉边想要饮用长生不老的泉水，数十年而不得；凯尔特传说中的英雄库丘林到来，也被守护灵泉的鹰女打败，和老人一起永远逝去。该剧表达了对当时盛行的社会达尔文主义、盲目乐观的工业化迷信的怀疑和批判，一百多年后来看，如果把那口"长生不老"的水井看成油井，不是刚好切中工业社会初级阶段只顾开发无视环保的痼疾吗？

约翰·辛最有名的《骑马下海的人》可谓异曲同工，虽然写的是当代的爱尔兰渔民，却也像寓言一样有着浓郁的原型色彩，也是一个超越具体时空的关于死亡的故事。女主人公是一个渔村的老妇人，丈夫和四个儿子已然葬身大海，在剧中又先后失去最后两个儿子，孤苦伶仃的母亲欲哭无泪：他们全死了，大海再也不能把我怎么样了。这部戏首演于1904年，比海明威触及相似主题的《老人与海》早了四五十年。它不像叶芝的仿能剧那样明显地质疑"进步"，面对人与大自然的斗争，作者表现出来的既是满腔同情——哀其不幸，又有点不以为然——叹其不智。这个独幕剧看起来很短很简单，但它的主题究竟是什么呢？这是一百多年来很多学者一直在讨论的。我在艺术节附近雨雾缭绕的海边踱步时，突然想起这个读过多次的神秘经典，顿时有了感觉——骑马下海的人必须直面的正是希腊悲剧一样不可把握的命运。所以，那些乡土气息浓厚的戏并不是给乡下的草台班子写的，当年都在首都都柏林的正规剧场首演，他们于1904年创办的艾比剧院至今还在不断推出新作，不但是爱尔兰戏剧文学最重要的基地，也是世界上最著名的文学剧院之一。

可惜的是，这几位大家推动的爱尔兰文艺复兴作为运动并没能持续太久，不久就听到了各种杂音。辛的一部乡村喜剧被人批为污蔑了爱尔兰人，两年后他因病英年早逝；另一位剧作主将肖恩·奥凯西推出了好几个反映爱尔兰下层人民生活的优秀写实剧如《朱诺与孔雀》《犁与星》等，创出了一种与易卜生式中产阶级客厅剧迥异的另类写实剧，却屡屡因剧中人道德缺陷的描写而遭到"上纲上线"的批评。在爱尔兰向英国争取独立直至成功以后的年月中，几乎任何受到公众关注的作品都会被人放到文化政治冲突的背景中来审视，对爱尔兰人的"负面"描写很容易就被批为"伤害民族感情"，奥凯西最后气得出走伦敦，再也不向爱尔兰的剧院投送剧本。联想到中国，我们也许可以庆幸，中国的民族主义情绪还没有太过分，当年鲁迅对中国人"国民性"的批判丝毫未曾影响他成为中国一号作家；张艺谋扬名欧洲电影节的是以《红高粱》为首的一系列电影，其故事的母题都是"鲜花拒插牛粪"，但他并没被某些国人"暴露丑恶"的批评气得出走他国。可能也有人会说，张艺谋英语不够好，出去怎么混？他不像被殖民几百年的爱尔兰的艺术家那么方便做自由选择。王尔德和萧伯纳就一直没有回去加盟叶芝他们的乡土文艺复兴，他们在英语文化中如鱼得水，英语写得比英格兰人还要漂亮；他们受不了狭隘的爱尔兰民族主义，选择了终身远离故土从事写作。但这并不意味着他们在英国就是一帆风顺的。王尔德后来因同性恋诉讼案陷入牢狱之灾，对英国失望透顶，但出狱后依然没回祖国，而是去了巴黎。萧伯纳在伦敦一开始起点很低，15岁就开始打零工为生，最早的文字工作是给报纸当"娱记"。他特别欣赏易卜生，受其影响也写起剧本来，而且也是专写中产阶级客厅剧，但最后从质量和数量上都超过了所有同时代的欧洲剧作家，成了西方世界的客厅剧之王。

当年在美国仰羡爱尔兰文艺复兴的中国学人回国后也遇到了类似的困扰，他们提倡的不模仿欧美话剧、强调中国特色的"国剧运动"在国内并不受欢迎。当时中国掌握主要话语权的人几乎都是主张学某种西方模式的，分歧主要在于共产党要学的是马、恩、列、斯的共产主义，国民党要学的是英、美、德、法的资本主义。相比之下，文化人中鲁迅也比胡适更否定中国传统。在最坚决地以洋为师的左翼人士的眼里，留美归来的胡适后来提倡的"整理国故"和余上沅们倡导的"国剧运动"都意味着落后甚至反动。清华英文系的高才生曹禺遍读英文剧本，毫不掩饰地从结构到故事都学易卜生，写出中国版客厅剧《雷雨》大获成功，从1936年一直到现在还是中国上演最多的话剧，演出成就远远超过郭沫若任何一个中国历史剧和更具中国式诗意的田汉浪漫剧。世界现代化大潮中的强势文化就是厉害，弱国的本土文化很难抗衡；遗憾的是，比起在最严格的意义上青出于蓝又胜于蓝的爱尔兰作家王尔德和萧伯纳，中国并没有出现任何模仿欧美而又超过他们的大家。

此一时彼一时，今天的世界又大变了。都柏林有个近一百四十年历史的Gaiety剧场，我们在那里看了近年来红遍全球的《大河之舞》，不仅舞姿美妙、歌声动人，最绝的是整个演出极简洁又极厚实；人家的剧名其实连个"大"字都没有——那是中译者给加的，River Dance就是"河舞"两个字。十八位舞者加四位乐师两小时的歌舞，展示了大自然的美丽和暴风雨的雄浑，凸显了爱尔兰民族文化的精气神，让我们剧组每个人都深深震撼。和殖民四百年的英国以及历史上的难民接收国美国相比，爱尔兰只是个农牧小国，虽然近年来高科技发展也很快，但他们在文化上并不追风，就以质朴遒劲的田园之歌征服了各国观众。在那个古色古香的剧院里，我想起前些天在地处乡村的艺术节周边看到的草原和大海，这种韵味是再酷肖的写实手法、再高超的声光电化也难以传递的。当年没能走出去太远的爱尔兰文艺复兴，今天却得到了全世界的欢呼。在殖民时代的现代工业社会里，他们最好的作家只能融入强势文化里"曲线救国"——萧伯纳用他的爱尔兰幽默把易卜生的严肃剧改造成了独具一格的辩证客厅喜剧，诚然伟大；而在后殖民后现代的今天，还可以直接用本土的创作呈现民族乡土的魅力，岂不更好？

这个任务要在中国实现，好像还有很长的路要走。中国"本土"的文化特色近一百多年来被丢弃得太多太久了——表面上我们只是瞧不起传统的戏曲，嫌它是农耕时代的产物陈旧落后，根子却是对自己立家立国之本的乡土的全面嫌弃和不屑。在爱尔兰这个过去的殖民地，我们看到那里的人民悉心爱护自己的乡土文化；就是在工业革命领头羊的英国，主流文化也从不鄙视自己乡土的传统。我们去爱尔兰艺术节演京剧《朱丽小姐》的那个旅程中，还包括了在伦敦两所大学的演出。到伦敦时适逢奥运会前夕，机场、车站、街上，奥运热气扑面而来，坐了一个多小时车，一进到埃塞克斯大学的东十五戏剧学院，感觉顿时清凉下来。这个英国最大的演艺学院有六百学生，主校区却是个18世纪的贵族庄园，别墅旁是大片的鲜花和绿荫。我们演出的那个剧场更老，跟莎士比亚同龄，原来是老东家的谷仓，被戏剧学院改装成了剧场，硬木梁柱上的纹路铭刻着岁月悠悠。演员们兴奋地叫道，朱丽家的庄园原来是这样的！我们在国内排戏时，还没想过要去哪里找个庄园体验一下生活；这个瑞典的现代经典已被我们改成了中国故事，但国内哪还有庄园可寻？从"土改"到"文革"，一次次的运动早把它们全都拆毁了；近年来勉力恢复的很少几个，如朱家角的"课植园"，成了日开夜关的博物馆，已经没有了住家的人气。而英国和爱尔兰这样的庄园都保留了很多。我们在爱尔兰的时候，东道主请的最好的一顿饭也是在一个前贵族庄园里，现在成了海边的别墅宾馆暨饭店，大厅里还挂着19世纪中期女主人雍容华贵的大幅油画像，演员们说，这就是朱丽的老妈！

不禁想到这些年中国各地很火的"农家乐"，也是地处乡下的饭店，但感觉完全不同。"农家乐"这个名字就多少有点农村人腆着脸讨好城里人的"童趣"，是为了吸引舒适惯了的城里人偶尔"下去"体验一下乡村生活的。但在英国和爱尔兰，庄园的地位不但不比城里的房子低，还要高上一大截。有钱有身份的人不喜欢老住在钢筋水泥玻璃的城市丛林里，一定要在乡村有房子；一般小康人家只有小别墅，贵族之家就会有大得多的庄园。得奖无数的英国电视剧《唐顿庄园》就是这样的庄园。对英国人来说，乡下绝不只是逃避喧嚣的休假地，也不仅是更为舒适的居所，更是传承文化的载体。表面看英国的文化中心是伦敦等大城市，那里主要靠热闹的演艺业和大众传媒吸引眼球；但真正出哲人和思想的地方，还是沉潜于乡间小镇上的牛津和剑桥那样的名牌大学。相比之下，中国的大学全都集中于城市，越有名越要在大都市扎堆，一反历史上书院的传统，以致"现代化"一百多年来，中国农村的精英文化和人才几乎全被抽空。而最早工业化的英国绝没有因为城市发展就瞧不起乡镇文化，伦敦奥运会的开幕式里有工厂烟囱取代田园牧歌的画面，那可不是赞美工业化，人家是在为青山绿水的式微而伤感！事实上他们对乡村环境文化的保护从未间断，很重要一点就是那些庄园和学校让精英们在乡间扎下了根，他们常常也会去城里办事、娱乐，但绝不会拔根而去。

中国历史上也有过不少乡绅的庄园和儒者的书院，那也曾经是传承中华文明的主要场所；科举挑选出来的精英进城做官，并不会摒弃乡下的家园，他们时常回家修桥铺路，还要延师兴学。但是自从我们开始追赶现代，眼睛就只盯着外国的大城市，视农村为落后；共产党是依靠农民的力量用农村包围城市取得政权的，可后来城乡之隔固化了起来，只有极少量的高考和招工指标能让农村精英单向地选进城里；近三四十年来，城乡间的流动多了很多，但方向依然单一，农村精英的流失更加彻底，只留下了老人和儿童。在城市化的大潮中，我们真的要彻底丢弃农村吗？英国的庄园让我突然想到，我们以前的庄园虽已消失，现在不是到处都在搞建设吗？城里盖楼见缝插针都已饱和，空气中的污染物更是超过了"饱和"，何不去乡镇建些庄园？不是招徕游客的"农家乐"，而是宜居的有品味的庄园，可以是企业家的住宅兼企业的艺术之家，也可以是乡镇的公共文化设施，更可以是庄园式的大学！20世纪二三十年代中国曾有过晏阳初、梁漱溟等好几个文化人主持的乡村教育实验，六七十年代则有过江西的几十个"共产主义劳动大学"；那都是特殊历史时期的产物，并不是真的大学，然而，他们在无形中多少延续了千百年乡镇办学办文化的传统。那时候交通、通讯何其困难？现在方便了这么多，重建乡镇文化在技术上容易多了，关键是要有优于城市的整体居住环境，要有英国、爱尔兰那样宜人的庄园，让精英乐意留在乡镇，甚至从城里搬去乡镇，让乡镇再一次成为培育中国文化的肥沃土壤。

就在我们欧洲巡演的时候，听到了莫言获得诺贝尔文学奖的消息。莫言写他最熟悉的乡土生活，赢得了世界的尊敬和肯定，这好像是在说，我上面的"悲观"论调错了，错就好了！莫言得奖证明了中国乡土文化的普适性价值，可是，像莫言这样几十年孜孜不倦埋头深耕那片原生土壤的中国文化人太少了，也许这一次，习惯于看着西方人的风向标跳舞的中国文化人终于可以回过头来仔细看看我们自己的土地了？也许，当年没能走远的"国剧运动"可以再一次开始它的复兴之路了，在这个口号提出将近一百年以后，这一次的"国剧"可以理直气壮地就是我们真正的"国剧"——戏曲了，而它的成功与否，首先取决于戏曲的剧本创作。

中西戏剧：碰撞与交融

　　一百一十多年前我们学来了西方的戏剧形式，从那时起就有了"国剧"和"洋戏"的纠葛。话剧艺术家大多是接受了西方新思想的左翼知识分子，认为话剧代表进步，而"旧戏曲"必须经过脱胎换骨的改造以后才能为新社会所用。"文革"封杀了所有的话剧，仿佛是在独尊京剧，但那恰恰是"京剧革命""革"得最厉害的十年。这些年来各地兴起了申遗热、国学热，代表中国传统的"国剧"身价又看涨起来，教育部对中小学戏剧教育的第一个举措就是一律学京剧，不少戏曲艺术家还嫌入选的传统唱段太少。其实现在北京、上海的年轻人更爱看的是话剧，那是他们中多数人唯一能够欣赏的戏剧样式，因为他们基本上都没有受过戏曲的熏陶，而话剧看上去是在展示自然状态的生活，最接近他们所熟悉的影视——影视演员基本上都是学话剧表演出身的。也许正因为这样，教育部才决定要从小学开始教孩子们唱京剧，在课堂上作为功课来教。对已经大学毕业的白领来说，可能已经太晚了点，他们有了自由选择，就不大会选京剧了。中国文化的包容性特别强，1907年中国人演的第一部全本"新戏"《黑奴吁天录》不但形式上是外来的，内容也是改编自美国的畅销书《汤姆大叔的小屋》，其用意却是借受压迫的美国黑人的故事来激励中国同胞反抗西方列强。以后的话剧大多是展现中国人的生活和情感，《雷雨》《日出》《茶馆》等现实主义话剧早已经被视为中国的"传统"艺术形式。

与此同时，西方人也对我们的戏曲表现出相当的兴趣。19世纪中美国就出现了戏曲演出，那主要是为思乡的中国铁路工人演的粤剧，少数走进剧场去猎奇的美国观众大多对震天响的锣鼓皱起眉头，但也有些有见识的美国戏剧家看中了戏曲中一些新奇的写意手法。1912年纽约百老汇迎来了第一部专业的"中国戏"《黄马褂》，看名字就知道是讲的中国皇帝的故事，却是两个美国人根据他们对中国历史和戏曲知识的一知半解编出来的，并没有中国人参与，但也引起了美国人对中国艺术极大的兴趣，在百老汇连演了三年，又在欧美各地演了十多年。1930年梅兰芳访问美国，原汁原味的中国戏曲的精华更是迷倒了从普通百姓到好莱坞明星的众多美国人，造成了百老汇历史上非英语明星表演空前绝后的成功——虽然那时鲁迅正在国内嘲讽梅兰芳《天女散花》的"咿咿呀呀"。第二次世界大战期间中美是盟国，根据戏曲改编的《王宝钏》和《琵琶记》先后在百老汇当作话剧演出，演员都是高鼻子，也还是很受欢迎。但可惜的是，这些戏展现的主要是古代女性的形象，梅兰芳演的女人甚至让好莱坞女明星觉得比她们还更女人，那正是西方人喜欢的。这些来自中国的佳作似乎在相当程度上暗合了西方人自己塑造的东方人形象——其经典就是歌剧《蝴蝶夫人》。

《蝴蝶夫人》最早的舞台版是个话剧，1900年首演于百老汇，其原型之一是1887年出版的半自传体小说《菊子夫人》，作者皮埃尔·洛蒂是个法国海军军官，《菊子夫人》取材于他和一个日本女人同居两三个月的日记节选。原型之二是移民日本的爱尔兰人赫恩的小说《哈茹》（1896 年），哈茹是在日本的旧式传统下教养出来的女子，不管遇到什么事也不会表现出丝毫的忌妒和愤怒，最后因为发现丈夫不忠而悲愤死去。1898 年，美国人约翰·路德·郎发表了名为《蝴蝶夫人》的短篇小说，这篇小说明显受到《菊子夫人》和《哈茹》的影响，但又揉进了一个在长崎发生过的真实故事：一个日本歌伎给英国商人生了个儿子，英国人带走了儿子，请郎的外甥代为教育，歌伎后来试图自杀，但被人救活了。现实生活中的"蝴蝶夫人"并没有死，跟斯特林堡"朱丽小姐"的原型一样，但在小说中她就必须死去，而且一定要是幽怨而又优雅地死去——那是东方女子独特的"美"。小说引起了轰动，美国人被蝴蝶夫人这个难以想象地温柔恭顺的"理想妻子"迷住了。当时美国剧坛的头号大腕大卫·贝拉斯科和郎合作编剧，并亲自制作和导演了该剧。作曲家普契尼一看就爱上了这个戏，当即买下版权，后来写成了歌剧。歌剧《蝴蝶夫人》的影响更大得多，欧美甚至因此而掀起了一股和服热，普契尼不得不一次次谢绝那些请他去为各种和服做宣传的邀请。

《蝴蝶夫人》本来和中国并没有直接关系，但是，这位负心汉家中忍辱负重的妻子也可以说是个典型的东方女子，而在女性主义盛行的近几十年来，她又变成了批评家眼中被西方男子脸谱化了的东方女子形象。美籍华裔剧作家黄哲伦（大卫·亨利·黄）写了个跟《蝴蝶夫人》对着干的剧本，叫《蝴蝶君》，巧妙地把梅兰芳扮女人的京剧传统插入了蝴蝶夫人的故事里，还给出了一个明显带有西方女性主义风格的解释：京剧之所以要用男人来演女人，是因为只有男人才知道他们

喜欢什么样的女人。也就是说，舞台上的"他者"形象完全是创作者
主观投射的产物，生活中常常也是这样。《蝴蝶君》的主人公就是个演
女人的男性京剧演员，竟然被一个法国人当成了女人，而且俩人还成
了情人！这个剧情来自1985年报纸上的一则奇闻，一个法国人和一个
中国人因"间谍罪"被捕以后，法官在法庭上向法国人宣布，他的情
人是个男人；法国人显得大吃一惊，说他一直不知道。这个故事太奇
怪了，黄哲伦写剧本的时候，大家都在等着看好戏，这俩人究竟是什
么样的关系？

　　黄哲伦极其聪明，彻底回避了这个很容易涉嫌情色的问题，别出
心裁地为这两个男人之间的奇特关系想出了一个形而上的解释，写下
了一篇政治化的宣言。这时候普契尼的《蝴蝶夫人》帮了他的大忙，
《蝴蝶君》中京剧演员宋利灵男扮女装主演歌剧《蝴蝶夫人》，被看
戏的法国人伽利马喜欢上了，他不了解中国演员男扮女装的传统，把
宋当成了真的女人。这似乎多少有点牵强，但剧作家给这位伽利马的
"人设"做了足够的铺垫，原来他在同胞白人女性面前一直感觉不好，
老是梦想着要征服一个像蝴蝶夫人那样的"理想女人"；但在东方人
面前他又有一套根深蒂固的帝国主义眼光，硬是把一切亚洲人都看成
是女性化的，以为"她们"全都温柔恭顺，只会被动地迎候强硬的男
人。后来真相终于揭穿，宋利灵在法庭上，也就是舞台上，一件件剥
光自己的衣服重现男儿身，把伽利马大大地奚落一通，斥责所有的西
方人对待东方人都带着一种"国际强奸者心态"，以为东方人心里都盼
着西方男人带着硬家伙来"进入"。这里的一些台词几乎像是一篇政治
论文：

你们的第一条原则：男人总是只相信他们喜欢听的话。……

第二条原则：每当一个西方男人接触到东方的时候，他就已经糊涂了。西方人对于东方人有一种国际强奸者心态。……

西方人认为自己是雄性的——硬的枪炮、硬的工业、硬通货，而东方是雌性的——柔弱、纤巧、可怜……不过艺术还不错，充满了难以言喻的智慧——女性的神秘。

她嘴上说着"不"，眼里却在说"要"。西方人相信东方人在内心深处是想要被人掌控的，因为女人是不能替自己拿主意的。……

你们指望东方国家在你们的枪炮面前低下头来，你们指望东方女人在你们的男人面前低眉顺眼。

……我是个东方人，作为一个东方人，我永远也不可能成为一个完全的男人。

伽利马听了无言以对。这些个看似荒唐的推理放在这个奇特故事的规定情境中，竟然完全合乎角色的逻辑，全剧就这样突显出了"东方主义"偏见之荒唐。剧中甚至这样说：中国的男人都知道，对付西方人最好的办法就是去扮成一个"理想的东方女子"——一个蝴蝶夫人，因为拥有长枪大炮硬家伙的西方人最喜欢看到女性化的亚洲人——柔情、羞赧、文静、脆弱，只等着让人家雄赳赳地"进来"。但事实上西方男人未必都能那么雄赳赳地搞定东方人。戏到结尾的时候，伽利马的一生被他的帝国主义和大男子主义偏见弄得一团糟，幻想彻底破灭；但他还是死不甘心，竟自己穿上蝴蝶夫人的服装，当场用画笔在脸上画了一个蝴蝶夫人女人的脸谱，用一把日本刀"美丽"地剖腹自杀了——跟《女仆》里的克莱尔与《红楼佚梦》里的尤二姐如出一辙。

后殖民主义批评理论的旗手爱德华·赛义德在《东方主义》一书的扉页上印上了马克思的一句名言："他们不能代表他们自己，他们只能由别人来代为表达（represent，即代表）。"赛义德用马克思的这句话来形容东方人在西方文化中的处境，《蝴蝶君》用生动的形象为赛义德的理论做了最好的讲解。戏里既有异国情调，又充满了悬念，尽管把西方人骂得那么凶，西方人还都看得挺高兴。《蝴蝶君》在百老汇大获成功，得到1988年的托尼最佳剧作奖，还得了一个最佳男演员奖，值得注意的是，托尼奖评委们没把男主角奖授予演法国人的大牌明星，倒把男配角奖给了演宋利灵的那位名不见经传的华裔演员B. D.王。讽刺的是，B. D.王和剧作家黄哲伦都不是欧洲裔白人，但他们的这个戏得到了欧美主流社会的大力肯定，除了得到最高奖，还成为美国大学里用得最多的当代戏剧教材之一，全世界各地的演出不计其数。在《蝴蝶君》和它所解构、讽刺的《蝴蝶夫人》里，情节的核心都是来自不同文化的角色之间的冲突，都导致了死亡，但这两个作品本身却都可以说是跨文化交流的成功。如果光看剧中展现的这两个跨文化的故事，很可能会得出结论，和谐只是暂时的表面的，致命的冲突才是不可避免的；但如果看看台下观众的鼓掌和好评，又可以说这正是一种积极的文化交流。

赛义德的《东方主义》一书深刻地剖析了西方人在塑造东方形象

时表现出的严重的误读，但他的理论也有严重的缺陷。他过多地强调了文化冲突和文化误读的负面作用，抹煞了不同文化的碰撞中所产生的积极意义。这方面布莱希特就是个正面的例子。布莱希特是20世纪成就最大的剧作家兼导演，对非西方戏剧文化的兴趣极浓，尤其和中国有缘，而且这种缘分是双向的。1935年他在莫斯科看了梅兰芳的表演，极为兴奋，写下了《中国戏曲表演中的陌生化效果》一文，第一次提出了他的系统理论中的核心概念"陌生化效果"。中国最早的布莱希特介绍者黄佐临看到这篇论文后对他产生了强烈的兴趣。虽然这个概念是布莱希特对梅兰芳表演的误读，但他歪打正着，使得许多中国话剧艺术家对我们自己的戏曲有了新的认识。黄佐临一生不遗余力地向中国戏剧同行们介绍、提倡布莱希特的戏剧观，都是为了把他的戏剧和中国戏剧结合起来，创造出一种具有中国民族特色但又不同于传统戏曲的现代话剧。

布莱希特是个马克思主义者，在文化上也相信普适主义，从来不在剧中表现角色的种族、文化之间的冲突，他的戏剧也是跨文化的，但基本上不是在内容上。他对其他文化的兴趣完全在于它们可以被他拿去所用，不管是故事人物还是表现形式。他对他者文化的态度最清楚地体现在他《高加索灰阑记》一剧的主题中：一切归善于对待的——不管是地产、财产还是子女问题，都不应该强调原初的所有权，所有权变更是天经地义之事，只要新主人拿去以后用得好。

这是一种革命者的逻辑，也是文化上的拿来主义。赛义德可能会认为那是欧洲人"文化帝国主义"的表现，但中国人并不介意布莱希特借鉴我们的文化遗产——他这是在为我们的戏曲做宣传，再说我们自己早就习惯了对包括德国文化在内的西方文化的"拿来主义"。传统文化的"拿来"是双向的，布莱希特学了中国戏曲，他也要"中为洋用"。

《高加索灰阑记》的素材来自元朝李行道写的杂剧《包待制智赚灰阑记》，法国人斯坦尼斯勒·于连1832年第一个把它译成了欧洲文字。那是个基本忠实的译本，但并未引起戏剧界的注意。1925年德国诗人克勒邦得根据那个故事写了一个改编本，由大导演马克斯·莱茵哈特在柏林推出，大获成功，英美许多剧院也连年多次演出，证明"浪漫化东方"对西方观众很有吸引力。本来李行道的剧本并没有什么浪漫的成分：女主人公海棠先是被卖身为妾，后又被伙同奸夫杀害亲夫的大老婆马太太陷害入狱，最后包公用灰阑判案固然伸张了正义，用的也只是智慧而不是浪漫的感情。然而自18世纪起对东方感兴趣的西方人往往把东方和浪漫连在一起，克勒邦得在剧中加进了一条几乎是喧宾夺主的浪漫的爱情线索：皇帝的儿子在妓院结识了海棠而且一见钟情，此时的海棠刚刚来到妓院，仍然是个处女身——以后的《西贡小姐》也是学的这个套路，哪怕人设是妓女，女主角也一定要在台上才能为男主角献出第一次。太子成了海棠的第一个男人，却因不能暴露自己的身份而眼睁睁看着海棠被人娶去为妾。但最后太子终于有了报仇的机会——是他（而不是原剧中的包公）前来审海棠一案，他不但用灰阑之计救下海棠，在正式娶她之前，还让海棠来决定如何发落马太太和她的奸夫及其先前那个差点杀了她的昏官。太子不但救出弱女子，还要让弱女子来做主，这显然是西方的思维方式，完全超出了原剧本的中国历史背景的可能；但克勒邦得知道，像这样适度西方化是使得来自中国的故事能为西方观众接受的最好办法。而在西方观众的眼里，这个结局变成了中国特色的仁慈的儒教的体现。

《灰阑记》的导演在演出形式上也动了很多脑筋，竭尽全力使之看上去像中国戏，甚至把当时梅兰芳等中国戏曲努力要改革掉的所谓旧戏舞台的"陋习"当众检场奉为至宝，剧评家认为那"是美国观众最熟悉的中国戏剧的形象"：

> （剧场的）东方气氛简直不可抗拒。到处都燃着香，检票员穿着黑绸睡袍，门厅里供应着茶，锣声响起，无处不在的检场人拉开绿色麻布做的幕布……宣布演出开始……[1]

二战期间美国的剧院多次上演《灰阑记》，这个戏和当时在美国各地为抗日募捐的宋美龄、赛珍珠写中国的小说和同名电影《大地》，以及百老汇上演的《王宝钏》《琵琶记》等都成了美国人开始熟悉的中国文化的象征。可以说《灰阑记》的浪漫化改编无意中还为中国的政府公关出了一把力。改编者克勒邦得嫌原来的《灰阑记》没有爱情太苦太干——本来有很多唱的戏曲剧本没有了唱光让人说话，确实会显得干，所以给它加进了情感戏。这样做英文叫flesh out，直译是让骨头上长上更多的肉。而布莱希特的改编恰恰相反，他最看重的是故事的骨骼和核心。这个戏的核心在所有权问题上，他把《灰阑记》原来的主题做了个根本的改变：在全剧最后关于孩子的灰阑之争中，是养母而不是生母得到了孩子。为了这个改变，布莱希特编了一个全新的情节：

---

[1]　Wilella Waldorf. "The Circle of Chalk." *New York Post*, March 26, 1941.

贵族女主人因动乱而逃走，随身只带了珠宝细软，把孩子弃之不顾；女仆格鲁雪看着不忍，冒生命危险带走婴儿。她为抚养这个孩子失去了未婚夫，又违心地找了个久病的丈夫做保护人，含辛茹苦把孩子养大有了感情，贵族夫人却回来要讨孩子了。这时格鲁雪当然不肯把孩子给她，但是法律会帮她吗？

布莱希特所做的是个革命性的改变。李行道的《灰阑记》只能把孩子判给生母，因为这是一切传统社会的要求。两个母亲争儿子这样判不仅在信儒教的中国是天经地义的，在基督教文化的欧洲和伊斯兰教文化的中东也同样如此。《圣经》和《可兰经》中都有类似的故事，都由先知出主意来判定谁是真正的母亲，唯一的不同是他们都没想到在地上画个石灰圈也就是"灰阑"，而是要两个母亲把孩子生生拉开，不像中国的故事那样儒雅。但最重要的是，这三个传统文化全都规定孩子一定要还给生母，因为天然的血缘关系永远不变，而这正是布莱希特要颠覆的。

在各国的传统文化中，血缘关系都是和继承关系直接相关的，而继承就是财产的所有权问题，血缘关系的不可更改也就意味着财产所有权的不可剥夺。然而对于主张革命的马克思主义来说，《共产党宣言》所号召的就是全世界的工人阶级团结起来，去夺取资本家的财产。布莱希特剧作的特点是强调普遍意义的寓言剧，他在对原剧的结局和主题做了革命性的改动以后，又毫不留恋地去掉了原剧的中国色彩，把故事的背景挪到了属于苏联的格鲁吉亚。但因为争孩子毕竟是一个古代的故事，他又特意在灰阑记这个古代故事的一头一尾套上一个当代的故事，直接让两个苏联集体农庄的人来争论一块土地在二战以后应该归谁的问题。该剧的合作者伯劳在回忆录《为布莱希特而生活》中写道："他急切地要找到一个能把'灰阑记'传奇和我们的时代联系起来的东西。"这个制造陌生化效果的戏中戏结构提醒观众不要沉溺到剧中人的情感和命运中去，而要从中跳出来回到当代，领悟到故事所要传达的主题"一切归善于对待的"。《高加索灰阑记》的成功远远超过了以前所有的《灰阑记》版本，它的秘诀在于超越了具体的文化和地域的限制，也就是在于它的普适性，它主张的是文化交流中的拿来主义，同时它本身就是中西文化交流的一个巨大成果。

我对布莱希特这个戏也有不满意的地方。问题倒不是在赛义德们所批评的欧洲人拿了我们的东西，问题恰恰是他拿去的还太少，还没学到家。文化交流并不是进出口贸易，可以精确地计算顺差逆差。我们所熟悉的西方文化的精华，从《天演论》到《资本论》，从《吟边燕语》（《莎士比亚戏剧故事》最早的中译名）到《汤姆大叔的小屋》《玩偶之家》，基本上都是中国的文化人主动去"拿来"，并加以改造，从而受到老百姓欢迎的。西方人对他们的文化的推广也出了很大的力，而且目的是为了他们的长远利益，但我们自己正好也需要，他们的大多数文化传播活动（除了直接的传教以外）对我们就成了帮助，而不是强加。主要原因就在中国人希望把西方的好东西"拿来"，以期有朝一日可以"以夷制夷"，和他们一起在世界文化的大平台上来竞争。

现在看来，我们可以从文化交流中比布莱希特们得益更多，因为我们学了很多西方文化的精华，而西方人要真正学到中国文化的精华是太难了。布莱希特是第一个学到了中国戏曲的流动性的西方大剧作家。西方的剧本结构绝大多数都是固定的场景，最极端的形式就是所谓"三一律"，从头到尾一堂景；莎士比亚算是非常喜欢流动的了，但流动只能发生在两场戏之间。布莱希特打破了这个陈规，经常写出在舞台上当场流动的场景，《高加索灰阑记》中的格鲁雪背着婴儿逃难一场是最典型的戏曲式流动场面。但剧作家布莱希特写下的翻高山越深涧的场面却给导演布莱希特出了个难题，他自己竟不知道怎么在舞台上体现这样的流动。戏曲中走圆场等的写意手法他了解得太少，也没有经过这种训练的演员，在排练流动场面时就缩手缩脚，一筹莫展。1986 年我在多伦多满怀期待看到了布莱希特三十年前导演后一直按原样复排的"博物馆版本"，竟大失所望。舞台上本应流动的场面的调度和表演都显得太死板，真的在舞台中间放一个儿童乐园尺寸的"迷你"桥，让演员表演冒险过万丈深渊上的索桥，效果很不理想。后来我自己在新加坡导演该剧时，专门请来京剧老师担任全剧的形体设计，特别是排练逃难那场戏的舞蹈动作，演出比布莱希特自己的"博物馆版"演出远更充分地发挥了中西文化两方面的特长。这说明，作为戏曲重要特色的流动场面编剧法一定要和相应的导表演手法结合起来。

近几十年来，中国戏曲演员的训练方法引起了越来越多西方导演大师如布鲁克、格洛托夫斯基和谢克纳等人的兴趣，他们注意到，经过严格训练的戏曲演员身上有着更多美感的积淀，而且可以自如地演好很多写实演员很难表现的行动，诸如过桥、烧书、游水等非常规的话剧情境，这是他们的话剧演员十分羡慕的。英国大导演彼得·布鲁克曾经下了很大功夫到亚洲学习、体验当地的传统表演艺术，又长期请印度和日本的演员去巴黎和他合作，他特别欣赏亚洲表演传统中的

"规训"或者说纪律（discipline）：

> 我们碰到了两个必要条件之间的相互冲突：一方面是创作方法上的绝对自由，什么都是可能的；而另一方面是必要的纪律和限制，强调"什么"都可能并不意味着"随便什么"都可能。……在这两个说法之间我们究竟应该站在哪边呢？纪律可以是消极的，也可以是积极的。它可以关上大门，否定自由；或者也可以构成从日常的任意活动中凝练出来的不可或缺的严格训练。

相比之下，他甚至觉得生活在享有更多自由的西方的孩子的"形体状态太可怕了"，因为他们"太多的时间一动不动地坐在电视机前"，而"日本的孩子的肢体远比西方孩子成熟。他们两岁起就要开始学习坐得平衡端正，两三岁他们开始经常性地鞠躬，那是一种非常好的体操。"[1] 这话多少有点矫枉过正，也有些"东方主义"的过分浪漫化，但从小受过形体规训的人长大以后，好处肯定很大，即便不当演员，也会养成不凡的功架。我有位同事十来岁进戏曲学校学京剧，毕业后到戏剧学院教形体，后来又成为表演教授，早已脱离了京剧界。他在美国大学排戏时，美国学生发现他有令人钦佩的仪态，看排练时能笔挺地坐上两三个小时，一点也不靠椅背，简直像是在台上一样，太帅了！事后我问他，他根本就没意识到有什么特别，也不知道学生们在观察他，因为从小受过京剧形体训练，他早已把这样的坐功化为了自

---

[1] 彼得·布鲁克：《敞开的门》，新星出版社2007年版，第80页。

己的第二天性，很多动作都能做得让别人看上去很美，而自己却一点都不觉得累。

　　这就是能让布鲁克们钦羡的中国戏曲仪态的魅力。在中西文化交流的大背景下，中国人既可以在芭蕾比赛中夺大奖，也应该在学校学一些更富有民族艺术特色的形体训练，光唱几段京剧还很不够。戏曲演员往往坐相、站相、走路的仪态都比较得体，更讲究美感，又有中国特色。如今全社会都在努力提高公民素质，加强行为规范，如果能让学生从小学点戏曲形体，将会有十分深远的意义。形体训练可以像广播操一样每天坚持做，既避免了三百多剧种中厚此薄彼的尴尬，又不必为选什么段子而大伤脑筋。当然，学唱几段京剧还是很必要的，但不要只停留在唱上面，在普通学校里，学戏，"做"比"唱"更重要。

　　对学生来说，戏剧是进入社会之前所做的人生的排练，是学习角色规范和创新能力的极佳手段。戏剧是对话的艺术，对话意味着思想的碰撞；对话，也正是中西文化碰撞与交流的实质所在。

戏曲解读西方经典

美国学者玛丽安·麦克当纳教授认为：

希腊悲剧的力量在于，那些古代剧作家对世界的特别认知也能引起现代观众的共鸣——这是我们可能看到的最接近普遍真理的作品，尽管它们对具体观众的影响在不同的时代地点，根据不同观众的情感需要会有所不同。

这似乎是在解释为什么当代西方戏剧家还在不断地上演希腊悲剧，其实她说的是希腊悲剧的亚洲版：

铃木忠治的天才体现在他能够深刻体认希腊悲剧所蕴含的普遍真理，用他充满动力的方法来传递这些真理，并且打动现代人的心。[1]

---

[1] McDonald, Marianne. *Ancient Sun, Modern Light: Greek Drama on the Modern Stage*. New York: Columbia University Press, 1992, p.21.

　　铃木改编、导演的《特洛伊妇女》接通了原剧所反映的共同人性和当代观众的心理。《特洛伊妇女》呈现的是特洛伊战争所造成的灾难，特别是对于女性的摧残，欧美戏剧家在20世纪六七十年代常演这出戏，用来反对美军侵略越南的战争。铃木的演出独具一格，用战争的废墟及日本传统服装来影射美国的原子弹给广岛和长崎带来的灾难。他把本来以语言为主的希腊悲剧变成了以动作和视觉形象为主，用仪式化的歌队动作和木偶来取代冗长的台词，既遵守了希腊悲剧禁止直接在舞台上展现暴力的规矩，又通过日本能剧、歌舞伎、文乐风格的象征手法强调了战争的残酷。

　　此外，铃木还推出过《酒神的伴侣》等其他希腊悲剧，《麦克白》和《李尔王》等莎剧，在世界各地赢得了很高的声誉。他特别强调他那深受日本文化影响的训练方法跨文化的普遍意义。他指出：

> 　　"现代化"彻底肢解了我们的身体机能……我现在所做的，就是在剧场的框架内恢复完整的人类身体。不仅要回到传统剧场的形式，如能剧、歌舞伎，还要利用传统的优点，来创造优于现代剧场的实践。我们必须将这些曾经被"肢解"的身体功能重组回来，恢复它的感知能力、表现力以及蕴藏在人类身体里的力量。[1]

　　他这话也适用于不少亚洲其他的传统戏剧样式——尤其是中国戏曲，戏曲的形体手段要比现代西方戏剧丰富得多，其实也比日本的能

---

[1]　McDonald, Marianne. *Ancient Sun, Modern Light: Greek Drama on the Modern Stage*. New York: Columbia University Press, 1992, pp.29–30.

剧和歌舞伎更丰富。所以"中日韩戏剧节"上用亚洲戏剧形式改编西方经典的剧目比比皆是，除希腊悲剧外还有莎士比亚等名剧。我写的两个参加过这一戏剧节的剧目恰好都属于这一类型——2008年的越剧《心比天高》和2013年的京剧《王者俄狄》。

　　俄狄浦斯弑父娶母是最著名的希腊神话故事，但在东方人看来却是个最不可思议的噩梦。人为什么要编出如此荒唐的故事？有人说，这个最可怕的事例是在告诫人要认命，不要自以为聪明，以为人能胜命！因为这个故事的重点不是弑父娶母本身，而是俄狄浦斯企图挑战不可逃脱的命运，反而每次都为自己的行动所害，就像孙悟空再神通广大也跳不出如来佛的手掌心一样。这个东方式的解读符合我们传统的等级观与"天人合一"观，却与西方人勇于挑战权威、挑战自然的传统相悖。希腊神话中还有一个不那么戏剧性的故事，最好和俄狄浦斯的故事对起来看：被诸神惩罚的西西弗斯刚把一块大石头推上山顶，石头就滚下了山；他回到山下再推上去，石头又滚下来；周而复始，永不停息。这也能让人联想到一个中国神话——愚公移山，但愚公子子孙孙挖山不止，终于感动上帝，帮他成功地移掉了两座大山；而西西弗斯是永远独自在那里推着石头。这个故事和俄狄浦斯既相像又相反，西西弗斯是屡败屡战，永不认输止步；俄狄浦斯则是屡战屡败，终于坦然认罪。后者是在嘲笑俄狄浦斯不知天高地厚吗？显然不是，俄狄浦斯是个悲剧人物，他犯下了严重的罪错，但是在完全不知情的情况下犯的，可以原谅，因此还是个值得敬佩的英雄。

　　然而到了现代，西方人又不怎么稀罕英雄了。科学家从俄狄浦斯身上看出了科学求实的精神，他当然要查自己的身世，完全是为事实而事实。心理学家则说男人都是潜在的俄狄浦斯，都有"恋母情结"！弗洛伊德还把哈姆雷特扯进来，说他迟迟不肯去报仇，就因为他怕杀了弑父的叔父后，自己会犯同样的罪孽去娶自己的母后！对中国人来说，这两个看法都不容易接受，更难让人敬佩俄狄浦斯。俄狄浦斯究竟为什么值得敬佩？我是很多年前在看电影《生死抉择》的时候突然悟到俄狄浦斯的伟大的。那部中国电影讲一位高级官员的妻子接受了巨额贿赂，可以说是那位高官在被蒙蔽的情况下犯了对家人看管不严的错误，最后他查明真相，把犯罪的妻子送上了法庭。"大义灭亲"是中国文化中常见的母题，通常是因为这个"亲"成了叛徒，这在和平时代已经很少见到；而《生死抉择》中那样的"猪队友"妻子在现在的反腐工作中已经屡见不鲜，她用老公的权力捞钱，差点把他也拉下了水。丈夫要证明对妻子巨额受贿完全不知情还真不容易。相比之下，人们对俄狄浦斯弑父娶母时的不知情不会有任何怀疑——正因为不知情，他才要克服一切障碍来查清情况；而更关键的是，他查案子是为了拯救被瘟疫所害的国民，一旦查清，他一点也没想过以不知情为由来推卸责任，而是立刻向国民承担全部罪责。这是何等的勇气？这是怎样的担当！

　　人类历史上有过如此勇敢担当的君王吗？在美国时经常看到政治家被媒体或对手揭丑闻，几乎所有的反应都是否认与掩盖，实在不行就把责任推给别人。俄狄浦斯的故事大概只能是个"神话"，但却是个最伟大的神话，他牺牲的是当领导的人都最为看重的名声，大义"灭己"。可能有人会问，演绎一个现实世界中不可能有的人有什么意义呢？这就像问西西弗斯推石头有什么意义一样。即便普通人做不到那么伟大，我们还是希望会有伟大的英雄出现——即便他的英雄行为是坦承自己无意中犯下的大错。我们重塑的俄狄这个形象符合中国人的英雄情结，又融进了西西弗斯的精神，他不断在行动，哪怕不断失败也绝不放弃责任！

又有人会问，中国戏曲向来忠奸分明，京剧能演好俄狄这个毕竟是犯卜了罪孽的"英雄"吗？传统戏曲里确实多是非黑即白的形象，但戏曲也在发展；而且，戏曲的表现手段要比话剧丰富得多，完全可以把俄狄这样复杂的人物性格展现得更有层次更有色彩。在翁国生导演并领衔主演的京剧《王者俄狄》的最后，俄狄毅然挖出自己的双眼，舞台上飞射出两条由白到红的长水袖，两千五百年前的神话放出了震撼现代人的光芒。

除了希腊悲剧等古代经典，易卜生那样的现代经典也能与戏曲嫁接，为当代人所用，这是大多数中国文化人始料未及的。随着世界戏剧的快速发展，现实主义戏剧的长处和短处都越来越显现出来——便于细腻地反映普通人的日常生活，却很难凸显那些"反常"或是"大写"的人的丰富的内心。写实手法很适合坐在客厅里和丈夫讨论婚姻关系的娜拉；而要展现用满腔妒火焚书稿的海达就有点力不从心了。我们选来用戏曲演绎的并不是有具体社会目标的《玩偶之家》，而是具有远更持久的现代性、富含永恒象征意象的剧作《海达·高布乐》和《海上夫人》。在越剧舞台上，一身火红的海达连说带唱，舞动超长水袖，既给人极致的美感享受，又是强力的灵魂的冲击。周妤俊饱含激情的戏曲技巧，或者说用高度的技巧呈现出来的激情，显然比"话剧"更能打动人；虽然穿的是古装，骨子里却是超前的、易卜生一百多年前就预示的最现代的精神。比之鼓吹妇女解放的《玩偶之家》,《海达》的现代性时效更长,绝不会随着具体社会改革的实现而过时。我们发现,要充分地表现开阔的现代意识,古装戏曲恰恰是最好的选择:超越了日常生活服装、不受拘束的宽袍长袖,加上行云流水的肢体动作和"言之不足则嗟叹之、嗟叹之不足则咏歌之"的唱,才配得上"大写的人"的气度。"易卜生主义"和古装戏曲(包括可说是最"反现实主义"的女子越剧)完全可以相得益彰。

当今世界是一个全方位跨文化的世界,不仅需要中西交流初级阶段那种拷贝式的引进,更需要也完全可以再进一步,做出更多的可以为原作增色的嫁接式再创造。

文化如何走向世界？

　　和杭州越剧院去普林斯顿大学演出时，适逢该校在《美国新闻与世界报道》一年一度的大学排行榜上超过哈佛独占鳌头。我们都很兴奋，来接我们的大巴司机也熟知此事，但他回应我们的淡定语气不亚于一位大牌教授：这种排名嘛，不必看得太重。校园里也是波澜不惊，没有一条"热烈庆祝"之类的标语，这个两百六十多年历史的大学好像看不到一座时髦的建筑，处处是淡雅的古色古香。那个剧场有一百好几十年了，设备看上去有点"落后"，但声音极好，六百座的场子完全无需电声，每个座位都听得清清楚楚；舞台挺大，却不许放布景，因为后墙全是壁画和类似教堂的嵌花玻璃。剧场经理还担心这个规定会让导演不高兴，但导演连声说好——这舞台本身就是个典雅精美的艺术品，和我们带去的只需空舞台的越剧还挺配的。

　　普林斯顿大学的剧场简洁，管理也简单，不必花钱买票，只要在网上订好票，看戏时来取就是。他们的简单绝不是草率，每场演出后艺术家都要留下来，和观众一起交流。台下高人多多，有位国际易卜生学会会员熟谙名剧《海达·高布乐》，看过几十个不同剧团的演出，说我们改编的《心比天高》既保持了原剧的精华，又呈现得完全不同凡响；

普林斯顿的戏剧教授看到我们的演员把越剧的超凡技巧和斯坦尼的心理现实主义结合得天衣无缝，问是怎么做到的；还有一位老教授被《海上夫人》触动了心弦，哽咽着感谢我们如此美妙地演绎了婚姻的重要性这个主题，这样的题目很容易变成说教，在美国已然很难看到。

这两个戏在纽约大学思歌博演艺中心的演出是卖票的，但演后也有同样的讨论。美国人的解读多种多样，同样是女主角超长水袖的激情舞蹈，在有的人眼里像蝴蝶，有的人觉得像花朵。在巡演的四个学校几乎都听到一个共同的问题：怎么会想到用戏曲来演绎乍一看截然相反的易卜生剧作的？但引申而来的最后结论好像都是：原来各国的艺术就是这样的：习相远、性相近。

这些年来我和不同的戏曲剧组访问了十多个国家，剧目既有西方经典的改编如易卜生和《王者俄狄》《朱丽小姐》，也有原创的京剧系列短剧《孔门弟子》；演出场合既有大型戏剧节，也有剧院的常规演出季，还有大学的国际研讨会等；这些出访有一个共同之处：演出之外都有互动的讨论或是教当地人的实践工作坊。这样的文化交流是非营利性的，肯定赚不了钱，我们的"收益"是通过面对面的沟通，潜移默化地传播中华文化。相比一些高调出国演出的豪华团，特别是那些在"金色大厅"闪亮登场的明星们，这些剧组都比较"寒酸"，而我们的东道主都表现出很高的热情，至少会负责落地后的全部费用，绝不会要我们付场租。意大利最大的国营剧院米兰皮克洛剧院看到上海戏剧学院的《朱丽小姐》在常规演出季中很受购票观众欢迎，特地邀请该剧来个Encore，第二年再去演一周。

媒体曾经热议奥地利维也纳"金色大厅"的各种中国秀，有一年的两会上，一位文艺界委员坦承，"金色大厅"中国演出扎堆的现象是她开了个"坏头"。中国驻奥地利使馆的文化参赞则说，他一直忙于应付国内去的团体，有一次仅八个月内就接待了一百三十三个中国演出团。那些团大部分都是用公费自娱自乐去"镀金"的，根本不在乎有没有人来看，送票的对象主要是当地华侨，送得人家不胜其烦。近年来国家对文化的投入增加了很多，这本来是大好事，但很多演出团体只是打着"文化走出去"的旗号，以交流演出为名周游列国，不但没有真正让外国人欣赏到中国的优秀文化，反而加深了外国人心目中中国"土豪"成堆的印象。

近百年来我们接受了无数的西方文化产品，常常忘了中西文化之间的深刻差异；其实，要让外国人真正喜欢中国的文化艺术，实在不是一件容易的事。我在和杭州越剧院去美国大学巡演的过程中，深深体会到好的艺术对于拓展中国文化影响力所能起到的巨大作用，但同时也看到了实现这一任务的极大难度。

文化交流一般都会在人口集中的大城市，而西方大城市里本来就演出很多，如纽约每天光是正式面向社会售票的演出就有一百多个，这还不含任何大学的演出；如果没有高额投入的宣传，一个当地人原本不熟悉的异域作品很难吸引到足够的眼球，而为一个非营利性的交流项目作高额投入又不大现实。这次请杭州越剧院去演出的思歌博演艺中心就想了个聪明的办法，把杭州的越剧和谭盾的音乐会、国家话剧院的莎剧以及陶冶舞蹈团放到一起，作为一个中国主题的演出系列一起推介（但并不是扎堆同时演出），既得到中国文化部的一部分支持，更降低了单个剧目的宣传成本。就是这样策划也还是要做长期打算，绝不能追求急功近利。很多美国观众都是第一次看到越剧，他们说没想到越剧这么美又这么深刻，两场演出实在太少，口碑传出去已经晚了。但有了这次的铺垫，以后要再去演出，宣传起来就容易多了。

杭州越剧院美国巡演的最后两场是在洛杉矶加州大学（UCLA）及其长期合作的洛杉矶演艺高中。UCLA孔子学院的美方院长苏珊·简恩曾在夏威夷大学学过戏曲，中文流利，以一篇研究川剧的论文获得博士学位。她精心设计了两个不同的演出方式，在大学演越剧易卜生，在高中演传统折子戏《梁祝》和《狮吼记》等。苏珊为传统戏也逐句翻译了字幕，在演出前先做了个幽默的讲解。她说中国戏曲就像美国人热爱的橄榄球，只要明白了规则就会越看越有味道；果不其然，其后的演出中笑声不断，演后谈时师生们提的问题也非常到位，让主持人欲罢不能。

像简恩博士这样的"超级推销员"实在太难得了，我们在努力寻找更多的简恩的同时，还应该主动地培养精通跨文化交流的人才，来帮助中国文化走出去。上海戏剧学院开办的"跨文化交流学"硕士专业，就以此为目标，用英语教学，面向国际学生，也招收中外文俱佳的中国研究生。第一届入学的来自剑桥大学的艾利克斯·高玛已经显露出这方面的巨大潜力，他从小热爱莎士比亚，后来又迷上了中国戏曲，下决心要融合二者之长，到中国全国和世界各地去巡演。加纳的菲利普·博佛则有志于填补中非文化交流这一相对的缺门，让中国的文化和投资、技术一道走向非洲。我们的中国学生中已经有了毕业于美国常青藤名校的双语双文化戏剧人才。

假以时日，更多的中国的优秀文艺将会和这些更有专业素养的文化使者一起，走向更加广阔的世界，走近各国人民的心里。

民族特色与普适价值

　　关于这个标题，有个常见的说法：越是民族的，就越是世界的。这个判断对吗？似乎过于笼统了，不妨来问一个具体的问题：极具民族特色的中国戏曲有可能在世界各地得到发展，而且是可持续的发展吗？要回答这个关于未来的问题，肯定要先看看过去的历史。

　　说起中国戏曲在海外的传播，尤其是在并非华人聚居的欧美国家的传播，很容易想到梅兰芳访美的空前成功。那还是1930年，那时候的中国一穷二白，各方面的实力都根本不可能和现在相比，而且梅兰芳出访完全是个人行为，没有一点国家的资助。现在，中国已经是即将超过美国的世界第二大经济体，有了远更强大的实力，而且政府明确提出要开发文化艺术及公共外交方面的"软实力"，计划投入大量资金和人力来向全世界推广。这样看来。是不是戏曲海外发展的前景会更好呢？

　　来看一个比较近的例子，2015年9月的张火丁访美演出，距当年梅兰芳访美整整八十五年。张火丁是最接近我想象中的梅兰芳那一辈大师水平的戏曲演员。我生已晚，从未有幸亲眼欣赏到老一辈大师的精彩表演，看到张火丁，一下子明白了为什么当年会有那么多人迷梅兰芳、程砚秋。很难用理性的文字来描述她的表演究竟高妙在什么地方，但就是耐看耐听，魅力无穷。过去几十年来，无论在学校还是院团，戏曲演员要想提高都以拜师学某派为途径为目标，谁也不能提超越师傅，或者创造自己的流派，但结果是绝大多数演员连学像也很难做到。沉寂了几十年的舞台上突然冒出了个张火丁，请她访美演出是再自然不过的选择。虽然她演的是两台大戏，有中国戏曲学院的二十多位演员和乐师配合，整个活动也像当年梅兰芳访美一样，突出的就是张火丁这一位超级明星。

然而和梅兰芳访美最大的不同是，梅兰芳1930年那次跑了好几个城市共演了七十二场戏，"大致有五十几天满座，其余至少也有七八成，所以票价由五元涨到了十二元，由此可见观客的拥挤了"[1]——那时候的观众几乎是百分之百的白人；而张火丁这次一共只演了两场，都在纽约，观众还多的是华人戏迷——要知道现在纽约附近的华人就足以包下好几场演出，可是《锁麟囊》和《白蛇传》各只在林肯中心演了一场。难道八十五年过去后，美国的华人人口增长了那么多倍，而戏曲市场反而缩到了只有当年的三十六分之一吗？

其实，这两次京剧明星访美演出很难用两个数字来简单类比。上一次京剧访美完全是梅兰芳自家剧团的活动，没有任何政府机构替他埋单，全靠他的专家团粉丝团帮忙，工作做得特别认真仔细，前后筹备了六七年才成行。而张火丁这次访美全部由文化部下属的中国对外演出公司以及她任教的公立大学中国戏曲学院操办，财力雄厚得多，

---

[1]　齐如山：《梅兰芳游美记》，辽宁教育出版社2005年版，第65页。

准备的时间也就短得多。现在的美国剧坛和1930年最大的不同是，当年全是由票房决定演出长度的商业戏剧，而现在商业戏剧跟非营利性剧院分得清清楚楚。短时期的戏曲巡演只可能是非营利性的，必须事先定下演出日期，这就排除了到当年梅兰芳演过的任何百老汇剧院演出的可能；纽约的非营利性剧院大多是中小型的，大剧院很少，林肯中心显然是最合适的。因为访美演出用的是国家财政的经费，当年的钱款必须在年内成行用掉，林肯中心剧院那年的档期也只有这么几天了。所以安排的演出比当年少很多，并不完全是因为市场缩小了那么多。还有一个原因是，张火丁团队不像当年的梅剧团本职就是全职演戏，只要有人买票就可以延长演出；张火丁是国戏的全职教授，有全年的教学任务，和她配戏的也有不少是国戏的老师和学生，都不能过多地影响教学。

尽管如此，当年给了梅兰芳极高评价的《纽约时报》在这一次的推介文章中也没忘记把这两个历史性事件做个比较，而且，拿来做对比的并不只是他们两个人的演技：

> 京剧受欢迎的程度正在下滑，未来的戏曲明星可能永远不会像张火丁这么有名。著有多部戏曲专著的李世强说，一定程度上由于政府的支持，戏曲并不会完全消亡，但一些最优秀的传统和故事不断地在失传。他说，"无论什么时候一个演员去世，部分传统也会随之逝去，因为传统的戏以及表演是靠口传身授的，很多情绪和手势在剧本里是找不到的。"

1930年，一代京剧大师梅兰芳也曾来到纽约演出，那时候的情况太不一样了。当时人们还觉得中国的戏曲可能会传到海外，甚至还会影响到全世界的艺坛……

上星期接受采访的时候，张火丁感叹道，京剧的黄金时代可能就要结束了。[1]

这样的比较难免令人沮丧，在这位《纽约时报》记者的眼里，梅兰芳访美给了世人那么大的惊喜。八十五年以后，中国戏曲海外发展的前景不但没有变得更加光明，反而黯淡了太多。难道戏曲真的是如此今非昔比吗？

先来看看梅兰芳成功访美的前因后果。1930年刚好是美国大萧条开始的时候，也就是说梅兰芳筹备了六七年之久的访美之旅开局时运气并不好；但从长远来看，20世纪上半叶是历史上中美关系最好的时期：中美两大盟国联手最终取得了抗日战争的决定性胜利，同时那几十年也是两国文化交流的蜜月期。早在梅兰芳访美之前，1912年百老汇就推出过一部被编剧和导演称为是"按中国仪态演出的中国戏"《黄马褂》（*The Yellow Jacket*），其实编、导、演全是美国人，两位剧作家哈利·班里莫（J. Harry Benrimo，同时兼任导演）和小乔治·黑泽腾（George C. Hazelton, Jr.）从未到过中国。该剧的原创剧本是他们根据对中国的想象编的，演出形式则参考了当时能找到的各种资料。开场前，检场人来到大幕前面敲三下锣，然后说书人上来介绍剧情，全

---

[1] David Barboza, "Zhang Huoding of Peking Opera Takes a Turn in the United States," *The New York Times*, Aug. 30, 2015.

由白人饰演的角色陆续上场以后，检场人还不时上来检场布置道具。[1]
《黄马褂》这个冒牌的"中国戏"在20世纪上半叶竟成了美国剧坛的
一个经典，于1916年、1921年、1926年、1928年、1934年、1941年
多次重演，还曾去英国、俄国、西班牙等国演出[2]。就在梅兰芳访美的
第二年，儿时就来到中国住了几十年的赛珍珠（Pearl S. Buck）的英文
小说《大地》（*The Good Earth*）在美国出版，立刻畅销；《大地》1932
年得到普利策奖，1937年又拍成好莱坞电影，翌年获奥斯卡奖；1938
年赛珍珠还得到诺贝尔文学奖。所有这些奖项都是第一次授给了一个
中国题材的作品，而且是一个非常真实的关于中国农民的故事——尽
管主要电影演员都是白人。梅兰芳访美之后的三四十年代，百老汇还
上演过好几出英文的中国戏，包括中国人熊式一编剧、美国白人表演
的《琵琶记》和《王宝钏》，都很受欢迎。应该说这和梅兰芳访美造成
的正面影响也有一定的关系，但那几个戏都只是在舞台上讲了中国内
容的故事，并没有像梅剧团那样真正呈现出戏曲表演的形式，说到底
都只是文人的作品，缺乏戏曲表演艺术家的参与。所以总的来说，比
起梅兰芳在美国巡演当时他个人受到的那种空前绝后的欢迎，如果要
问京剧对美国戏剧留下了什么影响，那么，套用一句著名的京剧台词，
可以说是"人一走，茶就凉，不思量。"

　　这样的评价是不是太苛刻了？很可能是，如果我们没有一个十分

---

[1] George C. Hazelton and J. Harry Benrimo, *The Yellow Jacket, in The Chinese Other, 1850–1925: An Anthology of Plays*, ed. Dave Williams (Lanham, MD: University Press of America, 1997), p.233.

[2] James Harbeck, "The Quaintness — and Usefulness — of the Old Chinese Traditions: *The Yellow Jacket* and *Lady Precious Stream*," *Asian Theatre Journal* 13, no. 2 (1996).

相近的比较对象可资参照的话。而这个参照的对象恰恰是中国人也很熟悉的，俄国大师斯坦尼斯拉夫斯基。斯坦尼访美比梅兰芳早了七年，从1923年1月到1924年4月，他带着62个人的剧团在美国12个城市巡演，一共演出了13个剧目380场——这个数字大大超过了梅剧团的72场。和梅剧团一样，这个俄国剧团在台上讲的也是外国话——演的还是话剧，那时候又没有字幕，所以他们赴美前对美国观众是否接受也完全没有底；但大大出乎意料的是，评论家的反应也是十分地惊喜，卖座比梅兰芳还要高出好几倍。美国的《戏剧》杂志还把他们和美国本土的演出做了一个比较：美国导演霍普金斯1922年推出用英语演的高尔基剧作《底层》[1]，每天票房只卖了二百美元，而第二年斯坦尼带去的俄语版《底层》不但全部满座还要卖站票，每周收入超过五万美元——按每周八场算每天要有六千多，是前者的三十倍以上！[2] 评论家注意到莫斯科艺术剧院的全体演员表演都好，这一点和当时特别讲究突出明星的美国剧坛很不一样，和后来去巡演的梅兰芳的京剧更是截然相反。评论家们并没有特别称赞斯坦尼本人演得多么出色，《名利场》杂志的亚历山大·乌尔考特写道："我从来没有看到过一个这么好的整体的演出，全体演员在舞台上把整个剧呈现得如此的真实——他们不仅个个都演得好，而且是作为一个集体演得好。"[3]

---

[1]　该剧有中国改编版，名为《夜店》，1943年黄佐临导演话剧，1947年导演电影，演员中除了话剧明星石挥、电影明星周璇，还有京剧名角童芷苓。

[2]　Mel Gordon, *Stanislavsky in America: an Actor's Workbook*, New York: Routledge, 2010, p.21.

[3]　Mel Gordon, *Stanislavsky in America: an Actor's Workbook*, New York: Routledge, 2010, p.20.

虽然斯坦尼作为主角演员并没有像梅兰芳那样引起美国社会那么大的轰动，但他的剧团作为整体在美国巡演的城市和演出场次却大大超过了梅剧团，更重要的是，他的演剧方法在美国大地上生根、发芽，长成了参天大树。在这方面，之前已经来到美国的斯坦尼的学生泽德尼基起了非常大的作用，他在斯剧团抵达前就积极地奔走张罗；巡演才开始十来天，他联系的美国的制作人就安排了一系列讲座，让泽德尼基用英语介绍老师斯坦尼发明的表演方法，这也是促销戏票的一个有效手段。在讲座中泽德尼基甚至宣传说，要在斯坦尼的指导下为十个百老汇的资深演员上课和排戏。这件事虽然没有马上实现，不久后却变得更大了——不但有好几家俄罗斯学派的表演学校在美国诞生，而且逐渐成为美国戏剧表演方法的主流。除了比斯坦尼早去美国"打前站"的泽德尼基，还有一些没有随斯坦尼返回莫斯科而留在了美国的剧团成员也出了大力。其中的 Richard Boleslasky 和 Maria 在美国成立了自己的剧团，他们教出来的美国学生中包括李·斯特拉斯堡和哈罗德·克勒门，后来成为美国表演教学大师、传播斯坦尼"方法派"的主将。

和梅兰芳当时惊艳无比然而人走茶凉的访美演出相比，斯坦尼剧团访美演出更重要的意义是，他们的表演方法引起了美国演员长期学习的浓厚兴趣。斯坦尼还在美国巡演时就接受了一个出版社的邀约，开始写艺术自传《我的艺术生活》，详细地解释他的表演体系，包括其创造过程和具体特点。后来他带着剧团回国了，但有几个演员留了下来，再后来又有一些他剧院的演员去了美国定居，他们都成了向美国人传播斯坦尼方法的重要力量。这些俄罗斯表演老师们远不如斯坦尼有名，他们刚去美国时大都是想当演员的，但是很难找到适合他们表演的角色，就开班授课变成了老师，先是教出了一批专门传授斯坦尼方法的美国表演老师，再通过他们教出了一些后来非常有名的美国"方法派"演员，包括马龙·白兰度、玛丽莲·梦露等人。这些演员又通过好莱坞电影把他们的方法传遍到了世界各地。和斯坦尼访美留下的影响深远的礼物"方法派"表演相比较，梅兰芳访美给人留下印象最深的却是诸如比女人的手还要软的手那些奇闻轶事，让人叹为观止、敬而远之，对同行演员来说差不多是可望而不可即；如果要想找出些能对美国戏剧及文化产生持久影响的"遗迹"，还实在是无迹可寻。

中国戏曲学院的刘璐博士在论文《梅兰芳与斯坦尼斯拉夫斯基访美比较研究》中得出了如下的结论：

> 这就使我们必须正视戏曲自身的欠缺：内涵单薄，人物平面，尤其是选出来的出访剧目，往往只突出外在技巧，有时候几乎沦为无思想的杂技表演。焦菊隐先生说得好："它善于用组线条的动作勾画人物轮廓，用细线条的动作描绘人物思想活动。像《拾玉镯》《评雪辩踪》，故事很单纯，但它用富有表现力的手法，揭示人物丰富的内心活动。"他是在讲戏曲的表现手法好，可是无意间也流露出戏曲的一个弱点，那就是"故事很单纯"。确实，很多取材于中国传统民间故事的戏曲人物性格比较单一，如白脸的曹操、红脸的关羽、黑脸的包拯，很多角色在刚一出场的时候就已经让观众明确了他所处的身份地位是好人还是坏人了。而且，由于戏曲故事大都家喻户晓，观众到剧场看戏并不是要想了解剧情的推进，看人物的命运和性格如何发展，更多的是欣赏唱念做打，是

视听的综合享受。……

进入21世纪，戏曲走出国门进行跨文化交流已经不像当时梅兰芳访美时那样艰难，需要准备好多年才能漂洋过海、大费周折，剧目的选择和交流的目的也应该可以更加完备和周详。可是，看一下近年来各大院团出国访问演出的剧目表，竟然与当时梅兰芳访美的并没有太大的区别。特别是一些技巧性剧目，如《三岔口》《天女散花》《借扇》等等，都是出国常演的剧目。这些折子戏语言交流比较少，通过戏曲独特的技巧和程式性的舞蹈，让演出场面火爆，容易让外国观众接受和喜欢。但是，我们是不是就应该停留在这儿，满足于观众对于戏曲的服饰、化妆和各种身段技巧的惊叹呢？从梅兰芳访美至今的八十余年里，我们在国际交流方面所追求的还只是这些表面的喝彩声吗？作为中国民族传统文化的主要代表之一，戏曲是不是可以更多地追求一些精神层面上的传达呢？特别是在对照了斯坦尼访美所产生的巨大的持久的影响以后，我们是不是更应该深思一下，我们有没有可能也让外国人真正地喜欢上我们的戏曲、来认真学习我们的戏曲呢？[1]

这是中国戏曲人的愿望，实现的可能有多大呢？事实上这次张火丁带去美国的剧目恰恰是不同寻常的文戏《锁麟囊》和文武兼备的《白蛇传》，并没有纯粹展示形体技巧的动作戏，其中《锁麟囊》更是集中展示张火丁最突出的唱功的程派名剧。美国是怎么看这两个戏的呢？美

[1]　刘璐：《梅兰芳与斯坦尼斯拉夫斯基访美比较研究》，《戏剧艺术》2012年第5期。

国最权威的媒体《纽约时报》的评论家James R. Oestreich这样写道：

> 戏曲是中国基本的戏剧形式，和西方歌剧很不一样，不仅包含声乐、器乐和表演，还有哑剧、带曲调的吟诵、贯穿全剧的舞蹈及杂技动作。这些多姿多彩的表现形式就足以吸引西方人了——尽管要他们的耳朵适应戏曲音乐还不那么容易。

讽刺的是，这位评论家还是个熟悉歌剧的乐评家，因为京剧的英文名字是"北京歌剧"，但他对张火丁演出的视觉部分的兴趣却远大于音乐部分。他认为：

> 对还不熟悉这种形式的观众来说，《锁麟囊》的娱乐效果要比《白蛇传》差很远。情节动作太单调。我能理解为什么观众中张火丁的粉丝们一次又一次地叫好，这出戏是给那些有雅兴能看出舞台上微妙之处的鉴赏家看的。对笔者来说，这两个半小时的"微妙"有点长。甚至连剧中的喜剧部分也一会就变得无聊了——两个拌嘴的丑角就像我们的Abbott和Costello那种俗套的小丑，我想看的把子功夫和杂技般的打斗场面却一直没出现。[1]

显然，想要一个外国音乐评论家看两个戏就能品出张火丁表演的微妙之处，是有点难为他了。张火丁不像当年的梅兰芳——一个男演

---

[1] James R. Oestreich, "Zhang Huoding Makes American Debut in Two Operas," *The New York Times*. Sept. 4, 2015.

员能把旦角演得那么"娘",本身就是个大"卖点",当年的美国观众哪怕没看出太多微妙之处,男演女这一点是看清楚了的。在没有这样的特殊卖点的情况下,为外国观众选剧目看来还不能完全按照国内戏迷的审美趣味。估计现在这两场演出主要考虑的是纽约的华人戏迷观众,所以《锁麟囊》是当然的不二之选;但如果主要考虑不熟悉京剧的美国观众的话,也许就应该考虑不同的剧目了。总的来说,中国戏曲在对外的跨文化交流中最容易被接受、被欣赏、甚至被学去的是风格化、舞蹈化的肢体动作——比自然状态的话剧动作更美化,而且表现力更强得多,更适合体现高于普通人的"大写的人"(larger than life characters);但音乐就不那么容易被很快接受,尤其是京剧中太响的锣鼓。梅兰芳当年就是把传统的以老生的唱为主的京剧变成了歌舞并重,甚至更加突出舞蹈之美;这个革新本来是为了更好地向国内观众展现他自身的特长,但无意中也刚好更适合国外观众的口味。相比之下,那些以长篇唱段为主的文戏,就不容易让外国人听出味道来,除了音乐风格不熟悉,还有一个原因是多数的唱段往往是一唱三叹,只是反复地咏叹角色的心情,多半并不能推进剧情,会使得习惯于看剧情进展、角色冲突的西方话剧观众不耐烦。

这好像只是个文化差异的问题,但同时也是一个代沟的问题,对于中国的年轻观众也同样存在。戏曲剧目虽说有好几千个,但在习惯了美剧、日剧、韩剧的年轻人眼里,大多数故事老套、主题重复、人物类型固化。所以,连出国演出的张火丁本人竟也向《纽约时报》直言慨叹,"京剧的黄金时代可能就要结束了"。为了给张火丁的纽约演出做宣传而特地从纽约请到国家大剧院来提前观看演出的《美国戏剧》

杂志主编吉姆·欧奎恩今年5月第一次到北京，就注意到了这一点：

> 尽管有着丰厚的传统、学术的体系、国家文化战略中的重要
> 地位，以及壮大中的粉丝团，但事实上京剧的影响力还是相对有
> 限的。北京的两千四百万人口中，只有很小一部分看过京剧，现
> 在他们中的很多人都听说了张火丁现象。[1]

这么说，京剧人现在的一切努力只不过是在勉强延长一点它的寿
命吗？难道令人振奋的张火丁现象只是京剧短暂的回光返照吗？我不
这么认为，我相信京剧乃至中国戏曲的寿命还长得很，主要不是因为
偶然出了一位张火丁，也不是因为现在国家财力雄厚，可以给行将就
木等待被贴上"遗产"标记的一个个剧种接上管子和呼吸机输血输氧。
不，我更看重的是戏曲的普适价值（未必是价值观），尤其是对于历来
以现实主义为基石的西方戏剧的创新意义。

和一般观众相比，不少西方大戏剧家对中国戏曲的兴趣要更浓得
多；20世纪的国际知名导演中，德国的莱因哈特和布莱希特、俄国
的梅耶荷德和爱森斯坦、英国的戈登·克雷和布鲁克、波兰的格洛托
夫斯基、意大利的巴尔巴等都对迥异于欧洲现实主义戏剧的东方戏剧
传统兴趣极浓。布莱希特和巴尔巴对戏曲的研究最多，布氏写下了名
为《中国戏剧表演中的陌生化效果》的长篇论文，兴奋地解读他在莫
斯科看到的梅兰芳的表演；巴尔巴创办的"国际戏剧人类学学院"长

---

[1]　Jim O'Quinn, "Beijing Opera Star Zhang Huoding Packs 'Jewelry Purse' for the U.S." *American Theatre*, September 2015.

期和来自世界各国各文化的演员共同探索一种超越文化差异的"欧亚戏剧"，曾和梅葆玖和裴艳玲等戏曲演员多次合作进行研究。他在与人合著的《戏剧人类学辞典：表演者的秘密》一书中指出，在全世界所有不同文化的表演中，有一点是相通的，那就是"前表意性"（pre-expressivity）。他说：

> 不同国度和时代的不同表演者，尽管有各自的传统风格，总是会有一些共同的原则。戏剧人类学的首要任务是探究这些反复出现的原则，那是一些非常有用的"良方"。……传统的东方演员都有一个完整的、经得起考验的"专门方略"，亦即使表演风格体系化的艺术规则，这种风格与特定戏剧类型的演员必须遵守的一切密切相关。
>
> ……戏剧人类学认为，对所有演员来说，只存在一个共同的结构基础水平，戏剧人类学把这种水平界定为"前表意的"……它涉及到如何展现出演员在舞台上的活力，也就是演员如何成为一种在场（presence）的形象，直接吸引观众的注意力。……
>
> 有一种超越了传统文化的"生理学"。实际上，前表意性正是为了获得这种"在场"而充分利用了各种原则。……这些原则的结果在一些体系化的戏剧类型中显得更为明确，因为在这样的戏剧类型中，帮助肢体造型的技巧是独立于结果亦即意义之外的。[1]

---

[1] Euginio Barba, *The Secret Art of the Performer: A Dictionary of Theatre Anthropology*. London: Roultedge, 1991, p.8, pp.187-188.

　　"前表意"是巴尔巴独创的一个新词，指的是演员在还没有表现剧情人物的情况下就已经在舞台上闪光的东西，或者说超越于剧情和角色内容的纯属演员自身的特色。这种难以捉摸的演员的魅力在各种文化的戏剧舞台上都存在，中国人、日本人、印度人、西方人分别用"气""花""味""能量"等不同的词语来形容它。巴尔巴认为前表意性在亚洲的传统戏剧舞蹈中表现得特别明显，例如梅兰芳的表演即便没有翻译，也可以让不懂汉语的外国人看得入迷，这里的秘密就是"前表意"的巨大能量。我曾为美国学刊《戏剧调查》(*Theatre Survey*)写过这本书的书评，肯定了巴尔巴这一理论的重大突破，但也指出其缺陷——以偏概全，把戏剧中的一个部分、一种特例当成了通例，把在传统亚洲戏剧中确实占去很长时间的"前表意"的演员训练和舞台呈现时"表意"甚至"强表意"的表演混为一谈。[1]

　　事实上，戏曲演员的训练、排练和表演所走的是一条"从前表意到表意再到强表意"的路：一开始要花很长时间学基本的动作程式，按不同的行当分门别类模仿，如生、旦、净、丑各不相同的走路步法，手的不同动作和指法等等，确实是"前表意"的表演训练，类似于制作拼装之前的机器"零件"。一旦掌握好了基本程式，拿到剧本开始排练的时候，演员就要尝试把前表意的零件拼装起来，就要开始表意了。到排练结束上舞台演出的时候，这些动作就会呈现出话剧往往难以体现的"大写的人"。

[1] William H. Sun, "The Art of the Performer: A Review on *A Dictionary of Theatre Anthropology* by Eugenio Barba et al." *Theatre Survey: The Journal of American Society for Theatre Research* (Seattle), Nov. 1994.

　　本来，"从前表意到表意再到强表意"的路并不是中国戏曲独有的，甚至也不是亚洲传统戏剧的专利；西方的芭蕾和歌剧也是这样，但它们早已告别了戏剧独立出去了。而西方人当年演希腊悲剧、莎士比亚时所用的非写实、程式化的表演风格，在一次次社会和文化的更新换代中已然烟消云散无迹可寻。自19世纪末以来，许多有远见的西方戏剧家想要打破现实主义戏剧的局限，否定之否定，重新探索古希腊和莎士比亚时代曾经有过的开放"写意"的舞台手段，但他们的历史并没有提供多少东西可以借用。相比之下，中国古代相对"超稳定"的社会结构倒为我们保留了不少舞台上的"活化石"。这个现象在印度和日本也都存在，但印度保留的主要是较少叙事成分的舞蹈，而日本的能剧和歌舞伎则相对精英化，不像中国戏曲这么普及，其种类风格也专一得多。我们的戏曲不但剧种丰富多样，对新故事的适应性也特别强，更容易融入其他文化的元素，既可以给中国人自己看，也可以为外国人所用。所以，用戏曲的形式来展现外国经典的故事是一个可以让各相关文化都得益的好办法，例如戏曲形式的希腊悲剧、莎士比亚、易卜生等等。西方观众看他们耳熟能详的经典时，更注意的是极富表现力的中国式演绎方法；中国戏曲程式化动作传达出的中国美学精髓，能吸引更多的外国人进一步了解中国文化。因此，把西方经典改编成中国戏曲便有了两层意义：在国内为中国观众所用，拿西方文化的精华来丰富我们的艺术；走出去为传播中华文化所用，有助于中国戏曲走向世界。

　　希腊悲剧和莎士比亚已经有了很多戏曲版，以现实主义为主的西方现代戏剧曾经被认为很难和戏曲融合，但近年来也有了成功例子。

《海达·高布乐》和《海上夫人》被改编为古代中国的故事，十多年来在国内外几十个城市演出，引起大批本来不看戏曲的大学生的强烈兴趣。越剧保留原作情节，突出写意成分，将口语对话浓缩成唱词，增加闪回。"焚稿"和"夜奔"行云流水般地将客厅戏扩展开来，更充分地展现原来局限于一堂景的主人公的内心世界。海达的手枪变成了鸳鸯剑，当她用长剑刺入身体，象征鲜血的加长红水袖飘舞开时，奥斯陆的观众震撼了。西方人既发现了中国戏曲中的传统审美意趣和文化内涵，也对这个具有普适价值的现代主题有了新的领会。

上海戏剧学院的京剧《朱丽小姐》借用斯特林堡塑造的人物，在戏曲的人物群像中增添了两个特别能引起当代青年反思的多层次的圆形人物——发生情感纠葛的孤独的小姐和强壮的男仆；京剧的唱和舞也为剧情提供了更丰富的表现手段，将人物的内心展现得更加淋漓尽致。除了国内的许多演出，该剧还曾八次出国演出，包括在斯特林堡的家乡瑞典的三个城市。该剧还成了上戏戏曲学院京剧课的教学剧目之一，而在专为外国学生开的暑期学校和冬季学院上，《朱丽小姐》常是学生选得最多的剧目——超出了《打渔杀家》等传统剧目，二十人来的班上，有一次竟出现了九个版本的"朱丽"。

当然，源于改编的"西戏中演"绝不会是戏曲未来的唯一道路，我们还应该有更多传递现代精神的原创剧目——现代精神并不意味着一定要像样板戏那样穿现代服装讲现代故事。就是古装戏也应该具备能与现代人精神沟通的内涵，表达普适哲理和美学价值，那样就能打动年轻的国内外观众。上海戏剧学院专门为青少年创作了一组《孔门弟子》戏曲系列短剧，让大家看到三个虚构的、渴望成熟的学生，一个真实的、诲人不倦的夫子，在周游列国途中演绎出一个个令人啼笑皆非又发人深省的故事。该系列剧选择精辟的夫子语录，讲出一些为人处事的道理，让生、旦、净、丑演绎孔子思想，用唱、念、做、打传递中国文化；把众所周知的"三个和尚""田忌赛马""河伯娶亲"之类的故事变成了孔子用以启发学生体验、思考、讨论的普适性、开放式的寓言。这组系列剧还吸引了不少外国人参加学习和演出，保加利亚国家戏剧电影学院、美国剑桥公学、澳大利亚墨尔本大学的学生分别排演了《己所不欲勿施于人》《三人与水》《比武有方》《巧治贪官》等八个剧目，在人类表演学国际大会上分别展示，又带回到各自的国家去巡回演出。

只要找到把传统审美特色和现代精神结合起来的方法，戏曲可以成为中国文化走向世界的一条捷径，中国戏曲演绎西方故事和古装新戏都可以，关键是：形式必须尊重戏曲，内容不忘面向现代。要向世界传播戏曲，像梅兰芳和张火丁这样的超级明星出国演经典当然是个好办法，但并不是唯一的办法，甚至不是最重要的办法，因为最喜欢这个办法的是已然爱上戏曲的华人戏迷，而不是我们希望去"启蒙"的当地非华人观众。要想让有好奇心但还有陌生感的外国人喜欢上戏曲，更重要的是，用戏曲独有的动作纷呈、色彩斑斓的表现形式来演绎好具有普适价值又新颖动人的故事。这样的故事不但要让人看得有味道，还要人看了想学、想演，这样我们就可以接下去教他们戏曲的方法——就像当年斯坦尼的学生那样，教他们演我们的戏。相信戏曲能够做到这一点，我们已经有一些这样的剧目，例如《白蛇传》，我们还可以创作出更多更好的剧目来。超级明星能够出国演出的时间有限，但遍布全世界的几百个孔子学院可以是中国的"泽德尼基"们用来教授戏曲的现成平台。将来中国戏曲不仅去外国巡演时会有人买票来看，而且还会在外国生根、发芽、结果——像斯坦尼的"方法派"一样。这就是我希望的中国戏曲在世界各地的可持续发展。

余 论

现代文化中戏曲的未来

在标志着中国现代文化全面开局的"五四"运动中，有两个关键的要素和戏剧密切相关：《新青年》大力宣传的"易卜生主义"出自公认的"现代戏剧之父"，而旧时代的文化艺术中对老百姓影响最大的戏曲，被新文化先锋批为是只能为遗老遗少服务的封建"遗形物"。现在看来，那时候两派的形同水火有点夸张，有点极端。仅就历史而言，戏曲就未必都是"旧剧"，现存的三百多剧种有不少和出现于20世纪初的话剧差不多"新"，长三角地区流行的越剧、沪剧、滑稽戏皆属此列。那时候新旧两派恐怕谁也没想到，曾经你死我活的易卜生和戏曲有一天竟会牵手联姻——1906年谢世的易卜生老爷爷在一百年之后，竟和那年才刚诞生的越剧结下了不解之缘。

　　杭州越剧院的艺术家们在看到《心比天高》的剧本之前，并不知道易卜生在《玩偶之家》《人民公敌》等剧本之外，还有一个更具现代精神的《海达·高布乐》，在欧美甚至被视为更高于那几个中国人熟知的"社会问题剧"。起初我们也不敢肯定，易卜生故乡的挪威人会怎么看我们那个改得"面目全非"的越剧版。是易卜生的曾孙女娜拉·易卜生最早给了肯定的评价——她特地从奥斯陆飞到杭州看最初排出的半小时戏，当即拍板决定邀请剧组去参加2006年易卜生逝世百年纪念年的开幕演出，但只选了一个三分半钟的片段。2006年1月14日在奥斯陆国会大厦举行的开幕式仿佛一个升级版的挪威"春晚"，电视直播，现场观众包括国王、王后和首相率领的整个内阁，从世界各国顶级院团请来的节目都只有很少几分钟的片段——正宗的话剧倒极少，不讲话的芭蕾舞以及唱不了几句的歌剧反而更多。我们的片段还有点与众不同，主持人在报幕时还专门做了个小广告：杭州越剧院九月还会回来演出全剧《心比天高》。所以那一年我们去了奥斯陆两次，九月那次是参加有史以来最大的易卜生戏剧节，时长近三周，《海达·高布乐》一剧就有四国来的四台不同的演出，而我们的越剧是最有特色的。我们听到的挪威及国际观众的反应几乎都是又惊又喜，人们都没想到，海达竟可以用如此美丽的歌舞形式来体现，而这个令人惊艳的呈现又并没有脱离原剧的故事和人物，观众一眼就认出了他们熟悉的海达。挪威"易卜生国际"的艺术总监英格·布列桑女士看了几遍后找来，请《心比天高》的原班人马再创作一个取材于易卜生任何剧作的越剧，由她来制作，这就是《海上夫人》的由来。

　　《心比天高》和《海上夫人》都聚焦于女人，看起来好像意趣相悖：海达心高气傲，没有一个男人比得上；荔达却很传统，在丈夫和旧情人之间，最后选择留在家里相夫教女。但这两个戏的核心都是现代人必须面对的自由选择，这些艰难的选择用古装戏曲的歌舞手段展现出来，更显得步步惊心，丝毫没有陈旧落套的感觉。易卜生主义和古装戏曲（而且可以说是最"反现实主义"的女子越剧）完全可以相得益彰。"五四"时胡适等人以为只有现实主义戏剧才能真实地反映现代社会，那是只知其一不知其二。他们第一次看到与中国戏曲迥异其趣的欧式写实话剧，欣喜若狂地急着"拿来"，没心思也没时间静下心来，再看看别的类型。其实戏剧反映生活的方式极其丰富，现代艺术蜂起的19世纪后期几乎同时出现了现实主义和现代主义两大类戏剧——后者只比前者晚了几年而已。易卜生在写出《人民公敌》《玩偶之家》《群鬼》等现实主义经典之后，在后期作品中就大量运用了象征主义手法——《海达》和《海上夫人》里就有很多。来自瑞典的另一位"现代戏剧之父"斯特林堡走得更远，他在写出自然主义经典《朱丽小姐》之后，又推出了《鬼魂奏鸣曲》和《一出梦的戏剧》等先锋剧，摈弃连贯的情节和人物，又成了现代派的鼻祖。有趣的是，他还酷爱中国文化，学过汉字，被称为瑞典的第一个汉学家。崇拜斯特林堡的"美国戏剧之父"尤金·奥尼尔也是这样，他对老庄哲学很着迷，还于1928年访问了中国，后来把用诺贝尔奖金（1936年）造的别墅设计为中式建筑，命名为"道居"（Tao House），但能从剧中看到中国元素的，并不是他的《榆树下的欲望》《送冰的人来了》等现实主义巨著，而是《马可百万》等现代派名剧。

中国的传统文化悄然为欧美现代戏剧的建设做出了贡献，却在自己的国土上被贬为与现代社会格格不入的腐朽的"遗形物"，不是很奇怪吗？一百年前中国确实特别需要能直接讨论时政话题的写实话剧，而当时无论中外谁也没看清中国的传统文化和现实主义戏剧牵手合作的可能。中国的两派泾渭分明，一派大叫学新剧，一派坚持保旧剧；喜欢中国文化的西方大家斯特林堡和奥尼尔们读了一些有关中国传统文化的书籍，却没看过什么戏曲，他们只是把中国的思想元素用在自己的现代派创作中，和他们的现实主义剧本几乎是井水不犯河水。随着世界戏剧的快速发展，现实主义戏剧的长处和短处都越来越显现出来——便于逼真、细腻地反映普通人的日常生活，却很难凸显那些"反常"或是"大写"的人的丰富的内心。写实手法很适合体现坐在客厅里和丈夫讨论婚姻关系的娜拉；而要展现用满腔妒火焚书稿的海达就有点力不从心了。在越剧的空舞台上，一身火红的周妤俊连吟带唱，再舞动超长水袖，几乎要"点燃"整个剧场，既给人极致的美感享受，又是强力的灵魂的冲击。周妤俊说每次演海达都有一种类乎身心俱焚的感觉，累极了，也爽极了，这是演老戏从未有过的。朱丽也是这样，剧中极其重要的跳舞和杀鸟的情节每每让话剧导演头疼，只能暗场处理，不让观众直接看到；而在戏曲舞台上，这都是求之不得的好戏，一定要充分放大做足文章。演海达的周妤俊和演朱丽的赵群饱含激情的戏曲技巧——或者说用高度的技巧呈现出来的激情，显然比"话剧"更能打动人；虽然穿的是古装，骨子里却是超前的易卜生和斯特林堡一百多年前就预示的最现代的精神。比之鼓吹妇女解放的《玩偶之家》，《海达》与《朱丽》的现代性时效更长，不会随着具体社会改革的实现而过时。在创作这几个现代经典戏曲版的过程中我们发现，要充分地表现开阔的现代意识，穿古装恰恰是最好的选择——"样板戏"穿的是现代服装，其故事人物却未必真的很"现代"；而超越了日常生活服装、不受拘束的宽袍大袖，加上行云流水的肢体动作和"言之不足则嗟叹之、嗟叹之不足则咏歌之"的唱，才配得上"大写的人"的气度。导过一百多出戏、著作甚丰的资深戏剧教授罗伯特·科恩告诉我说，他一直觉得易卜生的《海达·高布乐》很"像歌剧"（operatic），所以他没排过，但他给这个剧本的定位很难说服欧美人，他也不知道自己的感觉是否准确。看了《心比天高》他兴奋地说，果不其然，"中国歌剧"太适合海达了！

我们这几个古装的现代戏曲和西方先锋派用在他们的剧中的戏曲"元素"很不一样。现代西方戏剧人喜欢中国戏曲的不少，真懂门道的却鲜见，多半连中文也不懂。不懂怎么会喜欢呢？靠翻译吗？绝大多数中国人是通过翻译喜欢上西方文化的，可不少西方戏剧人连翻译也不用。提倡"欧亚戏剧"的戏剧人类学大师尤金尼奥·巴尔巴有一个巧妙的发现：戏曲和其他亚洲传统戏剧一样，最重要的是其"前表意"（pre-expressive）的成分，也就是说，不懂戏的意思不要紧，只要会欣赏还没表意的肢体部分，就可以拿去拼贴到他们的框架里，装进他们自己的"意"。而我认为，戏曲要按照自身的审美特点，以歌舞演故事来"表意"——套用梅兰芳的说法，故事人物要"移步"出新，总体形式则尽量"不换形"，因为用唱念做打的老形式反而更能做到"强表意"。戏曲的"前表意"主要是在拿到剧本之前的基础训练阶段，让演员练出巴尔巴所谓"超日常"（extra-daily）的"写意"的身段和嗓子；一旦拿到剧本开始排戏就要表意了，最后的舞台呈现更必须是"强表意"的。为了表意的连贯性和吸引力，这个"意"需要和斯坦尼的内部心理技巧结合起来，而不是像西方先锋派那样"断章取形"。

可是我们重写西方经典，是不是对人家"断章取义"了呢？既是，也不是。说不是，是因为我们对这些西方经典的认识远远超过那些西方先锋派对中国戏曲的了解。我在美国、加拿大的大学全职任教十年，教的主要是西方戏剧，那些经典剧目几乎是每年都要讲到的；但回

国以后，觉得这些好故事换个说法也许能说得更好更有意思。要是把
"断章取义"看成中性的概念，倒也未尝不可；解构主义认为，人类
一切信息的传承都是有意无意地互文性（inter-textual）断章取义的结
果。其实西方人也常这样把他们古老的艺术拿来为现代人服务，而且
还不是像我们的博物馆精品《牡丹亭》那样只能让人远远地观赏。希
腊神话被一代又一代的作家们根据自己的现实需要重写，仅20世纪就
有奥尼尔、萨特、阿努依等大家写了《悲悼》《苍蝇》《安提戈涅》等
取材于希腊神话的名剧，前二者取材于同一部《俄瑞斯忒亚》，形态和
主题完全不同，但都是探讨现代人在严酷的情境中做自由选择的问题。
阿拉伯的剧作家更有意思，他们的社会本来极重宗教，但由于他们信
的教和古希腊的神太不一样，所以他们大大淡化希腊神话中神的色彩，
融入当时的政治因素。两位埃及顶尖剧作家阿尔-哈金和巴卡特改编
《俄狄浦斯王》时都在男主角身边设置了一个企图隐瞒真相以操控国王
的政治力量，一个剧中是原来的先知，另一个是原来的大臣。我最近
读到这两个剧本的英译本，发现一百年前的阿拉伯作家竟和我不谋而
合，都在改编中"去神话化"了。我是从中国文化中取材，把神示改
成了算命，把克瑞翁这个"国舅"塑造成像曹操那样，企图"挟天子
以令天下"，而俄狄则成了一位充满理想主义、为救国民不惜"大义灭
己"的少年天子。这个俄狄比当代电影《生死抉择》中那位大义灭亲
举报妻子的市长更了不起，他毅然挖出自己的双眼，让舞台上飞射出
两条由白到红的长水袖，让两千五百年前的神话放射出震撼现代人的
光芒。

　　《明月与子翰》与其神话原型安提戈涅的故事差别更大，甚至可

以说完全成了另一个故事，这个为期数年的再创作是从尽可能忠实的改编一步步走向新编的；与此同时，样式上也一步步走向戏曲——先是从话剧到吟诵剧，最后走到了彻底的京剧。在原来的神话中，戏还没开始两位王兄就都死了，全剧的冲突聚焦于"葬还是不葬"，而且主要是站在那里说理辩论，这对于宗教观念不强的中国人来说总觉有点"死"板古板。现在改为一个兄长生死未卜，"救还是不救?"这就"生"动抓人得多，而且突出了"关注生命"这一最为核心的现代观念。生死搏斗有了更多的跌宕起伏，剧中人物有了更大的活动天地，只有用戏曲才能最大限度地展现——这个结论就这样水到渠成了。

如果谁还坚持认为古装戏曲只是"旧时代的遗形物"，应该被现代文化抛弃，最好能稍微花一点时间，看一看这本书中讨论过的那些剧本和演出。当然，这些还只是戏曲作为现代文化要素的很小的一部分，我们的路还宽得很，长得很。

图书在版编目（CIP）数据

戏曲剧本创作论 / 孙惠柱著 . —— 上海 : 上海书店
出版社 , 2021. 12
ISBN 978-7-5458-2071-3

Ⅰ . ①戏… Ⅱ . ①孙… Ⅲ . ①戏曲文学－剧本－创作
方法－研究－中国 Ⅳ . ①I053

中国版本图书馆CIP数据核字 (2021) 第144349号

责任编辑 张 冉
封面设计 汪 昊

戏曲剧本创作论
孙惠柱 著

出　　版　上海书店出版社
　　　　　（200001　上海福建中路193号）
发　　行　上海人民出版社发行中心
印　　刷　苏州市越洋印刷有限公司
开　　本　890×1240　1/32
印　　张　9.625
字　　数　200,000
版　　次　2021年12月第1版
印　　次　2021年12月第1次印刷
ISBN 978-7-5458-2071-3/I·526
定　　价　68.00元